愛經典

閱讀經典，成為更好的自己。

歐·亨利 O. Henry 著　黎幺 譯

歐·亨利

聖誕禮物

SELECTED
STORIES OF
O. HENRY
短篇小說精選

緣起

愛經典

卡爾維諾說：「『經典』即是具影響力的作品，在我們的想像中留下痕跡，並藏在潛意識中。正因『經典』有這種影響力，我們更要撥時間閱讀，接受『經典』為我們帶來的改變。」因著經典作品獨具的無窮魅力，時報出版公司特別引進「作家榜」品牌母公司大星文化策劃的「作家榜經典名著」，推出「愛經典」書系，期能為臺灣的經典閱讀提供最佳選擇。

這一系列作品，已出版近百本，累積良好口碑，榮登各大長銷榜。這些作家都經時代淬鍊，作品雋永，意義深遠。我們所選的譯者，許多都是優秀的詩人或作家，譯文流暢通順好讀，更能傳遞原創精神與文采意涵。因為經典，時報特別對每部作品皆以精裝裝幀，更顯質感，絕對是讀者閱讀與收藏經典的首選。

現在開始讀經典，成為更好的自己。

目次

聖誕禮物

一美元八十七美分。就這麼多。其中有六十美分是銅板。都是從雜貨商、菜販和屠夫那裡一個兩個地硬摳出來的，對於這種斤斤計較的買主，人家總要報以無聲的責備，每回，這一位的臉頰都因此燒得通紅。一美元八十七美分。黛拉數了三遍。明天就是聖誕節了。

除了撲到那張破沙發上號哭幾聲，實在也做不了別的。於是，黛拉就這麼做了。如此，倒引發了一番倫理反思，結論是生活由啜泣、抽噎和微笑組成，其中，抽噎是主要成分。

這時，這家庭主婦的情緒正從第一階段緩緩下沉至第二階段，不如讓我們抽空看一眼這個家吧。一間附家具出租的公寓，租金每週八美元。模樣不算很難形容，只要對照一下乞丐的窩就能說清楚了。

樓下的前廳，有一個從來也收不到信的信箱，還有一個凡人的手指絕不可能按響的電鈴。此外，那裡還貼有一張名片，印著「詹姆斯．迪林厄姆．揚先生」的字樣。

此間的主人在每週能賺三十美元的時候，意得志滿，給自己添上了「迪林厄姆」這個名號，後來就將它丟給了風，任其摧殘。如今，他的收入縮水至每週二十美元，「迪林厄姆」這幾個字也模糊了，彷彿它們正鄭重考慮，打算收縮為一個謙遜得體的「迪」。然而，無論何時，只要詹姆斯．迪林厄姆．揚先生回到家，詹姆斯．迪林厄姆．揚太太——也就是黛拉，已向各位介紹過了——總會喚他一聲「吉姆」，給他一個美妙的擁抱。一切都很不錯。

哭過以後，黛拉拿粉撲抹了抹臉。她站在窗前，神情呆滯地盯著一隻灰色的貓從灰色後院裡的灰色籬笆上走過。明天就是聖誕節了，她只能用一美元八十七美分給吉姆買件禮物。好幾個月了，她省下了每個能省下的銅板，就只有這麼點成果。一星期就二十美元，沒法做得更好了。開銷比預算更多。總是如此。只有一美元八十七美分可以用來給吉姆買禮物了。她的吉姆。她一直籌畫著要給他弄一件好東西，以此消磨了許多快樂的時光。一件精美、稀有，而值錢的東西——能為吉姆所有是一種榮譽，這東西總得有點配得上這榮譽的價值。

房間的兩扇窗戶之間，有一面穿衣鏡。您也許見過租金八美元的公寓裡的穿衣鏡。一個很瘦、很靈活的人，也許能一眼掃過一連串縱向的條狀映射，對自己的模樣得出一個偏差不大的認知。黛拉很苗條，對於這門藝術很是精通。

突然，她從窗前轉過身，面對鏡子。她的眼睛晶瑩明亮，她的面容卻在這二十秒鐘之內失卻了光彩。動作迅速地，她解開了頭髮，讓頭髮完全披散下來。

現今，詹姆斯．迪林厄姆．揚一家還有兩樣頗能引以為傲的財產：一樣是吉姆的金錶，那是由他祖父傳給他父親，再由他父親傳給他的；另一樣就是黛拉的頭髮了。假如示巴女王[1]就住在天井另一頭的公寓裡，某一天，黛拉會把頭髮懸在窗外晾乾，讓女王陛下的珠寶和禮物都黯然失色。假如所羅門王[2]做了這裡的門衛，把他的所有財富都堆在地下室裡，那麼，每次經過的時候，吉姆必定都會亮出他的金錶，就為了看所羅門王因為嫉妒而拔自己鬍子的可笑樣子。

此刻，黛拉美麗的頭髮披在她的身上，蕩漾著，閃耀著，像一片褐色瀑布，一直垂到膝蓋以下，幾乎成了她的另一件衣裳。然後，她又神經質地快速把頭髮攏了起來。她心意搖擺不定，靜靜地站了一會兒，在破舊的紅地毯上灑下了一兩滴淚水。

套上了褐色的舊外套，戴上了褐色的舊帽子，伴著裙子的旋轉，伴著仍在眼中閃爍的淚光，她出門，下樓，上街。

在一塊招牌前，她停了下來，讀了讀上面的字：「索弗朗妮夫人。經營各種頭飾。」黛拉飛也似的上了一段樓梯，然後定了定神，喘息了一陣。這位夫人塊頭很大，白得過分，神色冰冷，沒有一點「索弗朗妮」[3]的樣子。

「我的頭髮，您買嗎？」黛拉問。

「我買頭髮，」夫人說，「把帽子拿掉，讓我們看看是什麼樣的頭髮。」

那褐色的瀑布便傾瀉了下來。

「二十美元。」夫人極老練地抓起一把頭髮，搓了搓，然後說道。

「快付錢吧。」黛拉說。

噢，接下來的兩個小時揮舞著一對玫瑰色的翅膀飛掠而過。忘掉這個雜亂的比喻吧。黛拉正為了吉

1 示巴女王，《舊約．列王紀》中略有提及的阿拉伯女王，曾帶著大量香料、珠寶和黃金來到耶路撒冷，想要考驗所羅門王的智慧。
2 所羅門王，古代以色列的國王，以多智和富有而著稱。
3 索弗朗妮，義大利詩人塔索在經典史詩《耶路撒冷的解放》中寫到一位名叫「索弗朗妮」的少女，為了挽救耶路撒冷的全體基督徒，她自願獻出自己的生命。

姆的禮物在一間間店鋪裡掃蕩呢。

最後，她找到它了。它肯定是專為吉姆，而不是為任何其他人而製造的。她把所有的店鋪都翻了過來，哪家店裡也找不出另一件和它一樣的東西。那是一條白金錶鏈，樣式簡約純粹，單單以材質而非豔俗的裝飾來表明自身的價值——所有好東西都理應如此。它甚至真配得上那塊錶。一看到它，她馬上就知道，它必須歸吉姆所有。它和他十分相像，安靜且有價值——這一描述對於兩者同樣適用。他們收了她二十一美元，拿著其餘的八十七美分，她匆匆趕回了家。把這條鏈子掛在錶上，吉姆在任何場合都可以無所顧忌地看時間了——那塊錶雖然很氣派，但因為用舊皮帶替代了錶鏈，他有時只敢偷偷地看它。

當黛拉回到家裡，她的陶醉向審慎和理性作出了少許退讓。她取出捲髮棒，點亮煤氣燈，著手修復愛與慷慨造成的破壞。那始終是個艱巨的任務，親愛的朋友——一個極大的挑戰。

用了不到四十分鐘，頭上就滿是緊貼著頭皮的小髮捲了，這讓她看起來活像個翹課的小男孩。她久久地看著鏡子裡的自己，認真而又挑剔。

「如果吉姆看了我一眼，而沒有馬上殺了我，」她對自己說，「那他一定會說我就像一個在康尼島賣唱的女孩。但我還能怎麼做呢——用那一美元八十七美分我能做什麼呢？」

七點鐘，咖啡煮好了，煎鍋也在火爐上備好了，隨時可以煎肉排。

吉姆從不晚歸。黛拉把錶鏈對折了握在手裡，挨著靠近門口的桌角坐下，每回他進來，總要從那裡經過。接著，她聽到樓下響起了他登上第一段樓梯的腳步聲。有一陣子，她的臉色變得蒼白。她有個習慣，會為了日常的瑣屑小事默禱幾句，此刻，她輕聲念叨著：「上帝啊，請讓他覺得我依然美麗。」

門開了，吉姆走進來，又把它關上了。他身材消瘦，表情嚴肅。可憐的傢伙，他才二十二歲，就扛起了一個家。他需要一件新大衣，還缺一雙手套。

吉姆在門裡站定了，凝立不動，就像一隻獵狗嗅到鵪鶉氣味的時候一樣。他注視著黛拉，眼中表露出一種她讀不懂的意味，令她感到害怕。那不是憤怒，不是驚訝，不是嫌棄，不是恐懼，也不是她曾設想過的任何一種情緒。他就只是盯著她看，臉上帶有這種特殊的意味。

黛拉一扭腰，離開了桌子，向他走過去。

「吉姆，親愛的，」她喊道，「別那樣看我。我剪掉頭髮，拿去賣了，不送你一件禮物，我過不成聖誕節。還會再長出來的——你不會介意的，對嗎？我只能這麼做。我的頭髮長得快極了。說『聖誕快樂』吧！讓我們開心一下。你不知道，我給你買了件多麼棒、多麼美的禮物啊。」

「你把頭髮剪掉了？」吉姆吃力地發問，彷彿經過艱辛至極的腦力跋涉，仍然無法理解這個顯而易見的事實。

「剪了，而且賣了，」黛拉說，「無論怎樣，你都一樣喜歡我，不對嗎？沒有了頭髮，我還是我，不是嗎？」

吉姆好奇地在房間裡到處看。

「你說你的頭髮沒了？」他說，帶著一種近乎白癡的空洞表情。

「不用找了，」黛拉說，「已經賣了，我告訴你——賣了，沒了。現在是平安夜了，小子。對我好點，是為了你才剪的呀。也許，我的頭髮可以數得清，」她突然以認真而甜蜜的口吻繼續說道，「但我對你的愛誰也數不清。我要煎肉排了，好嗎，吉姆？」

吉姆看似從恍惚中醒過來了。他摟住了他的黛拉。這十秒鐘，就讓我們稍稍轉移一下注意力，談點無關緊要的吧。一週八美元，或是一年一百萬——有什麼區別呢？一個數學家或一個聰明人很可能會告訴你錯誤的答案。賢人帶來了價值非凡的禮物，但那禮物卻不在他們身上[4]。這句暗昧難明的斷語，留待之後再行闡明。

吉姆從大衣口袋裡掏出一個包裹，把它扔到桌上。

「別對我有什麼誤會，黛兒[5]，」他說，「我不認為理髮啊、修臉啊、洗頭啊，以及諸如此類的任何事情能令我對我的女孩減少一分愛意。不過，拆開那個包裹你就會明白，為什麼剛一開始你會讓我不知所措。」

白皙的手指靈巧地扯斷了繩子，撕開了包裝紙。接著便是一陣狂喜的尖叫；再接著，唉，女性特有的善變將之轉換為歇斯底里的眼淚和哭喊，馬上逼得這公寓的主人使盡渾身解數來安慰她。

擺在眼前的是一套梳子——一整套的梳子，有兩邊用的，有後面用的，是黛拉渴慕已久的，原本擺在百老匯的一扇櫥窗裡。很漂亮的梳子，純玳瑁質地，鑲了一圈珠寶——與那頭業已消失的秀髮十分相襯。她知道，這套梳子很貴重，對於它們，她僅僅只是心馳神往，從沒存過一絲能占有的念想。而現在，它們是她的了，但能以這些招人眼饞的飾品來裝飾的髮絡卻沒了。

但她還是把這些東西緊緊抱在胸口，過了很久，才終於捨得抬起一雙淚眼，微笑著說：「我的頭髮長得可快了，吉姆！」

接著，黛拉就像一隻被燙到的小貓一樣跳了起來，叫著：「喔！喔！」

吉姆還沒看到他那件美麗的禮物呢。她急切地攤開手掌，捧著它，遞給他。這沉悶的貴金屬彷彿被她明媚熱烈的靈魂給映得亮閃閃的。

「漂亮嗎，吉姆？我跑遍全城才弄到的。這下子，你每天都得看一百次時間了。把你的錶給我。我想看看它配在上面是什麼樣子。」

吉姆沒有照做，而是跌坐在沙發上，將雙手墊在腦袋後面，笑了起來。

「黛兒，」他說，「把我們的聖誕禮物擺到一邊去吧，先放上一陣子。這些禮物實在太好了，好到沒法馬上拿來用。我賣掉了金錶，換錢給你買梳子了。而且，現在你好去煎肉排了。」

賢人，如各位所知，是幾位智者——幾位非同一般的智者——他們為出生在馬槽裡的聖嬰帶來了禮物。他們開創了互贈聖誕禮物的先河。有智慧的人，他們的禮物無疑也有智慧，或許，為了免於和別的禮物重複，它們具有能變換自身的特性。我在這裡不流暢地向各位講述的，是一則平淡無奇的紀事，有關一間公寓裡的兩個傻孩子，他們極不明智地為了彼此而獻出了家中最寶貴的東西。但最後，還有一句話，要說給現今的聰明人聽：在所有贈送禮物的人裡，這兩位是最明智的。在所有贈送禮物和收受禮物的人裡，像他們這樣的人是最明智的。在任何地方，他們都是最明智的。他們就是賢人。

4 據《馬太福音》所載，傳說耶穌降生時，幾位東方的博士看到伯利恆上空有明星閃耀，便啟程前往耶路撒冷朝聖。他們分別帶了黃金、乳香和沒藥，作為禮物贈給耶穌，三樣東西分別象徵尊貴、神聖和受難。有學者推測博士共三人，因此又稱「賢人」為「東方三博士」。這句話旨在說明，真正珍貴的是禮物的寓意，而不是禮物本身。

5 此處的「黛兒」是對「黛拉」的暱稱。

咖啡館裡的世界主義者

午夜的咖啡館很擁擠。不知何故，我坐的那張小桌竟能逃過來客的眼睛。此外，還有兩把空椅子，大張著懷抱，向往來的過客兜售殷勤。

後來，有位世界主義者坐在了其中一把椅子上，我很高興，因為我一向以為在亞當之後，真正的世界公民就不存在了。我們聽過他們，我們見過許多貼有各國標籤的行李，但我們發現的是遊客，不是世界主義者。

請您隨我構想這幕景象——桌子是大理石檯面的，沿牆擺著一大片皮面軟座椅，放浪的友人，穿著極其華麗也極其輕薄的女士，以顯而易見的優雅齊聲談論著品味、經濟、財富或藝術；男孩[1]做作又多情，樂隊打劫了作曲家，在演奏時耍花招，只為取悅在場的所有人；歡聲笑語——另外，如果你想喝點東西，還有維爾茨堡啤酒，透過高高的玻璃杯，你的唇的形象扭曲了，像一顆熟櫻桃在鳥喙下搖擺。一位來自茅其丘克[2]的雕塑家告訴我，眼前這一幕堪稱真正的巴黎風尚。

我的這位世界主義者名叫E．拉什莫爾．科格蘭，據其本人所說，下一個夏天他就在康尼島了。他向我宣告，他去那裡，是要創辦一家全新的「魅力會所」，向大家提供帝王級的消遣。然後，他的話語就沿著經線和緯線，一圈又一圈地飛旋起來。他天馬行空，把地球玩弄於股掌之中，可以說是無所顧忌、玩世不恭，彷彿一切都大不過搭配套餐的一顆酒漬櫻桃的果核。他在口舌之間調侃了赤道，從一個大洲跳到另一個大洲，嘲笑了每一條氣候帶，用他的餐巾抹過了每一片海。他會對你說起海德拉巴[3]的某個巴札，邊說邊擺手。那氣味！他會帶你去拉普蘭[4]滑雪。那動靜！現在，你又該和凱拉卡希基[5]的肯納卡人一起乘風破浪了。那速度！他拉著你穿過阿肯色州的一片長滿星毛櫟的沼澤，再去他在愛達荷州的牧場，花點工夫，在鹼土平原上把你曬乾，然後，旋風似的把你捲進維也納大公的社交圈。到下一次，他又會告訴你，他在冰封的芝加哥湖著了風寒，布宜諾斯艾利斯的埃斯卡蜜拉怎樣用一劑楚楚拉草熬成的熱湯藥治好了他。你會覺得，寄信時，只需在地址欄裡寫「宇宙，太陽系，地球，E．拉什莫爾．科格蘭」，就一定能送到他手上。

我確信自己終於找到了亞當之後唯一一位真正的世界主義者，一邊聽著他縱貫天地的演說，一邊生怕自己會從中發現某些地方性的論調，表明他其實只是一個滿世界跑腿的。不過，他的意見總是不偏不倚；對於各個城市、各個國家、各個大洲，他公平得就像風或者萬有引力。

在E．拉什莫爾．科格蘭暢聊這顆小小星球的時候，我滿懷欣喜地想起了一位偉大的準世界主義

1 此處原文為拉丁文，是對酒吧男服務生的暱稱。
2 茅其丘克，是賓夕法尼亞州的一座小鎮，「茅其丘克」意為「熊之地」。
3 海德拉巴，印度的第六大城市，位於印度中部。巴札，即集市的意思。
4 拉普蘭，位於芬蘭和挪威交界處，是滑雪勝地。
5 凱拉卡希基，是夏威夷海上的島嶼，肯納卡人則是當地的原住民。

者，他為全世界寫作，為孟買獻身。在一首詩裡，他說世間的城市都自以為傲，彼此之間像在進行一場競賽，「由那些城市養育的人，無論走到哪裡，都要捍衛自己的城市，就像孩子總扯著母親的衣角」。而且，只要走在「喧嚷的陌生街道」，他們就會想起家鄉的城市，「無與倫比的忠誠，近乎愚蠢的深情；僅只呼吸著她的名字就讓他們緊緊地團結在一起」。我有些得意，因為我抓住了吉卜林先生的疏忽之處。在這裡，我遇到了一個並非由泥土塑造的男人，一個從不狹隘地誇耀自己的出生地或國家的人，一個即便必須吹牛也只向火星生物和月球居民吹噓他的整顆地球的人。

E．拉什莫爾．科格蘭就這些主題發表的高論，在我們這張桌子的第三個角上積了厚厚一層。在他向我描述西伯利亞鐵路沿線的地形時，管弦樂隊就勢駛進了一支綿連的組曲。結束曲目是〈迪克西〉[6]，旋律令人興奮。掌聲如雷，在每張桌邊響起，幾乎淹沒了那些正跌宕起伏著從空中掠過的音符。

在這裡，很有必要插上一段，說說每一個夜晚，在紐約這座城市的許多咖啡館裡都能見證的這類不可思議的場景。為了解釋這不可理喻的一幕，市民乾掉了成噸的酒水。有種不負責任的猜測，說城裡的所有南方人一到夜幕降臨，就要把自己趕到咖啡館裡去。在一座北方的城市，為一支「叛軍」的曲子響起一陣掌聲，的確讓人有些迷惑；但其實也不是不能理解。和西班牙的戰爭、多年以來被慷慨奉上的薄荷和西瓜、寥寥幾個在紐奧良的田徑場上爆冷獲勝的運動員，以及由構成了北卡羅萊納社交圈的印第安那和堪薩斯公民舉辦的豪華宴會，使得南方元素在曼哈頓風行一時。幫你修指甲的女孩會溫柔而含混地對你說，你的左手食指令她想起了里奇蒙的一位紳士。噢，對了。如今，許多女士不得不出來工作了——因為這場戰爭，你懂的。

就在〈迪克西〉被奏響的時候，一個黑髮年輕人不知從哪裡跳出來，揮舞著他的軟簷帽，像個莫斯比[7]游擊隊員那樣大喊大叫。接著，在重重煙霧中迷路，失足掉進了我們桌邊的那張空座，掏出一把香菸遞給大家。

夜晚已經進行到一個酣暢淋漓的階段。我們中的某人吩咐侍者上了三杯維爾茨堡啤酒；那個黑髮年輕人明白自己也有份，微笑著點了點頭。我匆忙向他發問，因為想證實我的一個觀點。

「能否和我說說，」我開口道，「你是不是來自──」

E．拉什莫爾．科格蘭一拳砸在桌子上，讓我不得不噤聲。

「不好意思，」他說，「但我一向不喜歡聽人提出這種問題。人家來自哪裡又有什麼關係？以一個地址來判斷一個人，這公平嗎？為什麼？我見過討厭威士忌的肯德基人、祖先不是波卡洪塔斯原住民的維吉尼亞人、沒寫過小說的印第安那人、不穿綴了一排銀幣的絲絨褲的墨西哥人、花錢不手軟的北方佬、冷酷的南方人、小心眼的西部人，還有忙得沒空在街上站一小時，看獨臂的雜貨鋪店員往紙袋裡裝蔓越莓的紐約人。人就是人，別用任何一種標籤來框住他。」

「請原諒，」我說，「但我的好奇並不全是因為閒來無事。我瞭解南方，而且在樂隊演奏〈迪克西〉的時候，我總在觀察。我確信，會賣力地為這支曲子喝彩，表現出一種片面忠誠的人，常常不是從

6〈迪克西〉，是一首黑人民歌，在南北戰爭期間成為南方聯軍的軍歌。
7 莫斯比，南北戰爭時期的一位南方聯軍將領，著有《南北戰爭回憶錄》。

紐澤西的錫考克斯來的，就是從本市默里山文化宮和哈萊姆河之間的那塊區域來的。我正在向這位先生求證，就被你用你的——我得承認——更宏大的理論打斷了。」

那黑髮的年輕人與我交談，很明顯，他的思想也按自己的那套路徑來運行。

「我想做一朵常春花，」他神祕兮兮地說，「待在山頂上，哇啦哇啦地歌唱。」

這顯然是莫名其妙，我只好又轉向科格蘭。

「我繞著這個世界走了十二遍，」他說，「我認識一個烏佩納維克的因紐特人，他去辛辛那提買領帶；我見過一個烏拉圭的牧羊人，在美國巴特爾克里克的一次早餐食品猜謎遊戲中得獎。我在埃及開羅和日本橫濱各訂了一間可常年居住的客房；上海的一家茶館為我備好了拖鞋，隨時等著我；在西雅圖和里約熱內盧，我不必告訴廚師該怎樣為我煎蛋。這個古老的世界實在很小。吹噓自己來自北方、南方、山谷裡的舊莊園、克里夫蘭的歐幾里得大道、派克峰、維吉尼亞的費爾法克斯郡、流氓公寓或者任何別的地方，又有什麼用？當我們不再只因為自己出生在那裡，就為了某個發霉的小鎮或者十畝沼澤地而做傻事，世界會更美好的。」

「你似乎是個真正的世界主義者，」我欽佩地說，「但你似乎對愛國主義頗有微詞。」

「那是石器時代的遺存了，」科格蘭熱情洋溢地說，「我們都是兄弟——中國人、英國人、祖魯人、巴塔哥尼亞人、生活在堪薩斯河流域的人。終有一天，對於自己的城市、州、地區或國家的那點微不足道的驕傲會被消除掉，我們都是世界的公民，就像我們理所應當的那樣。」

「但當你在世界各地漫遊的時候，」我繼續堅持，「難道不會想念某個地點——某個親切的——」

「沒有這種地點，」E．拉什莫爾．科格蘭草草打斷我，「這個以泥土為主要行星物質，呈兩端稍扁的球狀，被稱之為『地球』的東西，就是我的住所。在這個國家以外，我遇到過許多小家子氣的美國公民。一個月夜，我碰見幾個芝加哥人坐在威尼斯的貢多拉上，吹噓他們家鄉的排水渠。我見過一個南方人，在被引薦給英國國王的時候，眼也不眨地說自己母親的姑姑嫁到了查爾斯頓的帕金斯家。我知道有個紐約人被阿富汗土匪綁架了，在他的家人交過贖金以後，他和代理人一起回到喀布爾。『阿富汗怎麼樣？』當地人透過翻譯跟他說，『發展得不算太慢吧，你覺得呢？』『我不知道。』他說，然後就談起第六大道和百老匯的出租馬車來。這些觀念不適合我。我沒法被安放在任何直徑八千公里以內的東西上。就讓我只做E·拉什莫爾·科格蘭，只做一個地球公民吧。」

我的這位世界主義者動作誇張地與我告別，離開了，因為他看到了一個從煙霧與喧囂中穿過的人，一個他有可能認識的人。於是，我被留在了想成為常春花的那一位身邊，他在啤酒中枯萎了，無力再表達想在山頂上棲息和歌唱的心願。

我坐著，想我那位顯而易見的世界主義者，想知道那位詩人為何會遺漏了他。他是我發現的，我對他深信不疑。怎麼回事？「由那些城市養育的人，無論走到哪裡，都要捍衛自己的城市，就像孩子總扯著母親的衣角。」

E·拉什莫爾·科格蘭可不是這樣。他與整個世界同在——

我的沉思被巨大的噪音和咖啡廳另一邊的一場衝突打斷了。越過顧客的頭頂，我目睹了一場可怕的戰爭，交戰雙方是E·拉什莫爾·科格蘭和一個我不認識的人。他們在桌子之間像泰坦巨神那樣惡鬥，打碎了不少玻璃杯，男人剛撿起他們的帽子就被撞倒在地，一個黑皮膚女人尖叫著，一個金頭髮女人唱起了一首叫〈兒戲〉的歌。

我的那位世界主義者維護著地球的尊嚴和名譽，在侍者以他們那著名的楔形飛行編隊包圍這兩位鬥士，把他們往外轟的時候，也沒有退讓。

我招呼一位名叫麥卡錫的法國男孩過來，向他詢問衝突的起因。

「那個繫紅領帶的人（也就是我的那位世界主義者），」他說，「因為另一個傢伙說了他們那裡的人行道和供水系統的壞話，就發火了。」

「怎麼會？」我大惑不解地說，「那人是一個世界公民——一個世界主義者——他——」

「他說，他原是緬因州馬特沃姆凱格的人，」麥卡錫繼續講著，「他還說，他見不得有人瞧不起那地方。」

回合之間

五月的月亮在墨菲太太管理的寄宿公寓上空照耀。參照年曆可知，它的光輝也在同時籠罩了一片廣大的區域。春天正如火如荼，花粉症眼看也快來了。公園裡洋溢著綠意，既因為新生的嫩葉，也因為從西部和南方來的商品令買家在此雲集。花朵和避暑勝地的推廣人員一起迎風招展；天氣和過路人的回絕一起變得溫煦；到處都是人，在打牌，在拉手風琴，在噴泉邊嬉戲。

墨菲太太這棟公寓的所有窗戶都開著。一群房客坐在高大的門廊裡，屁股底下墊著像德國煎餅一樣又圓又扁的坐墊。

在二樓靠前的一扇窗戶裡，麥卡斯基太太在等她的丈夫。桌上的晚餐正在變涼，火氣都跑去了麥卡斯基太太那裡。

九點鐘，麥卡斯基回來了。臂彎搭著外套，嘴裡叼著菸斗，一邊在臺階上找地方放他那九碼長的大腳，一邊因為打擾到人家而向坐在那裡的幾個房客道歉。

打開自家房門的時候，他感到有些驚訝。往常他要躲避的不是蓋火爐的罩子就是搗馬鈴薯的棍子，這一回，撲面而來的只有話語。

麥卡斯基先生思索著，還以為是和藹的月色軟化了伴侶的心房。

「我聽到了，」那些代替廚具對他發起攻擊的口頭物是這樣的，「你能跟街上那些不三不四的人道歉，就因為你那蠢透了的雙腳沾到了她們的裙角。但是，你從你妻子伸得像曬衣繩一樣長的脖子上踩過去，卻連半點表示也沒有。我確定它有那麼長，因為它一直掛在窗戶外面等你。每個星期六晚上，你都在加勒吉的店裡喝光你的工資，剩下那點錢買來的食物現在也都涼了。收煤氣費的為了人家自己的工資，今天來過兩次了。」

「女人，」麥卡斯基先生把衣服和帽子丟在椅子上，「你大吵大鬧，害我倒胃口。你沒禮貌，就是從社會地基的磚頭縫裡往外扒水泥。當你要從擋了道的女士中間走過去的時候，自然要請人家借個過，這僅僅是一名紳士該有的風度。可以把你那張豬臉從窗口挪開，去弄點吃的嗎？」

麥卡斯基太太向火爐走去，神情嚴峻，以她慣用的方式對麥卡斯基先生發出了警告。當她的嘴角像氣壓計的指針一樣突然向下一撇，往往預示著鍋碗瓢盆的暴雨就快降臨了。

「豬臉，是嗎？」麥卡斯基太太說，猛地將一個滿是培根和蕪菁的燉鍋丟向她那位一家之主。

麥卡斯基先生的應變能力可不弱。他知道在開胃小菜之後，下一道端上來的是什麼。桌上有一份點綴著酢漿草的烤沙朗豬排。他拿它來反擊，馬上招來了一個擺在陶盤裡的麵包布丁，作為一份恰如其分的回禮。丈夫擲來的一大塊瑞士起司精準地命中了太太眼睛以下的部位。當她以同樣的準心用滿滿一壺又熱又黑，但不怎麼香的咖啡回應了他之後，按照既定程序，戰爭也該結束了。

但麥卡斯基先生可不是那種吃五十美分套餐的客人。讓那些不入流的波希米亞人用咖啡來作結吧，如果他們願意的話。讓他們丟人現眼吧。他可是老江湖。用於飯後洗手的銅盆，他是見識過的。雖說在墨菲的寄宿公寓裡找不到這種東西，但替代品就在手邊。他得意揚揚地抓起那個搪瓷臉盆，往那位和他有婚姻關係的仇家腦袋上送。麥卡斯基太太及時躲過了。她伸手拿來一個熨斗，打算把它當作餐後甜酒，以此給這場美味的對決做個了斷。但樓下傳來一聲響亮的哭號，讓她和麥卡斯基先生不自覺地停了下來，暫時休戰。

在樓底的一個角落，克利里警官正站在人行道上，豎起耳朵聽那些家用器具被砸碎的響聲。

「喬恩．麥卡斯基和他老婆又鬧起來了，」警官思忖道，「我要不要上去制止他們？算了吧。他們可是夫妻：從來也不怎麼和睦。不會吵很久的。當然了，再繼續下去，他們得借別人的碗碟來丟了。」

就在這時，樓下響起了那聲刺耳的哭號，表明發生了可怕的或是慘痛的極端狀況。「可能是貓吧。」克利里警官說著，朝另一個方向快步走去。

坐在臺階上的房客都一片譁然。圖米先生，一個天生的保險業務員，一個堪稱專業的調查記者，走進去探聽尖叫的起因。他帶著新聞回來了，說是墨菲太太的小兒子邁克不見了。跟在信使背後冒出來的正是墨菲太太——兩百磅眼淚和瘋狂，與空氣搏鬥，對上蒼咆哮，只為那丟失的三十磅雀斑與淘氣。這麼說太矯情？確實。而圖米先生挨著女帽商帕蒂小姐坐了下來，他們的手因為同情而握在一起。那兩個每天對廳裡的噪音抱怨個沒完的老處女，沃爾什姊妹，馬上詢問有沒有誰去那座大鐘背後找過。

跟他的胖太太一起，坐在最高一級臺階上的格里格少校起身扣好外套。「小傢伙不見了嗎？」他嚷嚷著，「待我去搜遍全城。」他的妻子從不允許他在天黑以後出門，這時卻用男中音的調門說：「去吧，盧多維奇！誰能如此鐵石心腸，坐視一位母親的悲傷而不施以援手呢？」「給我三十或者——六十美分吧，親愛的，」少校說，「走丟的孩子有時走得很遠。我可能得坐車。」

丹尼老頭，四樓背面大房間的住戶，正坐在最低的一級臺階上，藉著路燈的亮光看報紙，剛剛翻了一頁，繼續讀那篇關於木匠罷工的文章。墨菲太太對著月亮尖叫著：「噢，啊，邁克，我的天啊，我的寶貝小兒子到底在哪裡啊？」

「你最近一次見他是在什麼時候？」丹尼老頭問，一隻眼睛還盯著建築行業聯盟的報導。

「噢，」墨菲太太哭喊著，「是昨天吧，也可能就是四個小時以前！我不知道。但他就是丟了，我的小兒子邁克。今天早晨他還在人行道那裡玩——或者，是星期三嗎？我太忙了，對日子都弄不清楚了。我在這棟樓裡上上下下都找過了，但沒找到他。噢，看在上帝的分上……」

這座大都市迎著居民的唾罵挺立著，沉默，冷峻，龐然。他們說它硬得像塊鐵，說在它的胸膛感受不到一絲憐憫的搏動；他們把它的街道比作孤寂的森林和流淌著岩漿的沙漠。但是，在龍蝦的硬殼底下，藏有甘美的珍饈。或許還有更好的比喻。不過話說回來，也沒有誰會為此動氣。對於鉗子長得不夠好、不夠多的，我們還不把牠叫做龍蝦呢。

沒有任何災難比一個孩子的走失更能令常人的心靈為之傷感了。他們的雙腳是那麼柔弱，那麼徬徨；眼前的道路是那麼危險，那麼陌生。

格里格少校匆匆走到街角，拐上了大路，然後就去了比利的店。「給我一杯黑麥酒，」他對服務生說，「有沒有在這附近見過一個O形腿的髒小鬼？一個六歲大的小子，走丟了——見過沒？」

圖米先生坐在臺階上，抓著帕蒂小姐的手不放。「想到那個可愛的小乖乖，」帕蒂小姐說，「從他媽媽的身邊走丟了——也許已經倒在奔馬的鐵蹄之下了——噢，這太可怕了！」

「這樣好嗎？」圖米先生握緊她的手，附和道，「我這就出去幫忙找找他！」

「也許，」帕蒂小姐說，「你應該去。但是，噢，圖米先生，你這麼奮不顧身，不計後果——萬一你因為熱心而遭遇意外，那……」
丹尼老頭用一根手指在字底下比畫著，繼續讀那份仲裁協議。
住在二樓前部的麥卡斯基先生和太太一起走到窗前，想緩口氣。麥卡斯基先生正用一根彎曲的食指把背心裡的蕪菁往外摳，他的太太正在揉一隻被烤沙朗的鹽盤痛的眼睛。他們聽到樓下的吵鬧聲，把頭伸出窗外。
「小邁克不見了，」麥卡斯基夫人低聲說，「那個漂亮的、小小的，又愛惹麻煩的小天使！」
「那個小不點兒失蹤了？」麥卡斯基先生說著，把身體探出了窗外，「怎麼回事啊？不該這樣對孩子的。如果換成我心愛的女人，可不會讓這種事情發生。」
麥卡斯基太太沒有接話，拉住了丈夫的手臂。
「喬恩，」她多愁善感地說，「墨菲太太的小兒子不見了。對於迷路的小男孩來說，這個城市太大了。他才六歲。喬恩，如果六年前我們也生了孩子的話，現在他也有這麼大了。」
「我們從沒生過孩子。」麥卡斯基先生尋思了片刻，說道。
「但是如果我們生了，喬恩，想想吧，我們的小費倫在城市裡跑丟了，被拐走了，在這個夜晚，我們該有多麼傷心啊。」
「你在說什麼蠢話，」麥卡斯基先生說，「他要叫派特，名字和我在坎特里姆的老父親一樣。」
「胡說八道！」麥卡斯基太太說，但其實並不生氣，「我哥哥一個人抵得過十打流氓麥卡斯基。孩子的名字得照他的來取。」她在窗臺上俯下身子，看著樓下那一團混亂。
「喬恩，」麥卡斯基太太溫柔地說，「對不起，我太暴躁了。」

「如你所說，暴躁的布丁，」她丈夫說，「還有慌張的蕪菁和跳腳的咖啡，你不妨將這堆東西叫作一頓速食，對極了，一點也沒說錯。」

麥卡斯基太太挽住她丈夫的胳臂，握住他粗糙的手。

「聽啊，可憐的墨菲太太在哭，」她說，「一個那麼小的孩子在一個這麼大的城市裡走丟了，真恐怖。如果換成我們的小費倫，喬恩，我的心都碎了。」

麥卡斯基先生有點不自在，把手抽了回來。但又把它放在了他妻子正向他靠過來的肩膀上。

「又是一句蠢話，毫無疑問，」他粗魯地說，「但如果我們的小——派特被綁架了，或者發生別的什麼意外，我也會很受傷。不過，我們從沒生過孩子。有的時候，我對你太糟糕了，裘蒂。別放在心上。」

他們一起俯下身子，看著正在樓下上演的這齣心靈劇。

他們就這樣坐了很久。人群在人行道上翻湧，彼此擁擠，相互詢問，空氣中漫溢著流言和不切實際的猜想。墨菲太太像耕地似的在他們中間來來回回，如同一座軟綿綿的山上掛著一條嘩嘩直響的淚水瀑布。許多報信的人在兩頭奔忙。

在寄宿公寓前面，又響起了一陣喧嘩。

「現在又發生什麼事了，裘蒂？」麥卡斯基先生問。

「是墨菲太太的聲音，」麥卡斯基太太一邊聽一邊說，「她說她找到小邁克了，就在她屋裡，他在床底的一捲油地毯後面睡著了。」

麥卡斯基先生大笑起來。

「這就是你的費倫，」他嘲諷地叫道，「像這種把戲，派特可一點也不會玩。就憑這個，如果我們從沒有過的那個孩子走丟了或者被偷了，就叫他費倫吧，只需要像拎一隻小癩皮狗一樣，把他從床底下拎出來就行了。」

麥卡斯基太太臉色一沉，嘴角向下一撇，起身朝櫥櫃走去。

人群散去的時候，克利里警官繞過街角轉了回來。他先是被嚇了一跳，然後朝麥卡斯基家的方向豎起耳朵聽了起來……鐵器瓷器彼此交擊，各種廚具相互碰撞，還像之前一樣吵。克利里警官掏出他的懷錶。

「真是見鬼！」他喊出了聲，「喬恩．麥卡斯基和他的女人已經打了一個小時零十五分鐘。這位太太比他重四十磅，他可得加把勁了。」說完就往回走，拐過街角，離開了。

就在墨菲太太準備鎖門的時候，丹尼老頭折好了報紙，匆匆走上臺階。夜深了。

天窗房

首先，派克太太會領你去看那兩間客廳。當她對你描述那兩間客廳的獨到之處，並順帶稱讚過去八年住在這裡的那位先生的時候，你一定不敢打斷她。等她說完，你會結結巴巴地招認，你既不是醫生，也不是牙醫。聽過這番解釋，派克太太的表態會讓你再也不能對你的父母感到滿意：都怪他們失職，沒能把你培養成適合這兩間客廳的專業人才。

接下來，你上了一截樓梯，去看二樓後面租金八美元的房間。她便換了一套二樓專用的話術，說圖森貝利先生在去佛羅里達接管他哥哥位於棕櫚灘附近的橘子種植園以前，一直都按十二美元付房租；還說麥金太爾夫人總去那片海灘過冬，她住的是前面那套兩房型，有私人浴室。最後，你只得支支吾吾地說，你想要再便宜一些的。

如果你能挺過派克太太的不屑，你會被領到三樓，去看斯吉德先生的大房間。斯吉德的房間並沒空出來。他整天都在裡面寫劇本，抽菸。但是，每個看房的都會被帶去他的房間，欣賞他的窗簾。每次參觀結束，因為怕被轟出去，斯吉德先生都會付點什麼來抵他的租金。

之後——噢，之後——如果你還能勉強站得住，用發燙的手握緊口袋裡那三張溼漉漉的鈔票，嘶啞地道出你那可怕而罪惡的貧困，派克太太就不再為你做嚮導了。她會扯著嗓子，叫一聲「克拉拉」，最後給你看一眼她的背影，就頭也不回地下樓去了。

然後，克拉拉，也就是那個黑人女傭，會陪同你，爬上那把用來代替四樓樓梯的、鋪了毛毯的梯子，給你看那間天窗房。這個房間位於四樓的大廳中央，七英尺寬，八英尺長。四周都是黑漆漆的壁櫥和雜物間。

屋裡有一張鐵床、一個臉盆架和一把椅子，還有一個木架子用作梳妝檯。四堵光禿禿的牆，就像棺材板一樣包圍著你，壓迫著你。你用手摸著喉嚨，喘息著，就像在井裡那樣抬頭向上看去——這才恢復了呼吸。透過那小小的天窗，你望見了一方碧藍的無限。

「兩美元，先生。」克拉拉會用她的輕蔑，以及塔斯基吉[1]特有的調門對你說。

有一天，利森小姐來找房子。她帶了一臺打字機——原本，它被製造出來，是為了給遠比她高大的女人帶著走的。她是個身材嬌小的女孩，在人已經停止發育之後，眼睛和頭髮還在長，它們彷彿一直在說：「天啊，你怎麼不跟我們一起長啊？」

派克太太領她看了那兩間客廳。「這個壁櫥裡，」她說，「可以放一副骨骼標本，或者麻醉劑，或者煤——」

「但是，我不是醫生也不是牙醫。」利森小姐邊說邊打了一個冷戰。

派克太太以她一向用來對付沒資格做醫生或牙醫的人的那種猜忌、憐憫、嘲弄和冰冷的眼神瞄了瞄

---

1 塔斯基吉，位於阿拉巴馬州東部。當地建有塔斯基吉大學，是一所私立的傳統黑人大學。

利森小姐，又領她去看二樓後部的房子。

「八美元？」利森小姐說，「天啊！我很年輕，也不是什麼富家女。我只是一個可憐的打工女孩。帶我看看樓層高一點、價錢低一點的吧。」

斯吉德先生聽到敲門聲，一下跳起來，把菸頭撒到了地板上。

「打擾了，斯吉德先生，」派克太太說，帶著一臉壞笑，看著他那副大驚失色的模樣，「我不知道你在。我想請這位小姐看看你的窗簾。」

「這些簾子太可愛了。」利森小姐說，露出了像天使一樣的微笑。

她們走後，斯吉德先生馬上忙了起來，抹掉了最近一個劇本（尚未完成）裡的那位高大的黑髮女主角，安插了一個嬌小頑皮的新角色，她頭髮濃密、富有光澤，且個性活潑。

「安娜·赫爾德[2]會搶著來演她。」斯吉德先生一邊自言自語，一邊抬腳抵著窗簾，像一隻在半空游弋的烏賊，消失在香菸的雲霧裡。

不久，那聲「克拉拉」便像警鐘一樣被敲響了，將利森小姐的錢包狀況昭告天下。一個黑色的小妖精捉住了她，帶她爬上幽暗的梯級，把她推進一間頂上透著微光的地牢，含混不清地吐出幾個神祕的、帶有威脅意味的字眼：「兩美元！」

「我租了！」利森小姐輕歎一聲，在那張嘎吱作響的鐵床上坐了下來。

每天利森小姐都出去工作。晚上就帶一些手寫的稿紙回來，用她的打字機錄一份清樣。在不需要工作的晚上，她會和其他房客一起坐在門廊裡的臺階上。利森小姐可不是為了這間天窗房才被創造出來的，這不在神的計畫之內。她心胸豁達，腦袋裡滿是甜美而奇異的幻想。有一次，她讓斯吉德先生把他那部偉大的（未出版的）劇作《不開玩笑或地鐵繼承人》讀了三幕給她聽。

只要利森小姐能抽空在臺階上坐一兩個鐘頭，男房客就格外開心。但朗尼克小姐，這位在公立學校教書，對你說的一切都會報以「是啊，對極了！」的高個金髮女人，卻坐在高級臺階上冷笑。還有道恩小姐，這位在百貨公司工作，每個星期天都要在康尼島射移動鴨子的女孩，坐在低級臺階上，同樣在冷笑。而利森小姐坐在中段的臺階上，男人都聚在她的周圍。

尤其是斯吉德先生，他將她投進了他的心房，在他真實生活中的私人浪漫劇裡，她已經是大明星了。還有胡佛先生，他是個四十五歲的胖子，又倔又笨。還有非常年輕的伊文思先生，他老是假裝咳嗽，好讓她來勸他戒菸。男人公認她是「最有趣、最開心的人」，但高級臺階和低級臺階上的冷笑卻消減不了。

懇請各位允許這齣戲暫時歇場，讓合唱隊走到臺前，為胡佛先生的肥胖灑一把哀憐的淚水。為脂肪之災、臃腫之禍和肥碩之殃演奏一曲吧。試想一下，福斯塔夫的一噸贅肉會比羅密歐的幾盎司顫抖的肋骨更富浪漫情調嗎[3]？一個情人可以唉聲歎氣，但絕不能氣喘吁吁。把胖歸入莫墨斯[4]的佇列

2 安娜．赫爾德，當時最為著名的美國女演員。
3 福斯塔夫在莎士比亞的《亨利四世》和《溫莎的風流婦人》等多齣戲劇中出現，是一個生性滑稽的胖子。羅密歐則是《羅密歐與茱麗葉》的男主角。
4 莫墨斯，希臘神話中的冷笑和非難之神。

吧。在五十二英寸的腰帶之上，最忠誠的心臟也只能徒勞地跳動。滾開吧，胡佛！你四十五歲，又倔又笨，胖成了地獄裡的一塊肉。胡佛啊胡佛，你一點機會都沒有。

一個夏夜，派克太太的房客就這樣閒坐著，利森小姐抬頭望著天空，像個小男孩那樣笑著，喊著：

「怎麼，那不是比利．傑克遜嗎？我在那下面也能看到他。」

所有人都抬頭看——有些人看著摩天大樓的窗戶，有些人四下尋覓一艘傑克遜指揮的飛艇。

「是那顆星星，」利森小姐解釋著，同時用一根纖細的手指向上一指，「不是那顆一閃一閃的大星星——是它旁邊那顆藍色的小星星。每天晚上，透過天窗，我都能看到它。我給它取名叫比利．傑克遜。」

「是啊，對極了！」朗尼克小姐說，「我不知道你還是個天文學家呢，利森小姐。」

「哦，沒錯，」這個小個子的觀星者說，「關於下一個秋天將會在火星流行的衣袖式樣，我跟任何天文學家知道得一樣多。」

「是啊，對極了！」朗尼克小姐說，「你說的那顆星是仙后座星系的伽馬星，亮度接近二等星，它的中天位置——」

「哦，」年輕的伊文思先生說，「我覺得比利．傑克遜這個名字更好。」

「我也覺得，」胡佛先生說，還故意大口喘氣，挑釁朗尼克小姐，「照我看，利森小姐跟那些占星的老頭一樣，有權給星星起名字。」

「是啊，對極了！」朗尼克小姐說。

「我就想知道它是不是流星[5]，」道恩小姐說，「星期天我在康尼島樂園開了十槍，打中了九隻鴨子、一隻兔子。」

「在這下面還不能看得很清楚，」利森小姐說，「你們應該在我的房間裡看。你們知道，如果在井底，白天也可以看得見星星。到了晚上，我的房間就像煤礦裡的豎井，比利．傑克遜就像夜神用來別住睡袍的一枚大大的鑽石別針。」

後來有段時間，利森小姐沒有帶那些令人望而生畏的稿紙回家抄錄了。她早上出門的時候不再是去工作，而是在辦公室與辦公室之間奔波，任由傲慢的公司職員以冷酷的回絕一點一滴地凍僵了她的心。這種狀況持續了很久。

有一個晚上，她疲憊不堪地登上了派克太太公寓門前的臺階。往常，這正是她在飯館吃完晚飯回家的時候，但這一次，她並沒吃過晚飯。

在利森小姐走進門廳的時候，胡佛先生遇見了她，覺得自己逮到了機會。他向她求婚，抖著一身肥肉朝她拱過去，像一座搖搖欲墜的雪山。利森小姐閃了過去，抓住了樓梯扶手。他想捉住她的手，她抬起它，有氣無力地打了他一耳光。

然後，她拉著扶手，一步一頓地把自己拉上了樓。她從斯吉德先生的門前經過時，他正在用紅墨水修改他的（沒被接受的）喜劇中的舞臺指示，是給莫特爾．德洛姆（也就是利森小姐）的，要她「以舞蹈般的動作，轉著圈子穿過舞臺，去往伯爵身邊」。最後，她爬上鋪了毛毯的梯子，打開了天窗房的那

5「流星」的英文原文為「shooting star」，「射擊」的英文原文為「shoot」，道恩小姐藉此誇耀自己連星星都想射擊。

扇門。

她太虛弱了，開不了燈，也脫不了衣服。她倒在鐵床上，脆弱的身體幾乎沒法在破舊的彈簧墊上壓出一點凹痕。在這房間裡的幽冥地府，她緩緩抬起沉重的眼皮，露出了微笑。

因為比利．傑克遜正透過天窗，將靜謐、明亮，而永恆的光輝投向她。

整個世界都已離她而去。她沉入一個黑暗的洞穴，伴著她的只有那小小一方蒼白的光，她曾以一個異想天開的、不被認可的名字命名的那顆星辰，就嵌在其中。

朗尼克小姐說得對：它是仙后座星系的伽馬星，不是比利．傑克遜。但她還是不願稱它為「伽馬」。

她仰面躺著，兩次想抬起她的手臂，但沒有成功。第三次，她把兩根纖細的手指擺在唇邊，將一個飛吻送出這個黑洞，送給了遙遠的比利．傑克遜。然後，她的手臂就軟綿綿地垂落下來。

「再見，比利，」她輕聲呢喃，「你在幾百萬公里以外，你甚至從來沒有閃過一次。但你會一直待在我能看得見的地方，即使時間完結，除了黑暗，什麼都不再存在，對嗎？……幾百萬公里……再見了，比利．傑克遜。」

第二天，那個黑人女傭克拉拉，發現利森小姐的房間在十點鐘的時候還是鎖著的，他們硬是把門給撬開了。灌醋、拍腕、拿燒羽毛的煙來熏，都產生不了什麼效果，於是就有人跑去打電話叫救護車。

車來得很及時，叮噹作響地退到門口停下。一位幹練的年輕醫生躍上臺階。他穿著白色亞麻布的長袍，沉穩、敏捷、自信，光滑的臉龐既嚴肅又文雅。

「四十九號叫的救護車，」他簡短地說，「發生什麼事了？」

「哦，是的，醫生。」派克太太沒好氣地說道，彷彿麻煩一旦出現在她的房子裡，就成了世間最大的麻煩，「我不知道她是怎麼回事，我們沒辦法救醒她。是個年輕女人，叫艾爾希小姐——對，艾爾希．利森小姐。在我的房子裡從沒有過——」

「什麼房間？」醫生用一種派克太太從未聽過的可怕聲音吼道。

「天窗房。它——」

救護車的隨車醫生顯然很熟悉天窗房的位置。他已經四步併作一步，衝上了樓。為了保住面子，派克太太也慢吞吞地跟在後面。

還在第一層，她就又碰上了他。醫生懷裡抱著那位天文學家，回到了樓下。他停下腳步，略顯任性但相當嫻熟地用他的舌頭給她做了一臺手術，聲音倒不大。派克太太就像從掛鉤上滑落的一件漿過的衣服，慢慢地皺縮起來。此後，她的身心之上也留下了幾道消不掉的褶子。有時，好奇的房客會問她，醫生到底對她說了什麼。

「都過去了，」她會回答說，「如果聽過那番話，就能得到寬恕，我會很滿意的。」

救護車的隨車醫生抱著他的病人，大步流星，穿過了人群。這些人剛剛還像獵狗一樣追著熱鬧看，此刻都尷尬地退到了人行道上，因為醫生的神情嚴肅而悲哀，彷彿他抱著的是一個死去的親人。

大家留意到，他並沒有將帶下來的人放在救護車裡專門用於安置病人的救護床上。他只說了一句話，是對司機說的：「快開車，用最快的速度，威爾遜。」

到這裡，故事就該結束了。你也許會問：「就這樣了嗎？」我在第二天的早報上看到一則不起眼的新聞，其中的最後一句也許能幫助你（正如它已經幫助了我）將這個事件拼湊完整。

報導說，貝爾維尤醫院接收了一位來自東大街四十九號的女病人，過度的飢餓[6]令其虛脫。結尾如下：

負責這件事的威廉・傑克遜[7]醫生，即救護車的隨車醫生，表示病人一定會康復。

6 此處的「飢餓」一詞，英文原文為「starvation」，也暗示了那個星辰（star）。

7 威廉・傑克遜，「比利」在英文中可作「威廉」的暱稱，因此，醫生與利森小姐命名的那顆星同名。

愛的義務

當某人愛上他的藝術之神的時候，似乎沒有任何義務是不能承擔的。這是我們的前提。這則故事將由此推導出一個結論，並在同時表明，這個前提其實是錯的。從邏輯的角度看，這是一樁新鮮事，作為一種說故事的技法，它卻比中國的長城更為古老。

喬·拉臘比原來住在中西部橡樹遍野的大平原，血脈中流淌著繪畫藝術的天分。六歲時他把鎮上的水泵畫成了畫，畫面上還有一位當地的名人匆匆走過。後來，這幅作品被裝裱起來，掛在藥店的櫥窗裡，旁邊點綴著數目不等的玉米穗。二十歲的時候，他離鄉背井，來到紐約，繫著一根輕飄飄的領帶，帶著一筆聊勝於無的錢財。

迪莉亞·卡拉瑟斯則來自南方一個松林繁茂的小村落，她在六個八度的音域以內展現出了過人的才能，以至於親戚集資資助她去北方「完成學業」。但他們沒能看到她完成——那是我們接下來要講的故事。

喬和迪莉亞在一間工作室裡相遇了。有很多學藝術和音樂的年輕人常聚在那裡，討論明暗對比、華格納、音樂、林布蘭的作品、繪畫、瓦德都菲爾、壁紙、蕭邦和某人的糗事。

喬和迪莉亞，一個對另一個，或者是兩人都對彼此很著迷，隨你喜歡吧，總之他們很快就結了婚

——因為（見上文）當某人愛上他的藝術之神的時候，似乎沒有任何義務是不能承擔的。

拉臘比夫婦在一間公寓裡過起了居家生活。那是一個岑寂的住所——偏僻得就像只用左手盡頭的琴鍵來演奏的A小調音階。他們很快樂，因為他們有藝術、有彼此。在這裡，我要給那些有錢的年輕人一個建議：為了得到與你的藝術和你的迪莉亞一起在這間公寓裡生活的特權，賣掉你的一切，都施捨給窮苦的門衛吧。

住公寓的人都有和我一樣的信條，認為只有他們的快樂才是真正的快樂。如果一個幸福的家庭不該太過狹窄，那麼——拆掉梳妝檯，做個撞球桌；把壁爐架改成划船機；把寫字桌當成備用臥室；用洗臉架代替立式鋼琴；即使四面牆壁一齊向彼此靠攏，即使它們確實會如此，只要你和你的迪莉亞還在裡面就行。但如果一個家庭不幸福，就儘管給它寬敞些——你大可從金門進去，把帽子掛在哈特拉斯，把披肩搭在合恩角，再由拉布拉多離開[1]。

喬在了不起的馬吉斯特那裡學畫——你肯定聽過他的名號。他的收費很高，他的課程很淺——他的高而淺給他帶來了聲望。迪莉亞則師從羅森斯托克——你也知道，他靠折騰鋼琴鍵盤而聞名。

他們的錢夠用多久，他們的幸福就能持續多久。誰都一樣——但我不想表現得憤世嫉俗。他們的目標清晰、明確。喬要盡快畫出能讓那些留著稀疏的連鬢鬍子，揣著厚厚的口袋書的老先生吵著嚷著擠到他的工作室裡來搶購的畫作。迪莉亞則要跟音樂之神混熟，之後再將它棄之不顧；到那時，只要看到音樂廳裡的座位和包廂還沒有滿座，她就推說喉嚨痛，拒絕繼續演出，轉而去私人餐廳吃龍蝦。

但照我看，小公寓裡的家庭生活才是最好的：在一天的學習之後熱烈地說個不停；可口的晚飯和清淡的新鮮早餐；就彼此的抱負交流看法——兩人的抱負是密不可分的，否則就不值得討論；互相幫助，分享靈感；以及——請原諒我的直率——夜裡十一點時用來填肚子的橄欖和起司三明治。

可是沒過多久，藝術動搖了。曾經，即使一群扳道工一起使力，也搖不動它。俗話說得好，有的出，沒的進；他們已經付不起應該給馬吉斯特先生和羅森斯托克先生的學費了。當某人愛上他的藝術之神的時候，似乎沒有任何義務是不能承擔的。所以，迪莉亞表示，她要靠教音樂來換口糧了。

為了招生，她在外面轉了兩三天。一個晚上，她興高采烈地回到家。

「喬，親愛的，」她歡快地說，「我有學生了。而且，哦，是最可愛的那種人。A．B．平克尼將軍的女兒，住在七十一街。多麼豪華的房子啊，喬——你應該看看那扇大門！我想你會叫它拜占庭式的。還有房子的內飾！哦，喬，我還沒有見過能和它相比的。

「我的學生是他的女兒克萊門蒂娜。我已經愛上她了。她是個精緻的洋娃娃——總是穿白衣服；甜美，純真，有禮貌。才十八歲。我一星期上三次課，而且，你想啊，喬，一節課能賺五美元。錢少了點，但我不在乎。只要再找兩三個學生，我就能在羅森斯托克先生那裡復課了。現在，別再皺著眉頭了，親愛的，讓我們好好吃頓晚飯吧。」

「你棒極了，迪莉[2]，」喬一邊用刻刀和斧頭撬一個豌豆罐頭，一邊說道，「但我呢？你覺得，在你為錢奮鬥的時候，我還能若無其事地在高雅藝術的領域裡做個浪子嗎？憑著本韋努托．切利尼[3]的骨頭

---

1 金門在舊金山，哈特拉斯在北卡羅萊納，合恩角在智利，拉布拉多則在加拿大。
2 此處的「迪莉」是對「迪莉亞」的暱稱。
3 本韋努托．切利尼，文藝復興時期的義大利雕刻家。

發誓，不行！我想我可以賣報紙、鋪石子，多少也賺一點錢。」

迪莉亞走過來，抱著他的脖子。

「喬，親愛的，你真傻。你一定得好好學習。我並沒有放棄音樂而去從事別的工作。我教的正是我學的，它們在同時進行。我永遠和我的音樂同在。而且，有這每週十五美元的收入，我們能過得像百萬富翁一樣快樂。你可千萬別想著離開馬吉斯特先生。」

「好吧，」喬一邊說，一邊伸手去拿那個扇貝形的藍色菜盤，「可是，我不喜歡你去帶課。那不是藝術，但你還要盡心盡力地去做。」

「當某人愛上他的藝術之神的時候，似乎沒有任何義務是不能承擔的。」迪莉亞說。

「馬吉斯特稱讚了我在公園裡畫的那幅素描，說上面的天空很好，」喬說，「而且，廷克爾允許我掛兩幅畫在他的櫥窗裡。如果碰上某個既有錢又適合的傻瓜，也許能賣掉一幅。」

「我相信你一定可以，」迪莉亞甜蜜地說，「現在，讓我們先來感謝平克尼將軍和這頓烤牛排吧。」

接下來的一星期，拉臘比夫婦的早餐吃得很早。喬熱衷於去中央公園畫清晨風光的速寫，七點鐘的時候，迪莉亞把早餐、寵愛、讚美和親吻一股腦都給了他，然後就送他出門了。藝術是個迷人的情婦。多數時候，他要到晚上七點鐘才會回家。

到了週末，迪莉亞神情疲憊但開心自豪，得意揚揚地將三張五美元的鈔票丟在八英尺寬、十英尺長的客廳中央的那張八英寸寬、十英寸長的桌子上。

「有時候，」她略帶倦意地說，「克萊門蒂娜可真累人。她大概是練得不太夠，所以，我不得不反覆教她同樣的內容。而且，她老是從頭到腳穿一身白，未免也太單調了。

「不過，平克尼將軍真是個親切的老人家！我希望你也能見見他，喬。有時候，在我陪克萊門蒂娜練鋼琴的時候，他會進來——你知道，他是個鰥夫——站在那裡擺弄他那白色的山羊鬍。『十六分音符和三十二分音符練得怎麼樣了？』他總是這麼問。

「我希望你能看看客廳裡的護牆板，喬！還有那些阿斯特拉罕的毛氈門簾。克萊門蒂娜有點咳嗽。我希望她的身體比她的外表強壯一些。哦，我真是越來越喜歡她了，她真有禮貌，真有教養。平克尼將軍的兄弟曾經是駐玻利維亞的公使。」

接著，只見喬帶著基督山伯爵的神氣，掏出了一張十美元、一張五美元、一張兩美元和一張一美元的鈔票——全是法定貨幣——把它們擺在迪莉亞賺的錢旁邊。

「一個從皮奧瑞亞[4]來的人買了那幅畫方尖碑的水彩畫。」他斬釘截鐵地宣布。

「別開玩笑了，」迪莉亞說，「不是從皮奧瑞亞來的吧？」

「千真萬確。我希望你也能見到他，迪莉。是個胖子，戴著條羊毛圍巾，隨身帶著羽毛梗牙籤。他看到擺在廷克爾櫥窗裡的素描，一開始還以為是風車呢。不過，他還是果斷地買下了它。他還預訂了另一幅——描繪拉卡萬納貨運站的油畫速寫——準備帶回去。音樂課！哦，我想藝術總算還沒走遠。」

「很高興你還在堅持，」迪莉亞熱情地說，「你一定會成功，親愛的。三十三美元！我們從沒有過

4 皮奧瑞亞，位於美國伊利諾州的高原地區。

這麼多現錢可用。今晚我們吃牡蠣。」

「還有配蘑菇醬的菲力牛排，」喬說，「叉子在哪裡？」

下一個星期六的晚上，喬先回到家。他把他的十八美元攤在客廳的桌子上，然後洗掉沾在手上的許多像是黑色顏料的東西。

半小時以後，迪莉亞也到了，右手由紗布和繃帶胡亂地包紮著。

「怎麼搞的？」打過招呼之後，喬問她。迪莉亞笑了起來，但並沒有十分開心的樣子。

「克萊門蒂娜，」她解釋說，「上完課一定要吃威爾斯起司吐司。真是個奇怪的女孩。下午五點鐘吃威爾斯起司吐司。當時，將軍也在。你真該瞧瞧他跑去拿鍋的樣子，就像家裡沒人可使喚似的。我知道，克萊門蒂娜的身體不太好；她太緊張了。她失手倒了太多起司，滾燙的起司溢出來，澆在我的手腕上。我傷得不輕，喬。那善良的女孩難過極了！還有平克尼將軍！——喬，那老人家急壞了。他衝下樓去叫人——他們說是燒火工或是住在地下室的什麼人——去藥店裡買藥水和包紮傷口用的東西。現在已經不太痛了。」

「這是什麼？」喬輕輕地捉住那隻手，撥了撥繃帶下面的幾條白線，問道。

「某種柔軟的棉紗，」迪莉亞說，「上過藥水的。哦，喬，你又賣掉了一幅素描？」

「可不是嗎？」喬說，「問問那個皮奧瑞亞來的男人吧。今天他取走了那幅車站的畫；另外，雖然還不確定，但他還在考慮買一幅公園花卉和一幅哈德遜河的風景。你是今天下午什麼時間燙到手的，迪莉？」

「五點鐘吧，我想，」迪莉亞哀怨地說，「熨斗——我是說起司，那時候剛剛出鍋。你真該看看平克尼將軍，喬，當時——」

「在這裡坐一會兒，迪莉。」喬說。他把她扶到沙發上，自己也靠著她坐下來，伸手摟著她的肩膀。

「過去的這兩個星期，你到底在做些什麼，迪莉？」他問道。

她以充滿愛意的頑固眼神望著他，硬撐了一兩分鐘，語焉不詳地嘟噥著一兩個與平克尼將軍有關的詞語；但終於還是垂下了頭，道出真相，流出眼淚。

「我根本招不到學生，」她承認，「但我不忍心看你放棄你的學業，所以就在二十四號大街的洗衣店找了一份熨衣服的工作。我想，平克尼將軍和克萊門蒂娜這兩個角色，我編得夠好了，你說呢，喬？今天下午，洗衣店的一個女孩不小心燙傷了我的手，我在回家的時候想了一路，才編出了那個威爾斯起司的故事。你不生我的氣吧，喬？如果我不打這份工，可能你也不會把你的畫賣給那個皮奧瑞亞來的人。」

「他不是從皮奧瑞亞來的。」喬慢條斯理地說。

「他是從哪裡來的都無關緊要。你真聰明，喬——吻我，喬——是什麼讓你懷疑我其實並沒有給克萊門蒂娜上音樂課？」

「我之前並沒有懷疑你，」喬說，「直到今晚。本來今晚也不會，但偏偏在下午的時候，我從鍋爐房拿了這些廢棉花，還有藥水，給樓上送去，因為有個女孩被熨斗燙傷了手。過去的兩個星期，我都在這家洗衣店燒鍋爐。」

「這麼說，你並沒有——」

「我那位皮奧瑞亞來的買主，」喬說，「還有平克尼將軍，是同一種藝術創作——只不過，它不是繪畫，也不是音樂罷了。」

然後，他們兩個都笑了。喬說：

「當某人愛上他的藝術之神的時候，似乎沒有任何義務是……」

但迪莉亞掩住了他的嘴，沒讓他繼續說下去。「不對，」她說，「僅僅只是『當某人愛著的時候』。」

警察與讚美詩

蘇比在麥迪遜廣場的長凳上輾轉難眠。當大雁在夜裡高聲鳴叫，當沒有海豹皮大衣的女人變得願意與她們的丈夫親熱，以及，當蘇比在公園的長凳上輾轉難眠的時候，你就知道，冬天已經近在咫尺。

一片枯葉落在蘇比的膝蓋上。那是傑克．弗羅斯特[1]的名片。傑克對麥迪遜廣場的長期居民很和善，每年都會提前來電，事先預告。在十字街頭，他把他的名片遞給了「露天大廈」的門房北風，好讓裡面的住戶先做準備。

蘇比意識到已經刻不容緩了，為了應付即將到來的寒冬，他得籌備一個想辦法和出主意的一人委員會才行。為此，他在長凳上輾轉難眠。

對於如何過冬，蘇比沒有太多奢念。他從沒想過地中海的遊輪、令人昏昏欲睡的南方天空，更別說去維蘇威海灣游泳了。他夢寐以求的不過是去島上住三個月。包三個月食宿、有床、有談得來的朋

1 傑克．弗羅斯特，英語中對冰霜和嚴寒的擬人化稱呼。

友，不用被波瑞阿斯[2]和穿藍外套的巡警追著跑，對於蘇比來說，這就是最大的樂事。

多年以來，熱情友善的布萊克威爾監獄一直是他的冬季居所。就像那些遠比他幸運的紐約人每到冬天就買票去棕櫚灘和里維拉一樣，蘇比也已為自己每年一度的小島流亡做了低調的安排。現在，時候到了。剛過去的這個夜晚，在這片古老的廣場當中，他躺在噴泉旁邊的長凳上，把三份安息日新聞報墊在衣服裡，裹住腳踝和膝蓋，卻還是無法抵禦寒冷。因此，那座島嶼又適時在他心中浮現。他對那些以救濟為名的，針對城市寄生蟲的施捨不屑一顧。在他看來，法律條款比慈善機構更加可愛。慈善組織、政府機關和被救濟者之間的關聯是長期存在的，從它們那裡，他能獲得滿足基本生活需要的食宿條件。但對於像蘇比這樣高傲的人來說，別人施捨的東西是沉重的負擔。從人家手裡拿走好處，如果不用以現金償付，就需要承受靈魂的羞辱。正如擁有整個羅馬的凱撒，也要在布魯圖斯那裡付出代價[3]：得到一個床位，就得被迫去洗澡；得到一條麵包，就得被人盤問，連自己的隱私也得和盤托出。與之相比，去法律那裡做客要舒服得多，它雖然手段嚴厲，但不至於過問一位紳士的私事。

一旦下定決心到島上去，蘇比就摩拳擦掌，準備達成心願。去那裡有很多捷徑。最愉快的莫過於去一家昂貴的餐廳吃一頓豪華大餐，接著宣布自己沒錢付帳，之後就會安靜而不吵不鬧地被交到警察手上。一個樂於助人的治安官會辦好餘下的事情。

蘇比離開長凳，漫步走出廣場，穿過一片由瀝青鋪就的平坦的海，百老匯大道和第五大道一起在那片海上漂浮。他彎進百老匯大道，在一家金碧輝煌的餐廳前面停下，每個晚上，最上乘的美酒、最華麗的絲綢和最滑膩的肌膚都會聚集在此處。

蘇比覺得，自己上半身的打扮可說是無懈可擊。他刮過臉，外套還挺體面，那條樣式簡潔、正經八百地繫著活結的黑色領帶是一位女教士送給他的感恩節禮物。只要能夠進入餐廳，並順利找到一張桌子，那他無疑就會過關了。屆時，他顯露在桌面以上的部分絕不會招致侍者的疑心。點一隻烤野鴨，蘇比想，也就行了——加上一瓶夏布利酒，然後是卡門貝軟起司，再要一小杯咖啡和一根雪茄。一美元的雪茄就夠可以了。帳單總金額不大，不至於讓餐廳老闆以最凶狠的手段予以報復，而這些鴨肉也足以讓他快樂而愜意地開啟他的冬季避難之旅。

可是，蘇比才剛踏進餐廳的門，領班的目光就落在了他的破褲子和舊鞋子上。一雙粗壯俐落的手把他轉過身來，迅速地推到人行道上去了，沒弄出一點聲響，就為那隻險遭辱沒的鴨子解除了威脅。

蘇比轉了個彎，離開了百老匯大道。看來，去往那夢想之島的途徑不會是一條享樂主義的道路。想進監獄，還得另想辦法。

在第六大道的轉角，耀眼的燈光和擺得恰到好處的商品讓一家商店的玻璃櫥窗格外引人注目。蘇比撿起一塊鵝卵石，砸穿了那塊玻璃。一群人繞過街角，朝這邊跑過來，為首的正是一名警察。蘇比站在原地，手插在衣袋裡，微笑著看了一眼警察的黃銅鈕扣。

「砸玻璃的人哪裡去了？」警察怒氣沖沖地問。

「難道你看不出來我可能就和這事有關嗎？」蘇比說，語氣不無諷刺意味，但很友善，就像一個碰

---

2 波瑞阿斯，希臘神話中的風神，代表北風。

3 權傾天下的凱撒被自己的朋友布魯圖斯刺殺，作者以此為例，旨在說明無論是誰都需要為他所擁有的一切付出代價。

上好運的人。

警察的頭腦完全容不下蘇比說的這種可能性。砸爛窗戶的人才不會專門留下來和法律的臣僕聊天呢，他們早就溜之大吉了。警察看到距離這裡半條街遠的地方，有一個人正跑著追一輛汽車，馬上抽出警棍，追了上去。蘇比心中沮喪，步履蹣跚地走開了。這是他的第二次失利。

街對面有一家看起來不那麼傲慢的餐館，適合大胃袋和小錢袋。它的碗碟和氛圍都一樣粗重，它的湯水和餐布都一樣稀薄。蘇比仍舊穿著那雙討罵的鞋子和那條洩密的褲子，毫不遲疑地走了進去。他找到位子坐下，吃了牛排、煎餅、甜甜圈和派，然後，向侍者坦白，說自己和任何一點小錢都扯不上關係。

「現在，快點去叫警察，」蘇比說，「別讓一位紳士久等。」

「沒有警察會理你的，」侍者的聲音像奶油蛋糕，眼睛像曼哈頓雞尾酒裡的櫻桃，說完又叫了一聲，「嘿，考恩！」

兩個侍者押著蘇比出去，動作熟練地放倒了他，讓他左耳著地，側躺在又冷又硬的人行道上。他像打開一把木工尺那樣，一個關節一個關節地把自己撐起來，然後拍了拍衣服上的塵土。被捕似乎只是一個美夢。那座島嶼似乎無比遙遠。一個警察站在距離他兩間店面的地方，只笑了笑，就順著街道走下去了。

一連逛了五個街區，蘇比才重新鼓起勇氣，再次尋求被逮捕的好運。就在他略顯誇張地為自己打氣的時候，機會又來了。一位裝扮端莊可人的年輕女士正站在一面櫥窗前，饒有興味地凝視著裡面的剃鬚杯和墨水瓶。離櫥窗兩碼遠的地方，一個神色嚴厲的大塊頭警察斜靠在一個消防栓上。

蘇比打算扮演的角色是一個下三爛的、惹人唾棄的流氓。他的受害者外表優雅、富有教養，而且附近就有一位盡責的公僕，這一切鼓舞了他，使他確信自己很快將如願以償地被官方逮捕，並能夠在那個門戶緊閉的小島上度過整個冬天。

蘇比整了整女教士送給他的活結領帶，展開原本捲起的衣袖，歪戴著帽子，做出一副風流倜儻的模樣，朝那位女士湊了過去。他對她擠眉弄眼，突兀地咳嗽了幾下，擠出厚顏無恥的笑容，嘴裡嘟噥著通常只有流氓才會講的黑話，同時用眼角的餘光死死盯住那個警察。那位年輕女士先是後退了兩步，之後又全神貫注地觀察起那些剃鬚杯來。蘇比跟了上去，大膽地靠近她，抬起帽簷說道：「嗨，美女。你不想跟我回家玩玩嗎？」

警察一直在看著他們。只要被他騷擾的這個女人動動手指，蘇比就將踏上通往島上避難所的道路。憑藉想像，他已經感受到了驛站的舒適和溫暖。那年輕女人面對著他，伸出一隻手，抓住了蘇比的衣袖。

「當然了，帥哥，」她開心地說，「如果你肯請我喝一杯的話。要不是那個警察守在那裡，我早就找你說話了。」

蘇比帶著像常春藤纏繞橡樹那樣緊貼著他的女人，悶悶不樂地從警察面前走過。他似乎注定是自由的。

在下一個街角，他甩掉他的女伴，跑了。在一個地方，他停了下來，那裡的夜晚有著最明亮的街道、最明媚的心靈、最明快的歌聲，以及分量最輕的誓言。披著皮草的女人和穿著高級大衣的男人在冬日的氣氛中愉快地走動。突然之間，一陣恐懼襲來，蘇比心下擔憂，怕是有妖魔作祟，致使他始終不能被捕。這想法讓他有一點慌亂。當看到另一個警察正大搖大擺地在燈火通明的劇院門前走過的時候，他又抓到了一根救命稻草：「行為不檢」的罪名還是有望成立的。

在人行道上，他像個醉鬼一樣胡言亂語，用粗啞的嗓子大喊大叫。他手舞足蹈、詛咒、咆哮，用盡各種辦法讓這片天地不得安寧。

警察耍了耍他的警棍，轉過身背對著蘇比，對一個市民解釋著：「這人是耶魯大學的，他們學校在球賽裡讓哈特福德學院掛蛋，這夥小子正在慶祝呢。很吵，但也沒什麼大礙。上頭的命令，要我們別管他們。」

蘇比垂頭喪氣地停止了無望的胡鬧。難道永遠也不會有警察來抓他嗎？在他的想像中，那座島嶼就像一個無法企及的世外桃源。他扣好了單薄的外衣，來抵擋陰冷的北風。

他看到在一間雪茄店裡，一個衣冠楚楚的男人正就著飄搖的火苗點菸。他的絲綢雨傘在他進門的時候被擱在了門口。蘇比進了門，抓起傘，然後好整以暇地離開了。點菸的男人趕忙跟了出去。

「我的傘。」他聲色俱厲地說。

「哦，是嗎？」蘇比冷笑著說，給偷竊的罪名又添上了侮辱，「那麼，為什麼你不報警呢？是我拿的。你的傘！為什麼不叫警察？街角那裡就站著一位。」

傘的主人放慢了腳步。蘇比也同樣慢了下來，他有種預感，覺得好運會再一次背棄他。而他剛剛提到的那名警察，此時正好奇地看著他們兩個。

「當然了，」雨傘男說，「那是——好吧，你知道，這類誤會經常會發生——如果這是你的傘，我想求你原諒——它是我今早在一家餐館裡撿到的——如果你認出傘是你的——我希望你——」

「當然是我的。」蘇比惡狠狠地說。

傘的前主人退卻了。警察慌忙趕去幫忙扶一個披著禮服斗篷的高個金髮女郎，攙著她穿過街道，以免一輛還在兩個路口以外的街車碰到她。

蘇比向東面走去，穿過了一條因為翻修而殘破不堪的道路。他為了洩憤，把傘丟進了一個坑裡。他埋怨那些戴著頭盔、挎著警棍的傢伙。因為他一心只想被他們逮捕，他們卻像對待一位永遠正確的國王那樣供著他。

最後，蘇比來到一條通往東區的街道上，那裡的光線和喧囂都要弱一些。由於長期把家安在公園長凳上，一種戀家的本能讓他面朝麥迪遜廣場的方向走去。

然而，走到一處異常寂靜的角落時，蘇比站住了。這裡有一座老教堂，樣式古舊，略顯凌亂，砌著三角牆。紫羅蘭色的窗口透出柔和的燈光，那裡，毫無疑問，為了確保安息日讚美詩的演出萬無一失，風琴師正在琴鍵上流連忘返。美妙的音樂飄進了蘇比的耳朵，令他心醉神迷，不覺間握住鐵欄杆，把身體靠在上面。

明月高懸，皎潔寧靜；車輛與行人都很稀少；麻雀在屋簷下迷迷糊糊地鳴叫——有好一會兒，這情境像極了鄉村的墓地。風琴師彈奏的讚美詩將蘇比黏在了欄杆上，因為在他的生命中還有母親、玫瑰、抱負、朋友、財產和純真的思想等諸如此類的事物的時候，他曾對它十分熟悉。

蘇比敞開的心扉和老教堂施予他的影響一併發生作用，在他的靈魂之中引發了一種突然而神奇的變化。他敏銳而恐懼地審視自己所墜入的深淵，墮落的日子、一文不值的欲望、死去的嚮往、荒廢的才能，以及讓他苟活於世的、卑下的生存目的。

在那個瞬間，他的心弦被這種新奇的情緒給撥動了。一陣突如其來的強烈衝動使他向命運的絕境發起挑戰。他要把自己拔出泥潭，他要重新做人，他要戰勝那個奪去他所有一切的魔鬼。還不算太晚，他還很年輕：他要復活過去那些熱切的夢想，義無反顧地追求下去。那些莊嚴而又親切的風琴曲調顛覆了他的心。明天，他要去熱鬧的市中心找工作。有個皮貨商曾經許給他一份趕車的工作。明天，他要去找他申請這個職位。他要在這世上立足。他要——

蘇比察覺有隻手搭在了他的胳臂上。他迅速扭過頭去，看見一個警察的大胖臉。

「你在這裡做什麼？」警察問。

「什麼也沒做。」蘇比說。

「那跟我來吧。」警察說。

「在島上監禁三個月。」在第二天早晨的庭審中，治安官說。

財神與愛神

老安東尼．洛克沃爾、退休的洛氏尤列卡肥皂生產商和經銷商，在第五大道的私人別墅裡，望著書房的窗戶咧嘴一笑。他的右鄰——那個貴族出身的花花公子，G．范．舒伊萊特．薩福爾克－瓊斯，剛出家門，向正等著他的小轎車走去，像往常一樣，對著肥皂商府邸前門的文藝復興式雕塑傲慢無禮地聳了聳鼻子。

「這個自大的老小子也沒別的本事了！」前肥皂大王如此點評道，「又老又硬的納斯爾羅德[1]，如果他不當心點的話，伊甸博物館[2]就得把他抓去展出了。下一個夏天，我要把這棟房子漆成紅色、白色、藍色，看看他的荷蘭鼻子能不能翻上天。」

接著，一向不愛用鈴鐺的安東尼．洛克沃爾，走到書房的門口喊了聲：「邁克！」

這把嗓子過去曾震碎過堪薩斯草原的天空，現在的威力也一如當年。

1 納斯爾羅德，十九世紀的著名政治家，是德國裔的俄羅斯人。此處，老洛克沃爾藉此譏諷身為外來移民的鄰居是沒有祖國的人。

2 伊甸博物館，位於紐約，開設於一八八四年，即歐．亨利的青年時代。館內展品以蠟像為主。

「跟我兒子講，」安東尼吩咐應聲而來的傭人說，「叫他出門之前到我這裡來一趟。」

在小洛克沃爾走進書房的時候，老頭將報紙放在一邊，一隻手把毛氈般的白髮揉得蓬亂，另一隻手把口袋裡的鑰匙弄得直響，抬起光滑紅潤的大臉，既和藹又嚴厲地看著他。

「理查，」安東尼．洛克沃爾說，「你用的肥皂是花多少錢買的？」

理查有點吃驚。他六個月前剛剛離開校園，還摸不清老爺子的脾性，這人就像初次約會的女生，總搞些出其不意的把戲。

「我想，應該是六美元一打吧，爸爸。」

「你的衣服呢？」

「六十美元左右吧，一般都是這麼多。」

「你是個上等人，」安東尼斷然說道，「我聽說現在的年輕人都用二十四美金一打的肥皂，做套衣服得超過一百美金。你有很多錢可以揮霍，比得過他們中的任何一個，但你仍然很得體、很節制。我現在還在用老尤列卡，不僅僅因為情感因素，也因為它是最純粹的肥皂。無論什麼時候，你為一塊肥皂花的錢不過就十美分，其餘的都買了劣質香料和商標。對一個像你這種年紀、地位和條件的年輕人來說，五十美分一塊的肥皂就相當好了。

「像我說的，你是個上等人。人家說得用三代才能培養出一個上等人。這話落伍了。有錢好辦事，能辦得跟肥皂油脂一樣滑溜。錢讓你成了上等人，也差一點讓我成了上等人。這太假了！我幾乎和那兩個荷蘭暴發戶一樣粗鄙、可憎。我的這對左鄰右舍，每天晚上都睡不安穩，就因為我把房子買在他們兩個之間。」

「有些事情，有錢也辦不到的。」小洛克沃爾略顯沮喪地說。

「等等，別這麼講，」老安東尼驚訝地說，「這要是個賭局，我絕對會把錢押在『錢』這一邊。我把百科全書一直翻到了Y字部，就找不到一樣錢買不到的東西，我還指望著下星期再從附錄裡找找看。為了錢，我能和全世界作對。跟我說說，什麼是錢買不到的。」

「現在就有一個，」理查有些不滿地答道，「錢就沒法在排外的上流社交圈裡買到一個席位。」

「嗨喲，是嗎？」萬惡之源的擁戴者咆哮起來，「你倒說說看，要是阿斯特家族[3]的第一代沒錢買次等艙的船票來美國，哪來的你所謂的上流社交圈？」

理查歎了口氣。

「我叫你進來，其實就是打算跟你講，」老頭說道，把嗓門壓低了一點，「你好像有些不對勁，孩子。這兩個禮拜我都在留意你。說出來吧。我估了一下，二十四小時以內我就能籌到一千一百萬美金，這還沒算上不動產。如果你的肝臟不舒服，『漫步者』號就停在灣裡，帶夠了煤，做好了啟航的準備，用兩天時間就能到達巴哈馬群島。」

「猜得不錯，爸爸。差不多吧。」

「啊，」安東尼搶過話頭，繼續說道，「她叫什麼名字？」

理查開始在書房裡來回踱步。這位粗魯的老父親表達了足夠的關愛和同情，叫他不得不將心事和

---

3 阿斯特家族，是美國歷史上頂尖的富豪世家，第一份產業是由約翰．雅各．阿斯特創立的皮草公司。約翰．雅各．阿斯特出生於德國，於一七八三年移居美國，屬於北美大陸的第一批移民。他在美國商界擁有極高的地位，被稱為「史上最偉大的企業家之一」。

盤托出。

「為什麼你不直接問她呢？」老安東尼詢問道，「她會雀躍著，投進你的懷抱。你有錢、樣貌好，是個正派的年輕人。你的雙手很白淨，你沒讓它們沾到尤列卡肥皂。你念過大學，不過這一點她倒不會很在乎。」

「我沒找到機會。」理查說。

「那就製造一個機會，」安東尼說，「帶她去公園散步，或者騎車去郊外，或者陪她從教堂走回家。機會！啐！」

「你不太瞭解這臺社交機器，爸爸。她屬於帶動整條流水線的那個部分。她的時間，每時每刻都得早早預約安排。我必須得到這個女孩，爸爸，否則這城市將變成一片陰暗的沼澤，我永遠也不能得救。而且，我還不能寫信告訴她——我不能那樣做。」

「好了！」老頭說，「你的意思是說，我能給你這麼多錢，你卻不能讓一個女孩陪你待上一兩個小時？」

「太遲了，我的行動太慢了。後天中午，她就上船去歐洲了，得在那裡住兩年。明天晚上我會去見她，可以單獨和她待一會兒。她現在在拉奇蒙特的阿姨家裡。我不能到那裡去。不過，我已經得到許可，可以搭出租馬車去中央車站見她，她的火車明晚八點半到。然後，我們一起搭車，沿百老匯大道一直下去，到沃拉克劇院去。她母親在休息室裡等我們，那裡會有一場小型聚會。你覺得在這種情況下，她會在僅有的六到八分鐘時間裡聽我對她表白嗎？不可能。那麼，在劇院裡或是戲散之後呢？我能得到什麼機會嗎？更不可能。不，爸爸，這是一個用你的錢也解不開的亂局。我們沒法用鈔票買到一分鐘的時間，如果可以，有錢人都會更長壽一些。想在蘭特里小姐啟程之前和她談一談，我看是沒什麼希望了。」

「好吧，理查，我的孩子，」老安東尼樂呵呵地說，「你現在可以去你的俱樂部了。我很高興你的肝沒有問題。但別忘記時時都要去廟裡燒香，拜一拜偉大的財神爺。你說錢買不到時間？好吧，當然啦，你不可能出個價錢，叫人把不朽打包，然後送貨上門。但是，我看到時間老人從金礦中走過，他的腳後跟也被磕得不輕。」

那天晚上，文雅慈祥、多愁善感、滿臉皺紋、唉聲歎氣、為財富所累的埃倫姑姑，在她弟弟安東尼看晚報的時候來探望他。兩人以「情人的哀愁」為題，展開了一番討論。

「他把一切都告訴我了，」安東尼打了個哈欠，說道，「我跟他說，我的銀行帳戶供他支配。之後，他就開始貶低金錢。說錢也幫不上忙；還說十個百萬富翁一齊使力，也沒法叫社交法則偏移一碼。」

「噢，安東尼，」埃倫姑姑歎息著，「我希望你別那麼看重金錢。一旦遇上真正的情感問題，財富就無能為力了。愛才是萬能的。他只需要早點開口！她不可能拒絕我們的理查。但現在，怕是已經太遲了。他得不到向她表白的機會了。你拿所有的金錢也換不來你兒子的幸福。」

第二天晚上八點，埃倫姑姑從一個被蟲蛀過的盒子裡拿出一枚別致古雅的金戒指，交給了理查。

「今晚戴著它，侄子，」她請求道，「這是你媽媽給我的。她說，它能給墜入愛河的人帶來好運。她囑託我在你有了心上人的時候，把它交給你。」

小洛克沃爾必恭必敬地接過戒指，試著把它戴在小指上。戒指滑到第二指節就下不去了。他把它摘下來，隨隨便便地塞進了背心口袋。接著，就撥電話叫車去了。

八點三十二分，在火車站，他從鬧哄哄的人潮中把蘭特里小姐撈了出來。

「我們別讓媽媽和其他人久等。」她說。

「去沃拉克劇院，能多快跑多快！」理查一臉忠誠地吩咐車夫。

他們取道四十二大街前往百老匯，稍後拐進一條亮如白晝的小路，它連接了日落時的柔軟草地和清晨時的石質群山。

到三十四大街時，小理查迅速推開車門，叫車夫停車。

「我掉了一枚戒指，」他一邊表示歉意，一邊鑽出馬車，「那是我母親留下來的，我不想弄丟它。耽誤不了一分鐘——我看到它掉在哪裡了。」

沒到一分鐘他就帶著戒指回到馬車裡了。

但就在那一分鐘的工夫，一輛穿越市區的公共汽車在馬車的正前方停住了。車夫想從左邊通過，又被一輛快運貨車截住了。他想走右邊，又不得不退回來，給一輛沒裝家具的家具搬運車讓道。他想退出去，但也不行，只好放下轡繩，盡心盡力地咒罵起來。他被堵在車輛和馬匹攪成的一團亂麻裡了。

在大城市裡，總有某條街道會極其突然地被堵住，有時會阻斷交通和貿易。

「怎麼不繼續前進？」蘭特里小姐不耐煩地說，「我們要遲到了。」

理查在車裡站起身，看了看四周。他看到一大堆貨車、卡車、馬車、運輸車和街車擠在一起，把百老匯大道、第六大道和三十四大街交叉口的廣大空間塞得滿滿的，像一個腰圍二十六英寸的少女非要套上二十二英寸的腰帶一樣。而且，在所有這些交叉的街道上，仍有許多車輛急急忙忙、吵吵鬧鬧地向著堵塞的位置全速駛來，把它們自己投進了那一潭渾水，陷入車輪的洪流，給這片喧囂又添上一些司機的詛咒。整個曼哈頓的交通彷彿都凝固在他們周圍。成千上萬的紐約人在人行道上列隊圍觀，連他們之中最資深的那些也不曾見過這種程度的塞車。

「非常抱歉，」理查坐回他的座位，說道，「看這樣子，我們被卡住了。這亂哄哄的一團，恐怕一個鐘頭之內沒法解開。是我的錯。如果我沒有弄掉我的戒指，我們……」

「給我看看那枚戒指吧，」蘭特里小姐說，「這時候，反正做什麼都無濟於事了，我倒也不在乎了。說到底，我覺得看戲還滿蠢的。」

夜裡十一點鐘，有人輕輕地叩響了安東尼．洛克沃爾家的門。

「進來。」安東尼喊道，他穿著一身紅色的便袍，正在讀一本描寫海盜的冒險小說。

是埃倫姑姑，像一個誤入塵世的灰髮天使。

「他們訂婚了，安東尼，」她溫柔地說，「她答應嫁給我們家理查。他們去劇院的路上發生了大塞車，他們的馬車過了兩個小時才出去。

「哦，安東尼弟弟，別再吹噓金錢的力量了。一枚象徵著真愛的小徽章——一枚小小的戒指，代表永不磨滅、無法收買的真情——幫助我們的理查獲得了幸福。他把它掉在了街上，然後又回去找它。在他們繼續上路之前，發生了塞車。在馬車被車流困住的時候，他向他的心上人表白，贏得了她的愛。金錢和真愛相比，只是爛泥，安東尼。」

「好吧，」老安東尼說，「我很高興，這孩子終於如願以償了。我告訴過他，為了他的事，我會不惜一切代價，只要……」

「可是，安東尼弟弟，就這件事來說，你的錢又能有什麼用呢？」

「姊姊，」安東尼．洛克沃爾說，「我的海盜陷入了險惡的困境。他的船被擊沉了，幸好他太看重金錢的價值了，捨不得被淹死。我希望你能讓我繼續把這一章讀完。」

故事到這裡本該結束了。我很願意像讀到它的各位所期望的那樣，讓它就此完結。但為了探明真相，我們必須進一步確認。

第二天，一個自稱凱利的人，兩手通紅，繫著藍色波點領帶，到安東尼．洛克沃爾家來拜訪，立刻就被領進了書房。

「很好，」安東尼一邊說著，一邊伸手去拿支票簿，「肥皂熬成了膽汁，效果真不錯。我們看看——你用完了五千美元現金？」

「我自己還墊了三百美元，」凱利說，「預算不夠用了，我不得不超支了一些。快運貨車和馬車，我大多只給五美元；但卡車和兩匹馬拉的馬車，很多都把價格抬到了十美元。開汽車的要十美元，有些載貨的要二十美元。警察敲竹槓敲得最狠——其中有兩個，我各給了五十美元，其餘的，或者二十，或者二十五。不過，這事辦得真漂亮，不是嗎，洛克沃爾先生？我得慶幸威廉．A．布萊迪[4]看不到這場小小的戶外塞車表演。我可不希望威廉因嫉妒而心碎。而且，我們都沒有排練過！那些小子全都準時出現在指定位置，一秒都不差。兩個小時，密不透風，哪怕一條蛇，也別想從格里利[5]的雕像底下爬過去。」

「一千三百美元——給你，凱利，」安東尼說著，撕下一張支票，「一千是你的酬勞，三百是還你之前墊付的錢。你該不會瞧不起錢吧，你說呢，凱利？」

「我？」凱利說，「我只想揍那個發明了貧窮的傢伙。」

凱利走到門口的時候，安東尼又叫住了他。

「你有沒有留意，」他說，「在交叉路口附近那一帶，是不是有個一絲不掛的小胖子拿著一副弓箭亂射一通？」

「什麼？沒有，」凱利一臉困惑地說，「我沒看到。如果他像你說的那樣，也許在我到那裡之前就被警察抓走了。」

「依我看，這個小無賴不會被抓到的，」安東尼輕輕地笑出了聲，「再見，凱利。」

---

4 威廉·A·布萊迪（一八六三—一九五〇），與歐·亨利同時代的著名美國演員、演出經理人、電影製片人、體育經紀人。

5 格里利，即賀瑞斯·格里利，美國著名政治家、報業人，創辦了《紐約論壇報》，在紐約市有一個廣場以他的名字命名，並立有他的雕像。

春日菜單

那是三月裡的一天。

永遠，永遠不要用這樣一個句子開始一個故事。沒有比這更糟的開頭了。它毫無想像力、枯燥、空洞，裡面很可能只有風。但就眼前這種情況來說，它是可以被容忍的。因為接下來這個開啟正文的段落，太過莽撞，又太過荒唐，毫無防備的讀者會被閃到眼睛。

莎拉對著她的菜單哭泣。

想想看，一個紐約女孩對著菜單卡掉眼淚！

細究起來，你也許會想，是不是龍蝦賣光了，或是她已發願在大齋節期間遠離霜淇淋，或是她點了洋蔥，或是她剛看過哈克特的午場戲。然而，這些推測都不對，還是繼續講我們的故事吧。

有位先生宣稱世界是一顆牡蠣，還說他需要使出遠比他應當使出的更大的氣力，才能憑著手中的利劍將它撬開。[1]用劍撬開一顆牡蠣不是什麼難事。但你何曾見過有人用打字機撬開任何一種貝殼？你會在市場裡等著人家用這辦法給你撬開一打生鮮嗎？

莎拉想方設法用她那件極不順手的兵器撬開了一個個硬殼，將就著能夠嘗一嘗這個又冷又溼的世界。關於速記的知識，她並不比一位掙脫了商學院的羅網，一頭栽進這個世界的畢業生懂得更多。所以，她其實不會速記，因此也就無法擠進星光璀璨的辦公室才俊之列。她是一名自由接案的打字員，只能四處遊說，給自己攬些零工。

在和世界的對抗中，莎拉取得的最高、最輝煌的成就，就是她和舒勒伯格家庭餐廳的一筆買賣。在餐館的旁邊，有一座紅磚砌成的老房子，裡面有一個用門廳改成的房間，莎拉就住在裡面。一天晚上，在舒勒伯格吃完一頓四十美分五道菜的套餐（上菜速度差不多和朝黑人紳士頭上丟五顆棒球一樣快），莎拉帶著她的菜單回了家。這東西是手寫的，既不是英文也不是德文，簡直是誰也讀不懂的天書，而且排得顛三倒四，以至於稍有不慎，你就會先點牙籤和米布丁，最後才點到湯和本週當日的特色菜。

第二天，莎拉帶了一張整潔的卡片給舒勒伯格看，上面用漂亮的列印字體列了一份清單，食物的名稱以極為誘人的方式，恰當明瞭地排在各自的位置上，從「飯前點心」到「本店不負責保管大衣和雨傘」，頭尾俱全。

舒勒伯格當場便欣然採納。在莎拉離開之前，他自願自發地給了她一份委託協議，請她為餐館裡的二十一桌座位製作列印菜單——每天晚餐都有一份新菜單；至於早餐和午餐的菜單，若是菜式有變，或是弄髒了舊菜單，就也需要換成新的。

作為回報，舒勒伯格每天都會派一位服務生——盡可能找個好脾氣的——將一日三餐都送到莎拉那間門廳改成的臥室去，下午那次送餐，還會附上一張鉛筆草稿，那是命運之神在儲藏室裡為舒勒伯格的

1 典出莎士比亞喜劇《溫莎的風流婦人》第二幕第二場。畢斯托爾向福斯塔夫借錢，被拒絕後說道：「世界是我的牡蠣，我會用劍撬開它。」

客人擬訂的明日菜單。

這份協議讓雙方都頗為滿意。舒勒伯格的老顧客這下終於知道他們點的究竟是什麼了，儘管餐食的成分還是常常令他們困惑。而對莎拉來說，最重要的是，在這個寒冷蕭瑟的冬天，她不缺吃喝了。

那時候，年曆撒了謊，說春天已經來了。春天要來時才會真的來。一月降下的積雪仍遍布貫穿全城的街道，凍得像石頭一樣硬。手搖風琴仍以十二月的活力和腔調，演奏著〈美好而古老的夏日時光〉。在當月備忘錄裡，大家開始為購置復活節的衣物做計畫了。門衛關掉了暖氣。這些事情當中只要有一樣發生，你就會明白，城市還被冬天掌握在掌中。

某日下午，莎拉窩在她那間別致的門廳臥室裡發著抖；不是說「房間溫暖、整潔、便利，人見人愛」嗎？目前，除了舒勒伯格的菜單卡以外，她沒有別的工作。莎拉坐在嘎吱作響的柳條搖椅上，望著窗外。牆上的日曆對著她大叫：「春天到了，莎拉——我跟你說，春天到了。看著我，莎拉，我身上寫得很清楚。你自己的身上也發生了變化，你苗條了，莎拉——春天的好身材——但你為什麼如此悲傷地望著窗外？」

莎拉的房間在房屋背後。向窗外看，她只能看到鄰街紙箱廠沒有窗戶的磚牆。但對於她，那堵牆是最純淨的水晶，透過它，她能看到一條夾在樹莓灌木叢和金櫻子花之間的，在櫻桃樹和榆樹庇蔭之下的綠草如茵的小徑。

對於眼睛和耳朵來說，春天的徵兆實在太過微妙。有些人一定得看到盛放的番紅花、看到森林裡星星點點的山茱萸、聽到藍鳥的鳴叫——甚至一定要得到明確無誤的通知，比如看到蕎麥和牡蠣在退出市場之前和大家握手道別，他們才會歡迎那位綠衣女士進駐他們遲鈍的心靈。但對於受到這顆古老星球眷顧的居民來說，春天的消息來得很直接，這位裝扮一新的女郎捎來了甜蜜的口信，告訴他們，只要他們不當她是後母，她就一定對他們視如己出。

早先，夏天的時候，莎拉去了鄉下，愛上了一個農夫。

（你寫小說的時候可別像這樣開倒車。這是很糟糕的手段，還十分掃興。你得前進，再前進。）

莎拉在「陽光小溪」農場待了兩個星期。在那兒，她愛上了老農富蘭克林的兒子華特。農夫總是以最短的時間戀愛、結婚，然後入土，但年輕的華特·富蘭克林是一個現代化的農業工作者。他在牛棚裡裝了電話，還能準確預測下一年度的加拿大小麥作物會對新月期栽種的馬鈴薯有何影響。

正是在那條被樹莓灌木叢擁著的清涼小徑之上，華特向她發起愛的攻勢，並且成功。他們一起坐著。他用蒲公英編了一個花冠戴在她的頭上，不住地讚美她在黃花映襯下的棕色長髮。之後，她把花冠留在了那裡，一路揮動著手裡的草帽，走回了她住的地方。

他們打算在春天結婚——就在春天剛一露面的時候，華特說。然後，莎拉便回到城裡，繼續敲她的打字機。

敲門聲驅散了那幸福的一天留在莎拉眼前的幻景。服務生帶來了家庭餐廳第二天的菜單，老舒勒伯格用粗笨的手在上面留下了潦草的鉛筆字跡。

莎拉坐在打字機前，把一張卡片紙插進輥筒中間。她是個俐落的打字員。多數情況下，二十一張菜單卡在一個半小時以內就能完工。

今天，菜單較往常有了更多變化。湯更清淡了；豬肉從主菜中被剔除了，只和俄羅斯蕪菁一起出現在燒烤裡。整張菜單上，瀰漫著動人的春意。前不久還在綠意盎然的山坡上奔跑的羊兒，如今已像肉礦一般，被人採了回來，抹著具有紀念意義的醬汁，緬懷著過往的嬉戲。牡蠣之歌尚未止息，但正「隨著愛一同逝去」[2]。煎鍋看上去已被扣了起來，閒置在仁慈的烤爐架子後面。派的行列擴大了；更為貴氣的布丁卻消失了；那些被腸衣包得緊緊的香腸，身上沾滿了蕎麥，以及甜蜜但預示著末日的楓糖漿，憑藉樂天知命的好心態，勉強維持著最後一口氣。

莎拉的手指舞動著，像在夏日溪流上方飛翔的小蟲一般。她以既定程序執行她的工作，只須瞥上一眼，就能精確判斷每一個條目的長度，並據此將之擺放在恰當的位置。

點心上面是一列蔬菜。胡蘿蔔和豌豆，放在烤吐司上的蘆筍，四季都有的番茄、甜玉米、豆煮玉米、青豆、卷心菜……然後是——

莎拉對著菜單哭了起來。在她的心底有一處幽谷，其中盛開著聖潔但絕望的玫瑰，淚水從那裡湧出，在她的眼中彙聚。她把頭伏在打字機小小的支架上；鍵盤還在鼓噪，給她潮溼的嗚咽配上枯燥的伴奏。

因為，她有兩週沒收到華特的信了，而菜單的下一條是蒲公英——蒲公英配某種蛋——討厭的蛋！——蒲公英，華特用它的金色小花給她——他深愛的女王和未來的新娘，編了一頂王冠。蒲公英、春天的先聲，為她的悲傷加冕——作為那些最快活的日子的紀念。

夫人，你若是遭遇到這樣的考驗，恐怕也笑不出來：想像一下，帕西在你們定情的那一晚送給你的馬爾夏勒·奈耶玫瑰[3]，如今出現在舒勒伯格的菜單上，就在你的眼前被料理成一份法式沙拉。假如茱麗葉看到她的愛情象徵遭到褻瀆，她一定會馬上去找好心的藥劑師討要助人遺忘的藥草。

然而，春天是一個多麼迷人的妖女啊！必須給這個巨大而冷酷、由石頭和鋼鐵築造的城市發一封通知。除了那位來自山野之間的堅忍信使——總是身穿綠色的粗布上衣，面帶謙遜羞怯的氣息——誰也接不了這個任務。他是不懼命運的真勇士，這位蒲公英——正像法國大廚所稱呼的那樣，是獅子的牙齒[4]。開花時，他會成為愛的生力軍，給我的情人那淺褐色的頭髮戴上花冠；青蔥、幼嫩、含苞未放時，他會跳進煮沸的鍋裡，向尊貴的女主人傳遞消息。

過了一會兒，莎拉終於抑制住眼淚。必須敲完這些卡片上的字。蒲公英之夢仍散發著金色的光華，令她有些頭暈，她的手指彷彿無主之物，在鍵盤上茫然地躍動，她的心靈與意識卻與那位年輕的農夫一起，在芳草小徑上徘徊。但很快，她便閃回到曼哈頓的石砌道路邊，打字機也像撞壞的汽車一樣，開始蹦蹦跳跳的，發出乒乒乓乓的響聲。

六點鐘，服務生來送晚餐，順便帶走了列印好的菜單。用餐的時候，莎拉歎著氣，把一盤配有蒲公英，彷彿戴著花冠的什錦沙拉推到一邊。這黑糊糊的一團東西竟是由那光明之花、那愛的禮讚變化而來，如今它已淪為一種不入流的蔬菜，連帶著她自夏日開始的希冀，一起凋謝、一起毀滅。愛情也許——正如莎士比亞所說——是自給自足的，但莎拉就是不願將蒲公英當作食物，它是神的恩賜，裝點著她的真心真意，為她布置了第一場靈魂的盛宴。

七點半，隔壁那對夫婦開始吵架；樓上的男人在他的長笛上苦苦尋找神祕的A調；煤氣燈變暗了

---

2 原文為義大利文「dimuendo con amore」。

3 馬爾夏勒·奈耶玫瑰，一般稱為「涅爾將軍」，是一種華麗的黃色玫瑰。

4 蒲公英在法語中的俗稱為「dent-de-lion」，意即「獅子的牙齒」。

一些；三輛運煤車開始卸貨——這是唯一悅耳的聲音，簡直比留聲機還要動聽；後院籬笆上的貓正向著奉天緩緩撤退[5]。透過這些跡象，莎拉得知她的閱讀時間到了。她拿出當月最佳滯銷書《修道院與壁爐》，把腳穩穩地擱在行李箱上，開始和吉羅德一起四處冒險[6]。

前門鈴響了。房東太太應了一聲。莎拉拋下被狗熊逼到樹上的吉羅德和鄧尼斯，豎起耳朵聽著。噢，沒錯，換成是你，也會和她一樣。

樓下門廳裡響起了一個洪亮的聲音。莎拉跳了起來，朝房門衝了過去，任憑書掉在地板上。看來，這第一回合是狗熊占盡了便宜。

你應該已經猜到了。就在她跑到樓梯口的時候，她那位農夫正好三步併作兩步地爬了上來，就像收麥子一樣，一把將她摟過來，緊緊地抱住，一個麥穗也沒落下。

「為什麼不寫信啊——啊，為什麼？」莎拉叫道。

「紐約可真是個大城市，」華特．富蘭克林說，「我一個禮拜之前就來了，到你的老地址去找你。人家說你搬走了，是在一個星期四。這消息讓人放心了一些；至少排除了有可能帶來壞運氣的星期五。不過，這阻止不了我。我四處打聽你的下落，去過警察局，也去過許多其他地方。」

「我給你寫過信。」莎拉大聲地說。

「我沒收到。」

「那然後呢？你是怎麼找到我的？」

年輕的農夫笑了，笑容像春天般溫暖。

「今天傍晚，我去隔壁那間家庭餐廳吃飯，」他說，「我不在乎別人怎麼看我；每年的這個時候，我都喜歡點盤綠色蔬菜來吃。我的眼睛從上往下掃過那張漂亮的列印菜單，想在裡面找點想吃的東西。看到卷心菜下面那一行的時候，我跳了起來，把椅子都踢翻了。我大聲嚷嚷，叫老闆過來。是他把你的住處告訴了我。」

「我記得，」莎拉快樂地歎著氣，「卷心菜下面是蒲公英。」

「用你這臺打字機敲出的大寫字母W有些古怪，稍微斜了一點，無論在世上的任何地方，我都能認得出來。」富蘭克林說。

「什麼?在『蒲公英』裡可沒有W啊?」莎拉驚訝地說。

那年輕人從口袋裡掏出菜單，指著其中一行。

莎拉認出了它，這是這個下午她打好的第一張菜單，右上角還有淚水打溼的痕跡。這種綠色植物的名字，就排在淚斑之上的某處。它們的金黃色花朵喚醒了揮之不去的回憶，慫恿著她的手指敲下了幾個本不該出現的字母。

夾在紅甘藍和青椒鑲肉之間的是這一條：

最親愛的華特，配水煮蛋。

---

5 奉天為瀋陽的舊稱，此處指日俄戰爭的最後結局：俄軍在戰敗後撤退。這一暗喻顯然出自當時的時事新聞。

6《修道院與壁爐》是十九世紀英國小說家查爾斯·里德的作品，全名為《修道院與壁爐：一個中世紀的傳說》，吉羅德是書中的男主角。

綠色的門

假設你在晚飯之後，正沿著百老匯大道閒晃，打算在惹人發笑的悲劇和叫人笑不出來的雜耍表演之間選擇一個作為消遣，在決定之前，你還有十分鐘的時間，足夠好好地抽上一根雪茄。突然，一隻手搭在你的手臂上。你轉過身，被一雙迷人的眼睛深深吸引，那雙眼睛屬於一個美貌的女子，鑽石和俄羅斯貂皮將她襯得格外嬌豔。她匆匆忙忙地將一個熱騰騰的奶油捲塞進你手裡，在電光石火間掏出一把小剪刀，剪掉你外套上的第二顆鈕扣，嘴裡蹦出一個意味深長的詞語：「平行四邊形！」然後飛快地跑進一條橫街，扭過肩膀，面帶恐懼地回頭張望。

這將是純粹的冒險。你會接受嗎？你不會。你只會滿臉尷尬，怯懦地丟掉奶油捲，沿著百老匯大道繼續走，用軟弱而笨拙的手指在衣服上摸索著，彷彿還想變回那顆失蹤的鈕扣。你只能這麼做，除非你是那極少數被賜福的人，他們具有不朽的純粹冒險精神。

真正的冒險家一向十分稀有。那些被記載、被傳頌的，形象通常已遭篡改，被重新塑造成一副生意人的模樣。這些書中的人物是為了得到他們想得到的東西才會離鄉背井——金羊毛[1]、聖杯[2]、淑女的愛情、寶藏、王冠和名望。真正的冒險家沒有目的，不計得失，他們義無反顧地出發，只為恭迎不可測知的命運。「浪子回頭」的故事就是最佳例證——當然，只有在這浪子歸來之際，世人才有機會瞭解個中曲折。

半吊子的冒險家——勇敢和傑出的人物——為數不少。從轟轟烈烈的十字軍東征到驚險萬狀的懸崖峭壁，他們的事蹟給歷史和小說以取之不盡的題材，還催生了歷史小說這門職業。但是，他們每個人都想贏得獎賞，有目的性，有企圖心，求勝利，求突破，想名留青史，想特立獨行——所以，他們都算不上真正的冒險家。

在這座大城市，浪漫和冒險這對孿生的精靈總是在外物色配得上它們的追求者。當我們漫步街頭，它們在暗中窺視我們，以二十種不同的偽裝試探我們。不知為何，若是我們突然抬頭，就會看到一張框在窗戶裡的臉，既陌生又熟悉，彷彿是我們存放在畫廊裡的一幅私人收藏的肖像；在已然熟睡的大街上，我們聽到一聲混雜著痛苦和恐懼的叫喊，從一棟門窗緊閉的空宅子裡傳出；馬車夫沒把我們送到熟悉的地方，卻在一個陌生的門口停了下來，有人微笑著給我們開門，招呼我們進去；機遇之神從高入雲端的窗格間投下一張字條，將其飄送至我們腳邊；和人群擦肩而過時，只不過不經意地一瞥，我們便和那些匆匆忙忙的陌生人彼此憎恨、彼此愛戴、彼此畏懼；一陣突如其來的大雨會淋透我們的全身——而我們的雨傘也許被滿月的女兒或是恆星的親戚拿去遮雨了。每個街角都可能有絲帕從天而降，有手勢發出召喚，有眼神如影隨形；有失蹤的人、孤獨的人、迷狂的人、詭祕的人；有飽含危機的變化帶來冒

1 金羊毛，典出希臘神話，載於史詩《阿爾戈英雄紀》，說的是眾英雄在伊阿宋的帶領下出海尋找金羊毛的故事。

2 聖杯，典出亞瑟王的相關傳說，此杯是耶穌在最後的晚餐時使用的杯子，象徵至高的權威。

險的機緣劃過我們的指尖。然而，我們之中只有極少數人願意抓住它們、追隨它們。我們都是些食古不化的成年人，習俗與慣例壓住了我們的脊梁，讓我們無法動彈。我們維持現狀，直到某一日，抵達這乏味人生的盡頭，才發覺自己的羅曼史實在乏善可陳，不過就是一兩次婚姻、一枝鎖在保險箱抽屜裡的綢緞玫瑰、一場貫穿終身的與暖氣片之間的紛爭。

魯道爾夫．斯坦納是真正的冒險家。幾乎每個晚上，他都會離開他那間用門廳隔出的臥室，出去尋找出人意料又驚心動魄的奇遇。在他看來，生命中最為引人入勝的事物很可能就在下個街角靜待他的到來。由於總想著碰上好運，有時他會誤入歧途。他曾有兩次被迫在局子裡過夜；他一而再再而三地被狡詐貪心的騙子算計；他的手錶和鈔票都進了別人的口袋，只換來幾句令人輕飄飄的奉承。但是，他的熱情並未稍減，仍舊絕不放過別人拋給他的任何一個機遇，隨時準備要給他歡樂的冒險紀錄再添上一筆。

一天夜裡，在老城的中心，魯道爾夫在一條穿城的長街上閒逛。正有兩股人潮在人行道上奔湧，一股急匆匆地流往家的方向，另一股則以一種焦躁且無規律的方式運動著，流向那些以千支蠟燭亮度的套餐向他們假意奉承地招手的餐廳。

年輕的冒險家風度翩翩，一邊沉穩地走動，一邊留心著周遭的一切。白天，魯道爾夫是一家鋼琴行的推銷員。他不用條形領帶夾，而是以黃玉領帶扣固定領帶；有一回，他給一位雜誌編輯寫信，宣稱利蓓小姐的《茱妮的愛情試驗》是對他的人生影響最大的書。

正走著，一副擱在玻璃櫃裡的假牙劇烈地震顫起來，幾乎一下把他的注意力（帶著點噁心）吸引到了門前擺放這個櫃子的餐廳；但是，只不過又多看了一眼，他就在隔壁那扇門的上方發現了一塊牙醫診所的招牌，上面的電子字幕足以說明一切。一個身材碩大的黑人，令人難以置信地套著一件紅色的繡花外套、一條黃色的褲子，還戴著一頂軍帽，謹慎小心地將一些卡片分發給那些並未表示拒絕的路人。

這一類牙醫廣告，魯道爾夫見多了。從那些發放卡片的人身邊經過時，他通常一點也不會耽擱；但今晚，這個非洲人以如此敏捷的動作將一張卡片塞進他的手裡，他不但把它收了下來，還不禁因為對方所施展的絕妙手段露出了一絲微笑。

他向前走了一段，心不在焉地瞥了瞥那張卡片，結果卻嚇了一跳。於是，他懷著極大的興趣將卡片翻過來又看了看。卡片的一面完全空白，另一面用墨水寫了這麼幾個字：「綠色的門」。恰在此時，魯道爾夫看到，距離他幾步遠，有個人把他剛從黑人手裡接過的卡片丟在了地上。他撿起來一看，上面印著牙醫的名字和地址，還有那些很平常的服務項目——「鍍牙」、「牙橋」、「牙冠」，以及諸如「手術無痛」這種根本不可信的美好承諾。

愛好冒險的鋼琴推銷員站在街角思索了一陣。然後，他穿過一條馬路，走進一個街區，接著，又轉回頭，重又穿了過去，加入了上行的人潮。第二次從黑人面前經過時，魯道爾夫完全不看他，假裝漫不經心地伸手接過他遞來的卡片。在十步開外，他仔細查看了一下。與第一張卡片一樣，這一張上面也寫著「綠色的門」，連筆跡也完全相同。在人行道上，還有三、四張卡片，是他身前背後的行人隨手丟棄的。魯道爾夫一張張看過，連空白面朝上的也翻過來檢查，每一張都印著那幾段神乎其神的牙醫廣告。

冒險精靈極為罕見地為了獲得它貨真價實的擁護者——魯道爾夫．斯坦納的首肯，兩次對其發出邀約。然而，它確已召喚了他兩次，卻仍未打消他的疑問。

魯道爾夫慢吞吞地走回那位黑臉巨人和那個裝著假牙的櫃子旁邊。這一次，他經過的時候沒有收到卡片。那個衣索比亞人還站在那裡，儘管披掛著一身豔俗可笑的行頭，卻透著一種天然而帶點野性的尊嚴。他彬彬有禮地將卡片遞給一些人，同時識趣地將另一些人讓了過去。每過半分鐘，他就會用刺耳的嗓音唱上一句莫名其妙的唱詞，類似於車掌或歌劇演員的含混腔調，根本聽不清楚。魯道爾夫沒有收到卡片。不僅如此，這一回，他收到的是一道從那張碩大而油亮的黑臉上射出的，冷漠得幾近鄙視的目光。

這目光刺傷了冒險家。他從中讀出一種無聲的譴責，似乎在質疑他作為冒險家的資格。無論卡片上的神祕字眼究竟所指何意，那黑人已經兩次從接收者的大軍中把他挑出來，如今，彷彿在責怪他缺乏解謎的智慧與勇氣。

這年輕人站在匆忙的人潮旁邊，迅速地打量了一下面前的建築，認定他的冒險必定將在其中發生。這是一棟五層高的樓房。地下室開了一間小餐館。一樓的店鋪已經打烊了，看起來像是賣女帽或皮草的。二樓，掛著閃爍不定的電子字幕的，正是那家牙醫診所。再往上一層，一排混雜了多種語言的、巴別塔式的招牌爭著搶著自報家門，分別標明了手相家、裁縫、樂手和醫生的營業點。最上面的兩層都被窗簾遮住了，加之擺在窗臺上的牛奶瓶，足以說明那是住家區域了。

一番打量過後，魯道爾夫快步躍上高高的石頭臺階，進入了那棟樓房。他連續爬上兩層鋪了地毯的樓梯，然後在梯頂平臺停下腳步。兩盞煤氣燈將蒼白的光線灑在昏暗的走廊裡，右邊那盞離他較遠一些，左邊那盞離他較近一些。他向較近的那盞燈望去。在暗淡的光暈之下，有一扇綠色的門。他猶豫了片刻，但隨即彷彿看到那個耍弄卡片的非洲老千對他露出傲慢的笑容，便徑直向綠門走去，叩響了它。

真實的冒險使心跳加速，以全新的節奏丈量著有人應門之前的那陣短暫的時光。在那塊綠色的木板背後，任何事都有可能發生！賭棍在玩牌；陰險的流氓用狡計巧布陷阱；大膽的美女為情所困，打算遠走天涯，追尋愛的蹤跡；危險、死亡、愛情、失落、戲弄——所有這些都有可能回應他這次魯莽的叫門。

屋內傳出微弱的動靜，門緩緩打開了。一個還不到二十歲的女孩就站在裡面，面色蒼白，腳步蹣跚。她放開了門把手，身體虛弱地搖晃了幾下，用另一隻手摸索著什麼。魯道爾夫扶住她，送她去靠著牆的褪色舊沙發上躺下來。他關上門，藉著煤氣燈閃爍不定的光快速地掃了一眼房間。整潔，但是極度貧困，這就是他這一眼讀到的整個故事。

女孩靜靜地躺著，彷彿已經昏了過去。魯道爾夫四下打量，想找個桶子。得把人放在一個圓桶上來回滾——不，不，那是用來搶救溺水者的。他開始用他的帽子給她搧風。這下奏效了，他的帽簷打到了她的鼻尖，她睜開了眼睛。年輕人看到了她的臉，千真萬確，在他心裡有一個畫廊，專門陳列親近之人的肖像，其中缺少的正是眼下這副面容。坦誠的灰眼睛，小巧的鼻子驕傲地翹起，栗色的鬈髮像豌豆藤的捲鬚一樣，看起來，像是所有那些精彩的冒險所能給予他的最佳結局和犒賞。然而，這張臉蒼白憔悴，令人悲傷。

女孩平靜地看著他，露出微笑。

「我暈過去了嗎？」她有氣無力地問，「一定是吧。換了誰都會暈。你試試看三天沒東西吃會怎麼樣！」

「我的天！」魯道爾夫大叫一聲，跳了起來，「等我回來。」

他衝出那扇綠色的門，跑下樓梯，不到二十分鐘，又回來了，用腳尖踢門，叫她來開——他把兩邊手臂都用來抱那堆從食品店和餐館買回來的東西了。他把那些東西擺在桌子上：奶油麵包、冷肉、蛋糕、派、醃菜、牡蠣、一隻烤雞、一瓶牛奶、一罐熱紅茶。

「真是亂來，」魯道爾夫暴躁地說，「不吃東西怎麼行？你可別再跟人打這種賭了。大餐準備好了。」他把她攙到飯桌前的一把椅子上，問道：「這裡有茶杯嗎？」「窗邊的架子上有。」她回答他。在拿到茶杯轉身回來的時候，他看到她正盯著一大包迪爾醃菜，眼中閃爍著狂喜的光芒，那是她憑藉女人百發百中的直覺從一大堆紙袋子裡扒出來的。他笑著把它從她面前拿開，然後倒了滿滿一杯牛奶。「先喝掉它，」他命令道，「然後來點茶，然後再吃根雞翅。如果你乖乖的，明天就可以吃醃菜了。現在，如果你允許我成為你的客人，我們就一起吃晚飯吧。」

他把另一把椅子拉了過來。紅茶給女孩的眼睛添了點神采，給她的臉頰添了點血色。她開始像某些飢餓的野生動物那樣，既凶猛又秀氣地大吃起來。她似乎把這個年輕男人的存在以及他所提供的幫助看作是理所當然的——並非她輕視習俗，而是巨大的困厄給了她拋開繁文縟節的權利。可是，隨著體力漸漸恢復，體感漸漸舒適，受習俗約束的那部分感知也回來了。她開始把自己的小故事說給他聽。在這座城市裡，每天都有成百上千個這類無聊的故事，這只是其中之一：作為一名女店員，本就薪水微薄，又被以「罰款」之名扣去幾分，拿去給店裡增加利潤，然後因為生病損失了工時，繼而失去工作，失去希望，接著——這位冒險家便叩響了這扇綠色的門。

但對魯道爾夫來說，這是一段重大的歷史，堪比《伊里亞德》或《茱妮的愛情試驗》中的那些危急關頭。

「看看你都經歷了些什麼啊！」他喊道。

「確實是過分極了。」女孩嚴肅地說。

「你在這座城市裡沒有親戚朋友？」

「一個也沒有。」

「我在這世上也是獨自一人。」魯道爾夫頓了一頓，然後說道。

「這很不錯。」女孩不假思索地說，而聽到她對他無親無故的狀況表示認可，年輕人感到莫名的高興。

突然，她合上眼睛，長歎一聲。

「我覺得睏極了，」她說，「也覺得好極了。」

魯道爾夫起身拿了他的帽子。

「該道晚安了。好好睡上一夜會對你有幫助的。」

他把手伸了過去，她握了握，說道：「晚安。」但同時，她卻以意味深長的目光，坦誠而哀憐地對他提出了一個問題，令他不得不用語言來應答。

「哦，明天我再來看看你的情況。你可沒那麼容易擺脫我。」

然後，就在門口，她才想到要問他：「你怎麼會來敲我的門？」彷彿他到來的事實遠比他到來的原因更為重要。

他盯著她看了一會兒，才記起那張卡片，突然因嫉妒而感到痛苦。如果它們落到另一位如他一般具有冒險精神的人手中，那會如何呢？他立刻決定永遠不讓她知道實情，永遠不讓她知道，他對她在極端的困境下所採取的權宜之計已有所瞭解。

「我們的一位鋼琴調音師就住在這棟樓裡，」他說，「我敲錯門了。」

在那扇綠色的門關閉之前，他在那個房間裡看到的最後一樣東西，是她的笑容。

在梯頂平臺，他停了一會兒，好奇地打量四周。接著，他順著走廊走到另一頭，再走回來，然後，又向上爬了一層樓，繼續探查，想為自己解惑。他在這棟樓裡見到的每一扇房門都是綠色的。

帶著疑問，他返回了人行道那裡。那個古怪的非洲人還在。魯道爾夫手裡握著他那兩張卡片當面向他質問。

「請你告訴我，為什麼你會發這些卡片給我，還有，它們到底表示什麼？」他問。

黑人咧開嘴，露出一口好牙，以一個溫厚的笑容，為他雇主的專業能力做了極好的宣傳。

「看那裡，老闆，」他指著街的那頭說道，「不過，您恐怕趕不上第一幕了。」

順著他指的方向看過去，魯道爾夫看到，一家劇院的入口上方用炫目的燈光招牌打出了新戲的名字：「綠色的門」。

「人家告訴我，那可是第一流的表演，先生，」黑人說，「卡片是那裡的經理寫的，他給我一美元，叫我在派發醫生的卡片時，夾帶著把他的也發出去，先生。我這就給你發一張醫生的卡片，你說好不好，先生？」

在他住的那片街區的拐角，魯道爾夫停下來買了一杯啤酒和一支雪茄。從店裡出來時，他叼著點燃的雪茄，扣好上衣鈕扣，把帽子向後推了推，倔強地對街角的燈柱說：「反正都一樣，我確定是命運的手指引我找到了她。」

這個結論，在目前的情況下，等於批准了魯道爾夫．斯坦納加入了浪漫和冒險的真正追隨者的行列。

未完結的故事

在談及地獄之火的時候，我們已經不再呻吟，不再把灰燼堆在自己頭上了[1]。因為，就連牧師也開始跟我們說，上帝是鐳、是乙醚、是某種科學的複合物，所以，我們這群壞蛋可能遭到的最慘的報應，也不過就是一種化學反應。這真是個叫人欣慰的假設，然而，仍有一些古老且承襲自傳統的、至深恐懼殘存下來。

世人能肆無忌憚地想像，能無所顧忌地談論，而又不會遭到駁斥的話題只有兩個。你可以談談你的夢，也可以說說你從鸚鵡那裡聽來的話。莫斐斯[2]和那種鳥都沒有作證的資格，你的聽眾不敢以此攻擊你的演講。這是一幅以毫無根據的材料編織成的畫面，另外，我不是從美麗鸚鵡的絮語裡，而是從自己的夢幻中揀出了它，對此，我感到遺憾和抱歉。

我做了一個夢，夢裡有受審的場景，但與那種以原初而可敬、令人悲傷的末日法庭的原則所作出的

1 按照猶太教的習俗，懺悔時需以灰燼塗抹頭髮。
2 莫斐斯，希臘神話中的夢神。

至高評判相去甚遠。

加百列打出了他的王牌[3]，我們當中那些跟不了的就要被提審，被要求作出解釋。我注意到一群職業擔保人都聚集在一旁，個個穿著莊嚴的黑袍，套著從脖子後面扣住的硬領，但他們自己的產權似乎出了問題，所以看起來，他們根本無法為我們擔保[4]。

一個飛翔的巡警——一名天使探員——飛到我的頭頂，用左翼把我挾了起來。在近旁等待判決的是一群看起來十分富有的靈魂。

「你是跟這夥人一起的嗎？」警察問道。

「他們是誰？」我以問代答。

「那什麼，」他說，「他們是——」

但是，這些無關的閒話已經侵占了故事的領地，還是切入正題吧。

達爾西在一家百貨公司上班，賣些漢堡花邊、辣椒鑲肉、小汽車，或是其他我們經常能在百貨公司見到的那類小玩意。無論能賺來多少，每週，達爾西只能領走六美元。其餘被扣除的部分都存入一個貸款帳戶，繼而被劃入另外某人的借款帳戶，記錄總帳的是上帝——哦，可敬的神父，您說那叫「原初能量」——好吧，這些都記在「原初能量」的總帳上。

在公司的頭一年，達爾西每週只領五美元工資。弄懂她究竟是怎樣靠這點錢活下來的，一定是件頗有教益的事情。沒興趣？好吧。你也許會對更大的數目有興趣。六美元就是個更大的數目，讓我來告訴你，她是怎樣靠每週六美元活下來的吧。

一天下午六點，達爾西正把帽針插進距離她腦後的延髓不到八分之一英寸的地方。她對她的朋友薩蒂——一個總是側著左邊身體招呼客人的女孩說道：「我說薩蒂呀，我今晚約了皮吉一起吃飯。」

「不會吧！」薩蒂羨慕地喊著，「你沒這麼好運吧？皮吉可是個有錢人啊，他經常帶女生去奢侈的地方。有天晚上，他帶布蘭奇去了霍夫曼大飯店，在那裡能見到很多有錢人、能聽到有錢人才聽的音樂。你會度過一段有錢的時光，達爾西。」

達爾西匆忙趕回家。她的眼睛閃閃發亮，她的臉頰被生活的曙光——真正的生活——染上了柔媚的緋紅。那天是星期五，她上週的工資還剩五十美分。

所有街道都被晚上出籠的人潮淹沒了。百老匯的街燈光彩奪目，招來了幾公里、幾里格[5]、幾百里格之外的飛蛾。牠們從黑暗中傾巢而出，擠在這熱鬧滾滾的大學堂裡。男人衣冠楚楚，將一張張彷彿由船員之家的老水手在櫻桃核上刻出來的面孔轉過來，凝視著達爾西，而她正一路飛馳，絲毫不為所動，轉眼間就將他們甩在身後了。曼哈頓、這株在夜晚盛放的仙人掌，綻開了它那顏色慘白、氣味濃烈的花瓣。

在一家專賣便宜貨的商店，達爾西停了下來，用她那五十美分買了一條仿製的花邊領。這些錢本可以用得更理智一些——用十五美分吃晚餐、十美分吃早餐、十美分吃午餐，另外十美分零錢可以投進她

---

3 此句為雙關。「王牌」一詞的英文原文「trump」亦有「號角」之意，因此，這句話也可以解釋為「加百列吹響了他的號角」。據說，大天使加百列將吹奏號角，宣布末日審判的到來。

4 此句中「職業擔保人」喻指神職人員，意在譏諷他們連自己都缺乏信仰，以至於根本無法為普通的信眾贖罪。

5 里格，一種舊時的長度單位，約等於三英里或四・八公里。

的小儲蓄罐裡，最後五美分就揮霍一下，買些甘草糖——這種糖會叫你的臉蛋像牙痛一樣鼓起來，持續的時間也跟牙痛一樣長。吃甘草糖是一種奢侈的享受——近乎一場歡宴，但沒一點享樂的人生還算人生嗎？

達爾西租住了一間附家具的房間。這類出租房和那種包伙食的寄宿公寓是有區別的。在這些附家具出租的房間，別人不會知道你在挨餓。

達爾西上樓回到她的房間——位於西區一棟褐砂岩建築的三樓背面。她點燃了煤氣燈。科學家告訴我們，鑽石是已知的最堅硬物質。他們錯了。女房東都懂得配製一種化合物，與之相比，鑽石軟得像灰泥。她們用這東西包住煤氣燈的燈芯，哪怕有人站在椅子上挖個半天，弄得手指紅腫，也是白費力氣。髮簪沒法移動它，所以，我們不妨戲稱它為「不動產」吧。

達爾西點燃了煤氣燈。燈光的亮度相當於蠟燭的四分之一。在這種程度的照明之下，我們只能勉為其難地看看這間房子了。

沙發床、梳妝檯、桌子、臉盆架、椅子……房東只願拿出這些來償付她的罪孽。其餘的東西都是達爾西的。她的寶貝都擺在梳妝檯上——薩蒂送她的描金瓷花瓶、醃菜作坊送的桌曆、一本占夢的書、一些放在玻璃碟子裡的粉餅，以及一串用粉紅色緞帶束起來的假櫻桃。

在那塊極不平整的鏡子對面立著幾幅畫像，分別是基欽納將軍、威廉·馬爾登、馬爾伯勒公爵夫人和本韋努托·切利尼。在一面牆上靠著一塊巴黎石膏飾板，雕的是頭頂羅馬式頭盔的奧卡拉漢；旁邊掛了一幅色調濃豔的仿油畫式石版畫，畫面中一個檸檬色的男孩正在滋擾一隻火紅的蝴蝶。這件作品獲得了達爾西的終極好評，在藝術領域占據了不可撼動的至高地位。幸而從未有人用剽竊而來的廢話對其指指點點，擾她清淨，也沒有批評家對她那位年幼的昆蟲學家吹毛求疵。

皮吉說好七點來找她。在她正匆忙做準備的時候，讓我們小心翼翼地轉向另外一邊，講點小道消息。

租下這個房間，達爾西每週需要付兩美元。一週七天，早餐平均花費十美分。她一邊打扮，一邊在煤氣燈上煮咖啡、煎蛋。星期天的早晨，她會在比利餐廳享用一頓皇家盛宴：有小牛排，還有鳳梨油煎餅，這得花掉二十五美分，還不算給女服務生的十美分小費。紐約滿是誘惑，很容易叫人陷入奢靡。她在百貨公司的餐廳包了午餐和晚餐，午餐每週六十美分，晚餐每週一美元五美分。晚報——你能找出哪個紐約人不看報紙嗎？——要六美分；兩份星期天的報紙——一份用來看告示，一份用來讀新聞——要十美分。總計四美元七十六美分。然後，人總得買些衣服穿吧，還有……

我講不下去了。

我聽說有那種極為漂亮的廉價布料，還聽說有人能用一針一線創造奇蹟，但我很懷疑。我想依據所有那些神聖、自然、恆久不變、體現出上天公正而不成文的條例，給達爾西的人生增添一些身為女人所應得的樂趣，但我的筆卻無力繼續。她去過兩次康尼島，騎過旋轉木馬。一個人不是數著一個個鐘頭，而是數著一個個年頭，盼望著遙遙無期的快樂，這未免也太難熬了。

用隻言片語就足以介紹皮吉。每次有女孩提起這個名字，「貴豬」世家便要因此蒙受不白之冤[6]。

6「皮吉」的英文原文為「Piggy」，即小豬的意思。

在藍封面的舊拼讀課本裡，那一列三個字母的詞，簡直是照著皮吉的檔案列上去的。他有肥胖的身體，老鼠的心靈，蝙蝠的習性，貓的高高在上的姿態[7]……他身著昂貴的衣物，善於鑒定他人的飢餓。只要對一位女店員看上一眼，他就能告訴你她有多久沒有吞進過比棉花糖和茶水更有營養的東西了。他是購物區的常客，總在百貨公司裡打轉，隨時準備發出他的晚餐邀請。街上那些牽著繩遛狗的男人都看不起他。他是個典型，我不能說得再細了，我的筆不是為他準備的，我不是木匠[8]。

七點差十分，達爾西已準備就緒。對著那面極不平整的鏡子，她看了看自己的模樣。鏡中的形象令人滿意。深藍色的裙裝上沒有一絲褶子，合身極了；帽子上別著一根活潑的黑色羽毛；手套呢，只稍微有一點點髒——這一切暗示著節儉，甚至包括食物方面。總之，她已經煥然一新了。

在那一刻，達爾西確信自己是美麗的，此外的一切都被她拋諸腦後。生活將神祕的面紗為她掀起一角，以便讓她讚歎它的神奇。以往從未有男士約她出門。如今，在這稍縱即逝的片刻，她將踏進流光溢彩的劇場，欣賞激動人心的表演。

女孩都說皮吉是「花錢機器」：會有一頓頂級大餐，有音樂，還能看到衣著華麗的女人，有許多珍饈美食可以吃——女孩說到這些食物的時候，常會發出驚叫，一不小心就會閃到下巴。毫無疑問，下次她還會被約出去的。

在一個她百看不厭的櫥窗裡，擺著一件藍色絲綢套裝——如果把每星期的存款從十美分提升到二十美分——我們看看——哦，還是得存好幾年。不過，在第七大街有一家二手商店，那裡……

有人敲門。達爾西打開門。女房東站在那裡，臉上堆滿假笑，聳了聳鼻子，想聞聞她的房客是否偷用煤氣做飯了。

「樓下有位紳士要見你，」她說，「他說自己是維金斯先生。」

對於那些不得不對他必恭必敬的人，皮吉總是會搬出這個雅號來。

達爾西轉身去拿梳妝檯上的手帕。她站住了，用力咬著下唇。之前照鏡子的時候，她看到了仙境，以及仙境中的自己——一位剛從長夢中甦醒的公主。她忘記了，有一個人正用憂傷而迷人的眼睛，嚴厲地望著她——對於她的所作所為，只有這個人會表示贊同或批評。他挺拔、瘦削、高䠷，面容英俊，卻稍顯悲戚；眼神哀憐，又略帶責怪——是基欽納將軍，在梳妝檯上的描金畫框裡，用他神奇的雙眼凝視著她。

達爾西像一個機械娃娃一樣轉過身，面對那位女房東。

「告訴他我去不了了，」她有氣無力地說，「就說我病了，或者隨便編個理由。告訴他我出不了門了。」

把門關上，鎖好之後，達爾西撲在床上哭了十分鐘，壓壞了帽子上的黑羽毛。基欽納將軍是她唯一的朋友。他是達爾西理想中的英勇騎士。看起來，他彷彿懷有隱祕的悲傷，他那美妙的鬍鬚簡直是一個夢，他那嚴厲但不失溫柔的眼神令她稍稍有些怕他。她常做些小小的白日夢，幻想他造訪了這所房子，來探望她，佩劍在長筒靴上碰撞出悅耳的響聲。曾有一個男孩拿著一截鐵鍊，將一根燈柱敲得叮咚作

7 此句中，「肥胖（fat）」、「老鼠（rat）」、「蝙蝠（bat）」、「貓（cat）」，都是三個字母的詞。

8 此句中，「典型」的英文原文為「type」，也指型號、類型，因木匠用筆畫出的形狀可以不斷複製，故敘事者諷刺說「我不是木匠」，以此表示自己不願描寫這樣的人物。

響，她竟打開窗戶，探頭出去看。但美夢不會成真，沒有驚喜。她知道基欽納將軍遠在日本，正帶領他的軍隊與野蠻的土耳其人作戰，而且，他絕不會為了她從他的描金畫框裡走出來。然而，在那天晚上，他還是用一道目光擊潰了皮吉。是的，這一眼，只為那一晚。

哭過之後，達爾西起身脫掉了她最好的衣裳，換上那件藍色的舊睡衣。她不想吃飯。先是哼唱了兩段那首叫〈傻瓜〉的歌，接著，她對自己鼻子旁邊的一顆粉刺產生了強烈的興趣。處理完畢後，她把椅子拖到那張快垮掉的桌子旁邊，用一副舊紙牌給自己測財運。

「真討厭，真是個粗魯的傢伙！」她大聲叫道，「我的嘴上、我的眼裡，從來沒有給過他任何他所以為的那種暗示。」

九點鐘，達爾西從行李箱裡取出一盒鹹餅乾，還有一罐樹莓醬，為自己擺下一桌宴席。她用一塊抹了果醬的餅乾向基欽納將軍致意，但他只是看著她，就像斯芬克斯看著蝴蝶——如果沙漠裡有蝴蝶的話。

「不想吃就不吃好了，」達爾西說，「但別擺出這種目中無人的樣子，別用你的眼神一直譴責我。我很想知道，如果你靠每週六美元來過日子，是不是還能這麼高傲、這麼神氣。」

對她來說，如此無禮地對待基欽納將軍可不是什麼好現象。於是達爾西帶著嚴厲的姿態，把本韋努托·切利尼的臉扣在梳妝檯上。這倒並非不可原諒，她一向將他當作亨利八世，因而對他十分不滿。

九點半，達爾西對梳妝檯上的畫像看了最後一眼，關掉燈，倒在床上。帶著基欽納將軍、威廉·馬爾登、馬爾伯勒公爵夫人和本韋努托·切利尼用眼神道出的晚安入睡，可不是開心的事。

截至目前，這個故事沒有任何實質上的進展。其餘的情節後來才發生——有一次，皮吉又約達爾西和他一起吃飯，恰好她比平時更寂寞，基欽納將軍的眼睛又恰好看著別處，於是……

我之前說過，我夢見自己站在一群看起來頗為體面的靈魂旁邊，一個警察用翅膀挾著我，問我是否和他們是一起的。

「他們是什麼人？」我問道。

「他們啊，」他說，「他們就是那種雇女孩幫他們工作，每週只付人家五、六美元來維持生活的人。你也是他們中的一員嗎？」

「我向您發誓，絕對不是，」我說，「我才沒有那麼壞。我只是縱火燒掉了一座孤兒院，還為了幾塊零錢謀殺了一個盲人而已。」

忙碌經紀人的羅曼史

當他的老闆和年輕的女速記員一起在上午九點半匆忙走進公司的時候，皮徹、證券經紀人哈威·馬克斯維爾的事務所的機要祕書，竟允許那好奇和驚異的一瞥出現在他向來面無表情的臉上。在一聲爽朗的「早安，皮徹」之後，馬克斯維爾向他的辦公桌猛衝過去，彷彿想從上面飛躍而過，接著，就跌進正等他處理的一大堆信件和電報裡了。

那位年輕女士已經給馬克斯維爾當了一年的速記員。在某種程度上，可以說，她的美貌與速記員的職務並不相襯。她摒棄了那種豔俗的高捲式髮型，也不戴項鍊、手鐲或是吊墜之類的飾品；她從未表現出一副準備接受邀請，前去參加宴會的模樣。她的衣服是灰色的，十分樸素，但穿在她身上正合適，體現出審慎和精確的職業態度。在她那頂優雅的黑色無簷帽上，有一根金綠色的鸚鵡羽毛。

那天早上，她的身上散發著溫柔而羞澀的光輝，她的雙眼晶瑩如夢，她的臉頰真的就像桃花一樣嬌媚，她的表情是一種略帶惆悵的快樂。

皮徹仍保持著最初的好奇，留心著她今早以來的不同尋常之處。她並未直接走向與他相鄰的、擺放著她的辦公桌的位置，而是在外間的辦公室裡躊躇、徘徊。她曾走到馬克斯維爾的桌子旁邊，與他的距離如此之近，以至於他不可能對她無動於衷。

一旦坐到桌邊，一個忙碌的紐約證券經紀人便不再是一個人，而是一臺機器，被嗡鳴的輪軸和上緊的發條驅動著。

「喂，怎麼了？有什麼事？」馬克斯維爾厲聲問道。他那些拆開的信件疊在擁擠不堪的辦公桌上，像一堆舞臺上的道具雪片。他那雙銳利的灰色眼睛，唐突無禮，不近人情，有些不耐煩地瞥了她一下。

「沒事。」速記員回答道，帶著淺淺的微笑走開了。

「皮徹先生，」她對機要祕書說，「馬克斯維爾先生昨天有沒有提過另外雇一位速記員的事？」

「他說過，」皮徹回答，「他讓我另請一位速記員。我昨天下午已經通知過仲介，要他們今早送幾份簡歷過來。現在已經九點四十五了，還沒有哪怕一個戴著花帽子的或是嚼著鳳梨味口香糖的傢伙出現過。」

「我會像往常一樣工作，」這位年輕女士說道，「一直到有人來接這個位子。」說完後，她立刻走回自己的座位，將那頂插著金綠色鸚鵡羽毛的黑色無簷帽掛在平常掛著它的地方。

誰若對一位忙碌的曼哈頓經紀人在處理緊張事務時的精彩表演視而不見，他就只能是人類學領域的門外漢。詩人吟唱著「光榮的一生中總有些擾嚷的時辰」，而對於經紀人來說，不僅時辰是擾嚷的，他的分分秒秒都掛滿了時間的索道，還將索道底下的平臺也擠得水泄不通。

這一天，正值哈威．馬克斯維爾的忙碌日。咔嗒作響的機器開始痙攣著吐出一捲又一捲的紙帶，桌上的電話又犯了老毛病，一直哼哼唧唧的，不見停歇。一堆人擠進事務所裡，趴在欄杆上叫他。有順耳的，也有刺耳的；有暴怒的，也有狂喜的。送信的小子帶著信件或電報跑進跑出；事務所的員工跳來跳去，活像風暴中的水手；甚至連皮徹的撲克臉也變得表情豐富起來。

交易所有颶風、地震、暴雪、冰川和火山，四大元素的劇變在經紀人的辦公室裡小規模地重演。馬克斯維爾將椅子推到牆邊，以便騰身處理各項事務，在狹窄的空間裡，他的動作好像在用腳尖跳舞。他從那臺咔嗒作響的機器邊跳到電話旁，又從桌邊跳到門口，表現出馬戲團小丑的訓練有素的敏捷。

在一切如火如荼，氛圍正緊張的時候，經紀人突然發覺身邊多出一頭金色的高髮捲，一頂壓得很低的、用鴕鳥毛裝飾的絲絨帽，一件仿海豹皮外套，以及一串有核桃那麼大的珠子，下面還掛著一個銀雞心吊墜：以上這些零件都在一個鎮定自若的年輕女孩身上被統合在一起，皮徹站在她旁邊，正準備對老闆說明情況。

「速記員介紹所推薦的女士，來應徵的。」皮徹說。

馬克斯維爾扭過半個身體，手上堆滿了紙張和電報紙條。

「應徵什麼？」他皺著眉頭問道。

「應徵速記員，」皮徹說，「你昨天要我跟介紹所說的，叫他們今天早上派一個人過來。」

「你忙昏了，皮徹，」馬克斯維爾說，「我幹嘛要讓你這麼做？這一年，萊絲莉小姐在我們這裡表現得很完美。只要她願意留下來，這個職位就一直是她的。小姐，我們這裡沒有空缺職位。取消給仲介的委託吧，皮徹，要他們別再叫人來了。」

銀雞心吊墜離開了事務所，搖搖晃晃，自作主張地在事務所的家具上撞了幾下，好像它著實不忿，在走之前想發洩一下。皮徹相準時機對簿記員發表了幾句議論，說老闆跟上了年紀的人似的，一天比一天更容易分心，更健忘了。

市場越來越惡劣，生意越來越緊張。馬克斯維爾的客戶投下血本的股票遭遇了重挫，跌到了谷底。買進和賣出的指令疾來疾往，像雨燕一樣在天上飛來飛去。他自己持有的幾支股也遭遇了危機。然而，這個男人工作起來就像一臺高效、精巧，而強大的機器——滿負荷全速運轉，仍保持準確、果斷，措辭恰當、嚴謹，每個決定、每個行為都經過充分準備，簡直像一部無懈可擊的鐘錶。股票和債券，借貸和擔保，保證金和抵押品——這些內容構成了一個金融世界，其中沒有給人類世界或自然世界留下任何空間。

接近午餐時間，總算有些許寧靜擠進了這片喧囂之中。

馬克斯維爾站在他的辦公桌旁，手上滿是電報和備忘錄的便箋，右耳夾著一支鋼筆，一綹綹髮絲凌亂地搭在前額上。他的窗戶是開著的，因為這個世界正在緩緩打開它的空調風口，而他心愛的女門衛——春天——已經啟用了暖風功能。

一股流浪的氣息溜進了窗戶——也許是一股迷路的氣息——那是紫丁香淡雅而甜蜜的氣味，在那一瞬間打動了經紀人堅如磐石的心。這氣息來自萊絲莉小姐，它屬於她，也僅僅屬於她。

這氣息攜著她的形象來到他的面前，如此鮮活，幾乎可以觸摸。那龐大的金融世界突然便坍縮為一個微不足道的黑點。而她，就在隔壁的房間裡——距此僅僅二十步開外。

「啊，我不能等了，」馬克斯維爾幾乎喊出了聲，「我現在就去問她。真不明白我為什麼不早一點這麼做。」

他衝進了套房裡間的辦公室，就像做短線時補倉一樣匆忙，直直奔到了速記員的辦公桌旁。她面帶微笑，看著他，臉頰上覆著一抹嫣紅，目光溫和坦然。馬克斯維爾俯下身去，肘尖撐在她的辦公桌上，兩隻手仍然抓牢了那堆亂糟糟的紙片，鋼筆也還夾在耳朵上。

「萊絲莉小姐，」他急忙開腔說道，「我只有這個時候才有空，我得趕緊跟你說點事。你願意做我的妻子嗎？我實在沒時間用一般的方式和你談戀愛，但我真的很愛你。請快點答覆我——那夥傢伙正哄搶聯合太平洋鐵路的股票呢。」

「啊，你在說什麼呢？」年輕的女士驚呼道。她站了起來，雙眼瞪得滾圓，注視著他。

「你不明白嗎？」馬克斯維爾倔強地說，「我要你嫁給我。我愛你，萊絲莉小姐。我要利用這難得的空閒告訴你這一點。他們又打電話來找我了。讓他們稍等一下，皮徹。你願意嗎，萊絲莉小姐？」

速記員的舉動相當奇怪。起先，她似乎驚訝得無法言語；然後，淚水從她充滿疑惑的眼中冒了出來；接著，她又以一個燦爛的笑容蒸發了淚水。她伸出一條手臂溫柔地摟著經紀人的脖子。

「我現在懂了，」她輕聲地說，「這些沒完沒了的生意讓你把其他的事情都忘得一乾二淨了。我一開始被嚇壞了。你不記得了嗎，哈威？昨晚八點，我們已經在街角的小教堂裡結婚了。」

二十年後

巡邏警員頗有氣勢地在大街上走著。這種氣勢是出於習慣，而不是刻意表演，因為街上幾乎無人旁觀。現在還不到晚上十點，但夾帶雨屑的陣陣寒風嚇跑了行人。

他一邊走，一邊變著花樣舞動手裡的警棍，試著敲打街邊的門，查看是否有異常情況，身體還不時轉來轉去，用警惕的目光巡視平靜的路面。這名警察身材健壯，走路昂首闊步，一副治安維護者的絕佳形象。附近一帶的居民休息得比較早。偶爾，你也能看到雪茄店或是通宵餐館的燈光，但多數營業場所早已門戶緊閉了。

在將自己巡邏的區域走完一半的時候，他的腳步突然放慢了。在一家五金店門口的黑影當中，一個男人斜靠著牆，嘴裡叼著一根沒有點著的雪茄。看到警察向他走來，這人連忙對他解釋。

「沒事，警官，」他用寬慰人的口吻說道，「我只是在等一個朋友。這是二十年前定下的約會。聽起來有點好笑對嗎？如果你確實有興趣瞭解內情，我會解釋給你聽。二十年前，這間店鋪所在的位置還是一家餐廳——『大喬』布萊迪餐廳。」

「五年前，」警察說，「那家餐館就停業了。」

門口的男人劃著一根火柴，點燃了雪茄。火光照亮了一張蒼白的方下巴的面孔，上面生有一雙目光銳利的眼睛，右眉近旁有一道白色的小傷疤。他的領帶別針上古怪地鑲著一顆碩大的鑽石。

「二十年前的這一天晚上，」那人說，「我在『大喬』布萊迪餐廳和吉米．威爾斯一起吃飯。他是我最好的朋友，也是世上最好的人。他和我一起在紐約長大，就像兩兄弟一樣。那時我十八歲，吉米二十歲。第二天一早，我要去西部碰碰運氣。你不可能說服吉米離開紐約；在他看來，世上除了紐約就沒有別的地方。然後，我們倆約好二十年後，還要在同一天、同一時間、同一地點見面，無論我們的境況如何，也無論我們相距多遠。我們料想在二十年後，我們兩人的命運應該都已有了定數，我們應該都已成為我們必定會成為的人。」

「聽起來很有意思，」警察說，「不過，兩次約會隔得實在太久了些。當然，只是對我而言。你離開後還聽說過你朋友的消息嗎？」

「起初一段時間，我們仍有通信，」對方回答，「但一兩年之後就斷了聯絡。你知道，西部實在是太大了，而我，可以說是居無定所。但我知道，只要吉米還活著，他就會到這裡來見我，因為他永遠是這個世界上最忠實、最可靠的老朋友。他絕不會忘記。我不遠千里回到這個門口，如果能和我那個老朋友見一面，那就值得了。」

等人的人取出一塊錶蓋上鑲了碎鑽的漂亮懷錶。

「差三分鐘十點，」他說，「當初我們在餐廳門前分手的時候，恰好是十點整。」

「你在西部混得還不錯吧？」警察問。

「被你說中了。吉米能有我的一半就不錯了。他太老實了，雖說，他絕對是個好人。為了賺大錢，我不得不和那些最狡猾的人競爭。人在紐約，容易安於現狀。要在西部生存，必須如履薄冰。」

警察耍弄著他的警棍，走了一兩步。

「我得走了。但願你的朋友能來赴約。要是他遲到了，你會走掉嗎？」

「當然不會！」對方回答，「我至少還會再等他半小時。如果吉米還活在世上，半小時以內他一定會到。警官，再會。」

「晚安，先生。」警察說，然後以其固有的步調繼續巡邏，在經過時，順手檢查沿途的門鎖。

這時，一陣冰冷的細雨飄落下來。起風了，最初飄忽不定，隨後就開始持續不斷地吹拂。路上的少數幾個行人稍稍加快了腳步，陰鬱而默不作聲地翻起衣領，把手插進了口袋。五金店門口，那個從千里之外前來赴一個靠不住且近乎荒謬之約的男人獨自一人抽著菸，等待他青年時代的朋友。

他又等了大約二十分鐘。一個穿著長外套的高個子男人，將衣領翻起來遮住耳朵，匆忙穿過街道，筆直向這個等人的人走來。

「是你嗎，鮑伯？」他充滿疑慮地問道。

「是你嗎，吉米．威爾斯？」門前的男人叫道。

「天啊，」來人喊著，將對方的手緊緊地握在自己的手裡，「真是你啊，鮑伯。我一直相信，只要你還活著，我就能在這裡找到你。太好了，太好了！二十年了，多麼漫長啊。那家老餐廳已經不在了，鮑伯。我多麼希望它還在，多麼希望我們還能在裡面一起吃飯。西部沒有虧待你吧，老朋友？」

「西部待我很好，給了我我要的一切。吉米，你變化真大啊。沒想到你又長高了兩三英寸。」

「哦，是的。二十歲以後，我又長高了一點。」

「你在紐約混得還不錯吧，吉米？」

「還過得去。我在一個市政部門謀了個職位。來吧，鮑伯，我們去一個我比較熟悉的地方，好好地敘敘舊。」

兩個男人手挽著手走在街上。來自西部的那個對自己的成功相當自滿，開始誇誇其談，詳細描述了自己的發跡史。另一個則隱沒在大衣的包裹之下，饒有興趣地傾聽著。

街角坐落著一間藥房，此時仍燈火通明。走到了亮處，兩人不約而同轉頭凝視對方的臉。

西部來的男人突然停下腳步，抽出手臂。

「你不是吉米．威爾斯。」他厲聲喝道，「二十年固然漫長，但沒有長到能將一個人的鼻子從高鼻梁變成塌鼻梁。」

「但有時卻能讓一個好人變成壞人。」高個子男人說，「你在十分鐘前已經被捕了，『滑皮』鮑伯。芝加哥警方評估你有可能路過我們這裡，拍電報說想跟你聊聊。最好老實點，明白嗎？這裡有一張字條，是別人託我轉交給你的。在我們去局裡之前，你不妨在櫥窗旁邊看一看。是巡警威爾斯寫的。」

西部來的男人接過一張小紙片，將它展開。剛開始看的時候，他的手很穩，看完之後，卻有些顫抖。字條的內容很短。

鮑伯：我準時到了約定的地點。在你劃著火柴點雪茄的時候，我認出你正是被芝加哥通緝的人。我沒法親自動手，只好先回去，找了一位便衣警察來做這件事。

吉米

華而不實

托爾斯·錢德勒先生在他那間門廳隔出的臥室裡熨晚禮服。一個熨斗在小煤氣爐上加熱，另一個熨斗正被他力道十足地推來推去，只為熨出稱心如意的褶子，再等一會兒，從錢德勒先生的漆皮鞋到低領背心的下襬之間就會出現兩道筆直的褲線。關於這位主角如何修飾他的個人儀表，我們沒有更多可交代的。其餘的，也許那些既貧困又講究，為此可以使出不可告人的變通手段的人能夠猜想得到。我們又看到他的時候，他正走下寄宿公寓的樓梯，衣著無可挑剔，得體大方、優雅、自信、瀟灑——也就是說，包裝在一副紐約公子哥兒的典型外表之下，帶著幾分厭倦出門，開始晚間的尋歡作樂。

錢德勒受聘於一家建築師事務所，他的酬勞是每週十八美元。年僅二十二歲的他，認為建築是一門真正的藝術，而且，他深信——雖說，他可不敢在紐約這樣表態——熨斗大廈的設計比米蘭大教堂遜色不少[1]。

每個星期，錢德勒都會從自己的進帳中省下一美元。十個星期過去，他就會用這筆積攢下來的閒

1 熨斗大廈是紐約第一座摩天高樓，位於曼哈頓島的第五大道，建於一九〇二年，初建時曾以「福勒大廈」為名。米蘭大教堂是最為經典的哥德式建築之一，興建於十四世紀。

錢，在吝嗇的時間老人的特價購物區，買下一個上流人士的夜晚。他讓自己混進百萬富翁和公司董事的行列，把自己投進那些使生命充斥著流光溢彩的場所，在那裡享用美味奢華的一餐。有了十美元，一個人就能當上幾小時有錢的閒人。這筆錢足夠應付一桌精心盤算過的美食、一瓶上得了檯面的酒、適當的小費、一支菸、計程車資，還有其餘的常見花費。

這個令人愉悅的夜晚，從這七十個無趣的夜晚中脫穎而出，成為讓錢德勒獲得新生的福樂之源。名媛只對初涉社交界的經歷念念不忘，直到白髮蒼蒼，仍會將那份甜蜜——那份僅有的甜蜜——保留在她們的記憶中。但對錢德勒而言，這十個星期一次的享受始終像第一次那樣嶄新、鮮活，充滿激情。坐在那些講究的生活家之中，在棕櫚樹下，被不知出處的音樂包裹著，如同被無形的藤蔓纏繞著，觀望著這些天堂的客人，也被他們觀望著——這豈是少女的第一支舞，或是短袖薄紗裙能夠相比的？

錢德勒穿著筆挺的晚禮服，沿著百老匯大道向下走。這一晚，他是演員，也是觀眾。此後的六十九個晚上，他將穿著粗呢衣和毛紡衫，或是吃那種模樣可疑的套餐，或是在流動攤位吃速食，或是在自己那間門廳隔出的臥室裡吃三明治、喝啤酒。他樂於這麼做，因為他可以說是這個光怪陸離的大都市的親生兒子。對他來說，在聚光燈下備受矚目的一夜足以抵消許多被遺忘在黑暗中的日子。

錢德勒延長了他的散步路線，一直走到了四十幾號街和那條寬闊而充滿著享樂氣氛的大道交叉的地方，夜晚才剛剛開始，新鮮得像一個孩子，況且無論誰遇到這七十天裡唯一的一天上流生活，都愛設法延長他的歡樂。明亮的、陰險的、好奇的、豔羨的、挑釁的、誘惑的眼睛紛紛注目於他，只因他的裝束和氣派表明他是一個享樂主義者。

在某個街角，他站住了，問自己是否要折回去，到他常在這些特殊的豪奢之夜光顧的那家華麗時髦的餐廳去。正在這時,一個女孩輕快地繞過街角,在一塊被凍硬的雪上滑了一下,紮紮實實地摔倒在人行道上。

錢德勒連忙熱心而殷切地將她攙扶起來。女孩一瘸一拐地向附近的一棟房子走去，之後倚靠在牆上，儀態端莊地向他道謝。

「我的腳踝可能扭傷了，」她說，「摔倒時拐到的。」

「很痛嗎？」錢德勒詢問。

「只有用力的時候痛。我想，再過一兩分鐘我就能走路了。」

「也許我還能為你做點什麼，」年輕人提議，「我可以給你叫輛車，或者……」

「多謝你，」女孩誠懇而溫柔地說，「請別再費心了。我真是笨手笨腳的。我的鞋跟很穩，我也怨不了這雙鞋跟。」

錢德勒看著女孩，發覺自己竟已被她吸引。她的身上有一種文雅恬靜之美。她的眼睛既友善又愉快。她穿著便宜的衣裳，一身樸素的黑色，令人聯想到女店員的制服。她那富有光澤的深褐色頭髮被盤了起來，上面遮著一頂廉價的黑草帽，一條絨帶加上一個蝴蝶結，就是全部的帽飾。她的形象完全可以成為自尊自愛的職業婦女的絕佳典範。

一個突如其來的想法闖進了年輕建築師的腦海。他想邀請這個女孩和他一起共進晚餐。他那週期性的壯舉燦爛卻孤獨，其中缺少一項關鍵因素。這富麗堂皇卻短暫易逝的時節，若能添上一位女士的陪伴，快樂定會加倍滋長。眼前的這個女孩正是那樣一位女士，他確信她的教養和談吐都與他的需要完全相符。儘管她的著裝極為樸素，他仍覺得與她共坐一桌將會十分愜意。

這些念頭在心底飛掠而過，他決定邀請她。這稍稍違背了社交規範，但那些靠工作維生的女孩往往不會將禮節放在心上。她們待人接物通常會務實一些，而且與無用的習俗相比，她們更重視自己的判斷。他的十美元，只要精打細算一些，確實也足夠兩個人好好地吃一頓了。毫無疑問，這頓飯將給女孩循規蹈矩的刻板人生增添一次美妙的經歷；而她對這一切的欣賞和感激也將給他自己帶來愉悅和滿足。

「我想，」他坦率而莊重地對她說，「你的腳需要的恢復時間比你設想的要更長一些。現在，我建議你採納一個既能讓它得到休息，也能讓我稱心如意的辦法。你剛才在街角跌倒的時候，我正獨自一人走在去吃晚餐的路上。不如你和我一起吧，我們舒服地吃頓飯，愉快地聊會兒天。我敢肯定，等吃過飯，你那賽跑級的腳踝就能十分妥當地送你回家了。」

女孩飛快地抬頭看了一眼錢德勒清澈而和藹的面容。她的眼睛明亮地閃了一下，臉上多出了一個天真的微笑。

「但我們彼此並不相識，這樣好嗎？」她有些遲疑地說。

「沒什麼不好的，」年輕人直率地說，「請允許我做個自我介紹，我是托爾斯．錢德勒先生。我會盡可能地將我們的晚餐安排得舒適愜意，之後，我可以跟你道聲晚安，就此別過，也可以一直把你護送到家。一切隨你喜歡。」

「可是，哎呀，」女孩瞟了一眼錢德勒一絲不苟的衣著，說道，「看看我這身舊衣服、這頂舊帽子！」

「沒關係，」錢德勒高興地說，「相信我，你的模樣比任何一個穿著最精緻的晚宴禮服的人都更加迷人。」

「我的腳踝還有點痛，」女孩試著邁出一步，然後便不得不承認，「我願意接受您的邀請，錢德勒先生。你可以叫我瑪麗安小姐。」

「那就來吧，瑪麗安小姐，」年輕的建築師興高采烈卻彬彬有禮地說，「不用走很遠。在下一個街區就有一家很棒的餐廳。我只能請你扶著我的手臂——對啦——慢慢走。自己一個人吃飯太孤單了。我倒有點慶幸你被冰滑倒了呢。」

兩人在一個配備齊全的餐桌旁落座，一位面面俱到的服務生在左右殷勤伺候，錢德勒又開始體驗到週期性的越界帶給他的實實在在的快樂。

這間餐廳不像他常光顧的在不遠處的百老匯大道上的那一家那麼豪華、那麼高調，不過也差不多。店裡幾乎客滿，坐的盡是些達官貴人，有一支很棒的樂隊，演奏著柔和的樂曲，讓大家更能體會談天說地的愉悅，此外，廚藝和服務也都無可挑剔。他的同伴儘管穿戴略顯寒酸，卻有一種獨到的氣質，為她天生的好樣貌又增添了幾分嫵媚。而且，當她注視著錢德勒那活潑但不失沉穩的舉止，以及他熱情坦率的藍眼睛的時候，在她那張迷人的面孔上也出現了某種近乎愛慕的神情。

然而，曼哈頓的瘋病、忙亂和炫耀導致的狂躁、誇誇其談的細菌、目光短淺的瘟疫，已經感染了托爾斯．錢德勒。他被圍困在百老匯的浮華和虛榮之中，被許許多多的眼睛觀看著。在這齣喜劇的舞臺上，他給自己設計了一個只能持續一夜的臨時角色：懂時尚的風流浪子和有品位的富家子弟。他已經換好了戲裝，所有對他懷有善意的天使，都無力阻止他扮演這個角色。

於是，他開始對瑪麗安小姐胡謅些有關俱樂部、茶藝、高爾夫球、騎馬、獵犬、沙龍舞和海外旅行的話題，還語焉不詳地談及了停泊在拉奇蒙特港的遊艇。他看出這番不著邊際的宏論使她大受震動，所以又信口編造了幾句有關榮華富貴的暗示，提到了幾個讓無產階級難以企及的名字。對於錢德勒，這是一段短暫而稀有的時光，他得把握機會，盡可能擠出每一滴快樂的甘泉。他的自我膨脹在他自身和世間萬物之間布下了一片濃霧，他幾乎什麼也看不見了，只有一兩次，女孩純淨如黃金一般的面容在其中閃現。

「你描述的這種生活方式，」她說，「聽起來沒有價值，也沒有意義。難道你在這世上就沒有更有意思的工作可做嗎？」

「親愛的瑪麗安小姐，」他喊出了聲，「工作！想想吧，每天吃飯都要換宴會服，一個下午就要跑五、六個地方——每個街角都有個警察盯著你，只要你的汽車跑得比驢車快一點，他們就會跳上來，把你抓進警局。我們這些閒人其實是這塊土地上最辛苦的工作者。」

在用過晚餐，又頗為慷慨地打賞了服務生之後，兩人離開餐廳，走回他們相遇的街角。瑪麗安小姐已經行走如常，幾乎看不出腳傷的影響。

「多謝你了，這真是一個愉快的夜晚，」她誠懇地說，「現在，我得趕快回家了。我非常喜歡這頓晚餐，錢德勒先生。」

他和她握手，面帶親切的微笑，向她透露在俱樂部裡還有一場牌局在等著他。目送她離開之後，他快步朝東面走去，搭上一輛慢吞吞的馬車，回了家。

在他那間淒涼的臥室裡，錢德勒脫掉了那身將被閒置六十九天的晚禮服。伴著手上的動作，腦袋裡也在不停地尋思。

「真是個非同凡響的女孩，」他自言自語，「即使她不得不為生計奔忙，我發誓，她還是那麼特別。如果我對她說實話，而不是那樣亂扯一通，也許我們——算了，去它的吧！就為了我這身衣服，我也沒法不這麼做。」

這個在曼哈頓的那些像土著部落一樣的棚屋裡出生長大的勇士如是說。

而那個女孩，在和請她吃飯的那位演員分手後，迅速穿過城市，來到距離東區兩個廣場之外，面對那條備受財神眷顧的大道的一片寧靜而漂亮的大宅前。她匆忙跑進一扇門，然後上樓，進了房間。在那裡，一個端莊的年輕女人，穿著精緻的起居服，正憂慮地望著窗外。

「啊，魯莽的丫頭，」兩個女孩中稍稍年長的那個喊道，「你什麼時候才能讓我們不再為你擔驚受怕？你穿上這身破衣服，戴上瑪麗的帽子跑出去，到現在已經兩個小時了。媽媽慌了神，她叫路易士開車出去找你了。你可真是個沒良心的壞女孩。」

說完以後，她按了一個按鈕，只一會兒工夫，一名女傭便走了進來。

「瑪麗，你去告訴媽媽，就說瑪麗安小姐回來了。」

「別罵我了，姊姊。我只是去西奧夫人那裡，跟她說要鑲嵌淡紫色的，不要粉紅色的。這身衣服，還有瑪麗的帽子正合我所需。我確定，每個人都以為我是個女店員。」

「晚飯時間已經過了，親愛的；你在外面待得太久了。」

「我知道。我在人行道上滑倒了，扭傷了腳踝。我走不了路，就進了一家餐廳，在那裡休息，直到感覺好一些。所以我才會拖到這麼晚。」

兩個女孩坐在窗前，望著街上炫目的燈火和匆忙的車流。年輕的那個俯下身，把頭依偎在姊姊的膝蓋上。

「我們總有一天得嫁人的，」她滿懷憧憬地說，「我們倆都是。我們這麼有錢，不能讓公眾失望。姊姊，要我告訴你，我會愛上哪一種人嗎？」

「講吧，傻丫頭。」另一個微笑著說。

「我會愛上這樣一個男人……他有一雙又深邃又和善的藍眼睛；他很有禮貌，而且尊重窮苦的女孩；他很英俊，待人友善，而且絕不輕佻。但他還得有抱負、有追求，得在這世上有一份工作，只有這樣我才會愛他。我不在乎他有沒有錢，我會幫他建立他的事業。可是，親愛的姊姊，我們總是遇見另一種男人——那些無所事事，在社交圈和俱樂部之間虛度年華的男人——我絕不會愛上這種人，即使他的眼睛是藍色的，即使他對在街上偶遇的貧女是那樣的友善。」

信使

無論是一年中的這個季節，或是一天裡的這個時段，公園裡都罕有遊客；那位在步道旁的長凳上端坐的年輕女士很可能只是一時衝動，想小坐片刻，在春天到來之前，先聽一聽它由遠及近的腳步。

她在那兒休息，沉靜、若有所思。那一抹盤踞在她臉龐之上的憂鬱肯定是新近產生的，因為它還未能改變她姣好而洋溢著青春氣息的面部輪廓，也未能馴服她那倔強地向兩端翹起的唇線。

一個高大的年輕男人邁著大步，沿著她附近的小路穿過公園。一個男孩跟在他身後，拖著一個行李箱。看到那位女士，男人的臉先是變得通紅，然後又變得蒼白。他一邊向她靠近，一邊觀望著她的表情，希望和不安則在他自己的臉上交混。他從距離她僅幾碼遠的地方走過，卻沒看到她對他的來臨，或是他的存在有任何反應。

他繼續向前走了五十碼，然後突然停下，坐在另外一邊的一條長凳上。男孩放下行李，用機靈而充滿好奇的目光盯著他。年輕人掏出手帕，擦了擦額頭。手帕好看，額頭也好看，他的長相實在好看。

他對男孩說：「我想讓你給坐在那邊長椅上的女士帶個口信。告訴她，我正趕往火車站，要去舊金山，在那裡加入一支要前往阿拉斯加狩獵麋鹿的探險隊。告訴她，因為她不准我跟她講話，也不准我寫信給她，我只好用這種方式提出最後的呼籲，看在過去的情分，希望她收回她的裁決。告訴她，不給理由，也不聽解釋，就譴責並拋棄一個不應被譴責，更不該被拋棄的人，就我所知，這有悖於她的天性。告訴她，我之所以在某種程度上違反了她的禁令，只因為還盼著她能重新審視她已經做出的判斷。去吧，就這麼跟她說。」

年輕人將一枚五十美分的硬幣放進男孩手裡。男孩用透著機靈的髒臉上那雙明亮機敏的眼睛盯著他看了一會兒，隨後就邁開步伐跑了起來。他略帶遲疑，但並不緊張地走近坐在長凳上的女士，抬手摸了摸掛在自己後腦勺上那頂舊花格呢自行車帽的帽簷。那位女士冷冷地看著他，沒有敵意，也沒有好感。

「女士，」他說，「坐在那張長凳上的先生派我來給你表演一段歌舞。如果你不認識那傢伙，如果你覺得他在動什麼歪腦筋，只要說句話，三分鐘之內，我就會把警察叫來。如果你認識他，知道他是個好人，我就把他剛剛吐出的那堆廢話講給你聽。」

年輕的女士隱約表現出一絲興趣。

「歌舞表演！」她說，聲音甜美而慎重，彷彿給精心打磨的話語披上了一層透明的反諷外衣，「一個新創意——我猜，靈感來自民謠歌手。我和派你來的那位先生也算相識一場，所以，我看就不必麻煩警察了。你可以開始你的歌舞表演了，但別唱得太大聲。現在就露天演出，還嫌有點早，我們別太引人注目了。」

「啊哈，」男孩聳了聳肩，說道，「你懂我的意思，女士。其實沒有什麼表演，就只有一段廢話而已。他要我告訴你，他已經把他的衣服褲子統統塞進了行李箱，現在就要到舊金山去了。然後，他還要去克朗代克打雪鳥。他說，你叫他別再傳粉紅色的紙條，也別在這座花園的門前逗留，他只好用這招跟你解釋。他說，你判他出局，就像裁掉一個過氣的職員，而且不給他上訴的機會。他說，你給他一記重擊，卻不說明原因。」

興趣一旦產生，就始終沒有從年輕女士的眼中消退。也許是因為那位雪鳥獵手以他的別出心裁或厚顏無恥，輕易繞過了她禁止一切正常溝通手段的命令。在落葉紛飛的公園裡，孤零零地矗立著一座雕像，她凝視著它，對傳話的男孩說：「告訴那位先生，我不需要一再對他描述我理想中的類型。他知道那是些什麼樣的人，也知道那些人將始終是什麼樣。他們在感情問題上，絕對會將忠誠視為最高準則。告訴他，我充分瞭解自己的內心，我知道它的弱點，也知道它的需要。正因為這樣，我謝絕聽取他的辯詞，無論那些話語如何精彩。我對他的譴責，絕非僅憑流言或可疑的跡象，所以，也就沒必要提出明確的指控。不過，既然他堅持打聽他自己心知肚明的事情，你可以替我轉告他。

「告訴他，那天晚上我從後門走進溫室，想給我媽媽摘一朵玫瑰。告訴他，我看到他和阿什伯頓小姐在那棵粉色夾竹桃底下。那旖旎的場面太好看了，那樣富有意味，那樣具有說服力，根本容不下任何辯解。我離開了溫室，也離開了我的玫瑰和我的夢想。你可以把這段歌舞帶給你的演出經理。」

「有一個詞我不明白，女士。──泥──你能解釋一下嗎？」

「『旖旎』──或者，你也可以說『親密』，或者，如果你一定要我說得再清楚一些，就是指和某人靠得太近，近得失去了正派人該有的莊重。」

男孩腳下生風，轉眼就到了另一邊的長凳前。男人用飽含期待的眼神向他詢問。男孩的眼神卻拒絕交流，只閃動著傳聲筒該有的無任何意味的光芒。

「那位女士說，她深知女孩很容易栽在那些鬼話連篇的傢伙手上，所以她不想聽你甜言蜜語。她說，她本想去溫室裡採一束花，卻逮到了你的把柄。她為了摘她想要的花，沒走前門，卻撞見你正拚命抱緊另一個女孩。她說，那場面相當好看，但叫她噁心。她說，你最好別耽擱，趕你的火車去吧。」

年輕男人輕輕吹了聲口哨，眼睛一亮，像是突然明白了什麼。他的手伸進了上衣口袋，掏出了一疊信件，然後從中揀出一封，連同從背心口袋裡拿出來的一美元銀幣一併遞給男孩。

「把這封信交給那位女士，」他說，「請她讀一讀。告訴她，它能夠說明當時的情形。告訴她，如果她對她的理想類型能多一點信任，就不會讓彼此那麼傷心。告訴她，她如此珍視的忠誠從未有絲毫減退。告訴她，我等她回話。」

小信使來到了女士的面前。

「那位先生說，他莫名其妙地背了黑鍋。他說他可不是個混蛋。還有，女士，你讀一下這封信，我敢跟你打賭，你讀過以後就知道他有多麼清白。」

年輕女士滿腹狐疑地打開信，讀了起來。

親愛的阿諾德醫生：

因為您的善心，以及您適時的援助，我要向您致謝。上週五晚，在沃爾德隆夫人的宴會上，小女在溫室裡賞花時，心臟舊疾突然發作。在她跌倒時，若不是您恰好在附近，扶住了她，而且給予她周全的照料，我們很可能會失去她。最後，希望您能蒞臨寒舍，並且承接小女今後的治療。

對您感激備至的

羅伯特・阿什伯頓

年輕女士把信折好，交還給男孩。

「那位先生在等你回話，」信使說道，「要我怎麼說？」

女士突然凝視著他，明亮的眼睛帶著笑意，還有些溼潤。

「告訴另一張長椅上的那個傢伙，」她快活地大笑，渾身顫抖著說道，「他的女孩要他。」

附家具出租的房間

在下西區的一塊遍布紅磚建築的地方，有一個龐大的群體，躁動不止，變動不居，倏忽來去，如同時間本身。他們沒有家，但也可以說，他們有幾百個家。他們從一個出租屋飄去另一個出租屋，永遠只是路過——路過一個個住所，也路過一個個心靈與記憶。他們以散拍爵士的節奏唱著「家啊，甜蜜的家」；他們把家神裝在盒子裡隨身攜帶；他們的葡萄藤只能盤繞在闊邊花帽上；橡膠盆栽就是他們的無花果樹[1]。

這個區域的房子，曾有過成千上萬個居民，理應也有成千上萬個故事可講，其中的絕大多數無疑乏善可陳。然而，這許多遊蕩的過客，若是不曾將一兩條魂魄遺落在這裡，那才是怪事。

一個晚上，天剛黑，一個年輕人在這些破敗的紅磚房之間徘徊，一間間按門鈴。在第十二家門前，他把空癟的手提包擱在臺階上，擦了擦帽簷和額頭的灰塵。門鈴聲響起，顯得縹緲而遙遠，彷彿出自一個幽僻空洞的深淵。

一名女房東應聲來到他按過門鈴的第十二棟房子的門前，她的模樣使他想起一條吃個沒完的病態蚜蟲。牠已經吃空了棲身的果核，正打算拿那些有滋味又有油水的房客填滿餘下的殼。

他詢問是否有房間出租。

「進來吧。」女房東的聲音發自喉嚨，而她的喉嚨裡彷彿長滿了毛，「三樓背面有個房間，一個星期前剛空出來。要看看嗎？」

年輕人跟著她上了樓。一道不知從何而來的微光沖淡了門廳裡的陰影。他們的腳踩在鋪樓梯的地毯上，無法弄出一點聲響。這些可憐的地毯已被世界拋棄，就連製造它們的織機也不會再對它們有一絲情義。它們似乎變成了植物，似乎在散發著惡臭的陰暗空氣裡發生了變異，化為一攤茂盛的地衣，或是東一塊西一片，向四處蔓延的苔蘚。它們覆蓋在樓梯上，黏住人的腳底，像一種黏糊糊的有機物。每個樓梯轉角的牆上都有空著的壁龕。也許，裡面曾經擺滿花草。果真如此，那它們一定已被汙濁不堪的環境摧殘至死。也許，過去曾有聖徒的雕像立在那裡，但不難想像，妖魔和小鬼一定已將那些雕像拉進黑暗，拖下某個附家具出租的地獄裡的邪惡深淵。

「就是這一間，」女房東說，話音是毛茸茸的喉嚨發出來的，「很好的房間，難得空出來。上一個夏天住在這裡的可是最上等的房客——從不惹麻煩，房租都是預付的，交得很準時。走廊那頭就能接水。斯普羅爾斯和穆尼租了三個月。他們是表演雜耍的。布蕾塔・斯普羅爾斯小姐——你也許聽說過她——哦，對，這只是個藝名——她的結婚證就裱在鏡框裡，掛在那個梳妝檯上。煤氣燈在這裡，你看看這壁櫥可有多寬敞。這是個人見人愛的房間，從沒長期空閒過。」

「常有劇院的人來你這裡租房子嗎？」年輕人問。

---

1 葡萄藤和無花果樹象徵著家庭生活，典出《舊約・列王紀上》：「所羅門在世的日子，從但到別是巴的猶大人和以色列人都在自己的葡萄樹下和無花果樹下安然居住。」

「他們總是來來去去的。我的房客有不少和劇院有關。是的，先生，這一帶是劇院的地盤。演藝人員從來都不會長住，而我只管自己分內的事。是啊，他們總是來來去去的。」

他租下了這個房間，預付了一個星期的租金。他說他累了，想馬上安頓下來。他掏出錢，點好數目。女房東說，房間裡的一切都已就緒，連毛巾和水都備齊了。在她就要離開的時候，他第一千次地卸下了那個總被他擺在舌尖上的問題。

「一個年輕女孩——瓦什納小姐——愛洛伊斯．瓦什納小姐，請想一想，你的房客裡有沒有這個人。她很可能在劇院唱歌。是個漂亮女孩，中等身高，人很苗條，一頭金髮，左邊眉毛旁有顆黑痣。」

「我不記得這個名字。他們那些演員經常換名字，也經常換房子。他們總是來來去去的。不記得了，我對這個名字沒印象。」

不記得，總是不記得，總是這個答案。五個月以來，他不停地打聽，結果就只有這個一成不變的「不記得」。這些日子，他是這樣度過的：白天，就向劇院經理、經紀人、演藝學校和合唱隊打聽；晚上，就混在觀眾當中，擠在舞臺下面，自己親眼去看，從明星雲集的大劇院，到那種水準極低，低得讓他害怕在那裡找到他最想找到的人的音樂廳，他都看遍了。她是他最愛的人，他一心尋找她。他確信，她離家之後，肯定在這座臨水的大都市裡落腳；但這城市就像吃人的流沙，不斷移動它的每一顆粒子，毫無規律可循，今天還在上層的沙粒，明天便滲進底層，淪為淤泥。

這個附家具出租的房間以初次見面的假殷勤迎接新來的房客，那是一種倉促、單薄，而敷衍的客套，像妓女臉上空洞的假笑。霉爛的家具表面映出稀薄的微光，帶給人一種朦朧的安慰；一張沙發和兩把椅子上的綢緞飾面都已殘破不堪，兩扇窗戶之間掛著一面一尺來寬的廉價掛鏡，牆上有一兩幅裱在框裡的圖片，角落裡有一張銅床。

這位客人佝僂著身體，神情呆滯地癱在椅子上，而這個房間彷彿曾是巴別塔的一個部分，一直對他胡言亂語，想將此前的各類房客介紹給他。

一塊花花綠綠的地毯被骯髒的草席環繞著，如同被洶湧怒海包圍的一個鮮花盛開的熱帶小島。牆上貼著一層色彩豔麗的壁紙，掛著那些無家之人從一間房子搬去另一間房子的時候總要帶上的幾幅畫——〈胡格諾派教徒情侶〉、〈初次爭吵〉、〈新婚早餐〉、〈泉之靈〉。一些歪歪垮垮的、有失體面的帳幔猥瑣地蓋在壁爐上，像亞馬遜人舞裙上的腰帶，以放浪的衣飾抹煞了美好的輪廓。幾個不值錢的花瓶，幾張明星海報，一個藥瓶，幾張散落的撲克牌——當一次幸運的航行將這些在室內漂流的人帶往一個新的港口，只有這些淒涼的零碎之物追隨他們。

一些細小的痕跡逐漸勾勒出房客的形象，演員特有的標誌像一連串密碼，一個接著一個被破譯出來。梳妝檯前的地毯有一小塊磨損得比較厲害，說明許多愛美的女人曾在上面踩過。牆上的小指印表明小囚犯曾經摸索著走向陽光與空氣。一片像炸彈一樣向四面濺射的輻射狀汙跡，證明曾有一個玻璃杯或一個瓶子，連同它裝著的東西，被摔在這面牆上。掛鏡上被人用尖利的東西刻上了「瑪麗」這個名字。看來，這個附家具出租的房間的歷任房客都暴躁易怒——也許是被它矯揉造作的冷漠激得忍無可忍，於是便拿它洩憤。家具被劃傷、被砸壞：那沙發，彈簧爆出體外，就像在一陣古怪的痙攣中被殺死的可怕怪物；大理石壁爐則被某種更為強力的劇變劈下來一大片。每一塊地板都有一個專屬的傷痕，出自某人特有的傷痛。說來令人難以置信，是那些曾將這個房間稱為「家」的人將所有的惡意與破壞施加給它。然而，可能正由於與生俱來的對家的渴念一再被辜負，他們才變得盲目，才會被名不副實的家庭守護神激怒。

如果真有一個家，真正屬於我們自己，即使只是一間茅屋，我們也會打理、裝點和愛護。

坐在椅子裡的年輕房客聽任這些想法在心頭生起，然後又悄無聲息地掠過。這時，一種出租屋特有的噪音和一股出租屋特有的氣味飄進了這一間出租屋。他聽到一個房間裡傳出吃吃的淫蕩笑聲；其他房間則傳出自言自語的咒罵聲、擲骰子聲、催眠曲和有氣無力的抽噎聲；在他的樓上，有人彈奏班卓琴，琴聲清脆，觸動人心；不知何處，有人將門摔得砰砰作響；高架電車時不時地隆隆駛過；後院籬笆上，一隻貓發出淒慘的嚎叫。他呼吸著這房間的氣息——與其說是氣息，還不如說是一股溼腥——一種陰冷的霉味，就像地下室裡那種油布和爛木頭散發的臭氣。

他正休息的時候，一股濃郁而甜蜜的木犀草的香氣突然溢滿整間屋子。它被一陣輕風吹送而來，如此真切、如此芳香、如此強烈，幾乎像一位有血有肉的訪客。這年輕人喊了一聲：「什麼事，親愛的？」同時一躍而起，向四處張望，彷彿有誰在呼喚他。那股彌漫的香氣纏繞著他，將他層層包裹起來。他伸出手臂，想要觸摸它，因為此刻，他的所有感覺都已混雜紊亂。一種氣味怎能對一個人發出如此明確無疑的召喚呢？這肯定是一種聲音。然而，聲音能夠像剛才那樣觸摸他、親吻他嗎？

「她在這個房間裡住過。」他喊道，並且急於在周遭找到證據。因為他知道，只要是屬於她的，或是她經手過的東西，哪怕再細小，他也能認得出來。這股縈繞不去的木犀草氣味，這種被她深深喜愛、並已專屬於她的香氣，究竟從何而來？

房間被收拾過，但收拾得極為馬虎。梳妝檯薄薄的臺布上散落著幾根髮夾——這些不起眼且無特徵的女性伴侶，不提供任何有用的訊息，只是些不定時態、不定語氣的陰性名詞。他很清楚不能指望它們，因此也就忽略了它們。搜索梳妝檯的抽屜時，他偶然發現一塊破破爛爛的小手帕。他把它往臉上一按，只聞到一股低俗的丁香花氣味，於是用力將它甩在地板上。在另一個抽屜裡，他找到了一些零散的鈕扣、一份劇院節目單、一張當鋪的名片、兩顆被遺忘的棉花糖、一本解夢書。最後，是一個女人用來綁頭髮的黑緞蝴蝶結，它使他怔住了，令他心中陰晴不定，如同在冰和火之間懸停了片刻。但黑緞蝴蝶結畢竟也只是代表了女性的端莊形象，只是一種沒有個體特徵的普通飾品，說明不了任何問題。

然後，他在屋子裡四下搜尋，像隻獵狗一樣用鼻子嗅嗅聞聞，在牆壁上東蹭西蹭，趴在地上查看角落裡地毯隆起的地方，翻遍了壁爐架和桌子、窗簾和門簾，以及屋角那具歪歪垮垮的櫥櫃，只為尋求一個顯而易見的跡象，卻不曾意識到，她就在這裡、在他身邊、在他周圍、在他背後、在他裡面、在他上面，與他相依偎，對他訴衷情，透過微妙的感覺如此悲切地呼喚他，即使他的感官早已麻木，也仍然有所覺察。他曾一再地高聲回答：「我在，親愛的！」並且轉身，瞪大眼睛，凝視著面前的空無，因為他還不能從木犀草的香氣中辨認形象、色彩、愛情和向他張開的雙臂。上帝啊，這股氣味究竟從何而來？這股能夠發出聲音的氣味是何時開始呼喚他的呢？他只能繼續摸索。

他挖遍了每一個角落、每一道縫隙，只找到幾個瓶塞和菸蒂。他心懷不屑，只當沒看見。但是，當他在地毯的皺褶裡發現半根抽過的雪茄時，忍不住把它丟在地上踩了幾腳，惡狠狠地咒罵了幾句。他把這個房間從頭到尾翻了個遍，發現了那些漂泊的房客的許多無意義、不光彩、不值一提的生活紀念。然而，關於他正尋找的她，可能曾住在這裡，靈魂依舊在這裡盤桓不去的她，他還沒找到任何線索。

之後，他想到了女房東。

他離開這間陰森森的屋子，跑下樓，來到一扇透出燈光的門前。聽到他在敲門，她便出來了。他盡量平復情緒，讓自己心平氣和。

「夫人，請告訴我，」他懇求道，「在我來之前，有哪些人曾住在那個房間裡？」

「好吧，先生。那我就再說一遍，正像我之前說過的。是斯普羅爾斯和穆尼。『布蕾塔．斯普羅爾斯小姐』是在劇院裡用的藝名，其實她就是穆尼太太。眾所周知，我的房子一向規規矩矩。他們的結婚證裱在鏡框裡，就掛在……」

「斯普羅爾斯小姐是哪種類型的女人？我是指……她的樣貌。」

「唔，黑頭髮，先生，又矮又壯，臉長得滿滑稽的。他們上星期二搬走的。」

「他們之前的房客呢？」

「唔，一個單身漢，做運輸生意的。他還欠我一個星期的房租呢。在他之前是克勞德太太和她的兩個孩子，他們待了四個月。再之前是道爾老先生，房租是他的幾個兒子付的。他在這裡住了六個月。這樣算算，也有一年了，先生，更久以前的我已經記不得了。」

他向她道謝，然後垂頭喪氣地回到自己的房間。這房間已經是一個死物。曾賦予它生機的要素已經離它而去。木犀草的香氣已經消失了，取而代之的是舊家具陳腐的霉味，以及一種儲藏室的氛圍。

希望破滅，信念也隨之耗盡。他坐下，呆望著嘶嘶作響的昏黃煤氣燈。很快，他走到床邊，將床單撕成一條一條的。他用他的小刀將這些布條塞進門窗的縫隙。當一切嚴絲合縫、密不透風之後，他關掉燈，再把煤氣開到最大，接著心滿意足地向床上一躺。

今晚輪到麥庫爾太太去買罐裝啤酒，於是她把酒取來，然後和帕蒂太太一起，在一處女房東偶爾用來聚會的地下場所坐著。在那裡，蟲子是不死的[2]。

「今晚，我把三樓背面那間房租出去了，」帕蒂太太望著杯中的一圈啤酒泡沫說道，「一個年輕人租的，他兩小時以前就上床睡了。」

「啊，是真的嗎，帕蒂太太？」麥庫爾太太說，語氣極為羨慕，「你能把那種房子租出去，真是了不起。那麼你都告訴他了嗎？」

「房子，」帕蒂太太用她那粗糙的嗓音說道，「是配好了家具拿來出租的。我沒告訴他，麥庫爾太太。」

「你做得對，太太。我們都是靠房租過活的。你很有生意頭腦，太太。一旦讓他們知道曾經有人在那張床上自殺過，很多人就不租那間房了。」

「正像你說的，我們都是靠這個過活的。」帕蒂太太表示。

「是啊，太太，一點都沒錯。就在上個星期的今天，我幫你收拾三樓背面那間房。一個漂亮的女孩開煤氣自殺了——她有一張甜美的臉蛋，帕蒂太太。」

「她確實稱得上漂亮，正像你說的，」帕蒂太太隨聲附和，但又挑剔地補充道，「可惜左眉毛旁邊長了一顆痣。把你的杯子斟滿吧，麥庫爾太太。」

2 典出《新約．馬可福音》第九章第四十八節：「在那裡蟲是不死的，火是不滅的。」此處的「那裡」即指地獄。

蒂爾迪的短暫出場

如果不知道柏格爾家的「小吃店」或是「家庭餐廳」，那可是你的損失。因為，如果你是一個頓頓吃大餐的幸運兒，那你應該有興趣瞭解另外一半人的飲食消費方式；而如果，你屬於把服務生奉上的帳單當作大事的那一半人，那你更應該知道柏格爾家，因為在那裡吃飯絕對超值——至少就分量來講確實如此。

柏格爾家的飯館坐落於那條中產階級之路，那條布朗、瓊斯和羅賓遜的林蔭大道，即第八大街之上。飯館裡有兩排桌子，每排六張。每張桌上都有一個瓶架，擺著幾樣調味瓶。從胡椒瓶裡，你只能搖出一撮沒什麼滋味、惹人憂傷，並且像火山灰似的東西。從鹽瓶裡，別指望能搖出什麼來。儘管有人可以從蒼白的蕪菁裡抽出血來，但要他使出神力，從柏格爾家的鹽瓶裡榨出鹽來，他也只能退縮。此外，每張桌上還擺著一瓶「按印度貴族配方精製而成」的高級醬油，無疑是假貨。

坐在收銀臺那裡的就是柏格爾，冷漠、邋遢、遲鈍、陰沉著臉，還有，收你的錢。他在牙籤堆成的山脈背後幫你找錢，幫你開單，像個蛤蟆一樣，對你吐出一句與天氣有關的話。除了確證他的氣象報告之外，你最好別東拉西扯。你不是柏格爾的朋友，你只是一個食客、一個顧客、一個過客，在加百列吹響開飯的號角之前，你們也許再也不會見面。所以，拿好你的零錢，快走——如果你願意，乾脆見鬼去吧。柏格爾心裡就是這樣想的。

柏格爾家由兩個女服務生和一個傳令的聲音來滿足顧客的一切所需。一個女服務生名叫愛琳。她身材高䠷，臉蛋漂亮，性格活潑、隨和，很會開玩笑。至於她姓什麼……在柏格爾家的飯館裡，姓氏和洗手缽一樣，純屬多餘。

另一個女服務生名叫蒂爾迪。為何你會提起瑪蒂爾達[1]？這回聽好了——蒂爾迪——蒂爾迪。蒂爾迪身材矮胖，相貌平平，對於他人，她一心只想討好、討好，再討好。這最後一條，你可以對自己重複說上一兩遍，以便熟悉其中包含的那種無限重複的意味。

柏格爾家的那個傳令的聲音是無形無質的。它來自廚房，沒有任何獨創性。這是個原始人的聲音，只滿足於徒勞地重複唱誦女服務生傳遞過來的點菜內容。

如果我再強調一次愛琳的美麗，你會不會覺得厭煩？但要是看到她穿著上百美金的衣服參加復活節遊行的話，你馬上也會這麼說。

柏格爾飯館的顧客都是她的奴僕。她能同時招待滿滿六桌客人。為了看她那靈活、優美的身段，那些急性子的人都得壓抑煩躁的情緒。為了在她閃閃發光的笑容裡再停留片刻，已經吃飽的人也會再多吃一點。那裡的每一個人——幾乎全是男人——都想在她的心裡留下點印象。

愛琳能同時跟十來個人聊天，還能做到應對自如。她將微笑投向每一個目標，像一支霰彈槍，能將

1「蒂爾迪」是「瑪蒂爾達」的簡稱，後文「蒂爾」也是。

一發鉛彈射進許多顆心臟。而且無論何時，她都保持著非凡的專業表現，對扁豆煮肉、燉牛肉、火腿蛋、香腸麥糊如數家珍，對所有鍋裡的、盤中的、全熟的、半熟的瞭然於心。所有這些吃喝玩樂、打情罵俏，讓柏格爾家的飯館幾乎成了一個沙龍，而愛琳就是這裡的雷卡米耶夫人[2]。

過路的生客都被迷人的愛琳弄得神魂顛倒，自不必說常客對她有多麼崇拜。這裡的許多老客人都將彼此視為情敵。每個晚上，她都會收到各種邀約；每個星期，她至少跟人去兩次劇院或者舞場。一個被她和蒂爾迪私下叫作「肥豬」的胖先生送了她一枚綠松石戒指。另一個在電車公司開修理車的，外號叫「冒失鬼」的人，打算在他兄弟簽下九號線路的運輸合約以後送她一條捲毛狗。還有一個總是點肋排和菠菜的、自稱是證券經紀人的傢伙，想請她和他一起去看《帕西法爾》[3]。

「帕西法爾？我沒聽過這個地方，」在和蒂爾迪談起這件事的時候，愛琳說，「但首先得戴上結婚戒指，之後我才會動手做旅行時穿的衣服——你說對嗎？反正我是這麼想的。」

可是，蒂爾迪啊！

在霧氣騰騰、人聲鼎沸、充斥著卷心菜氣味的柏格爾家，有一場幾乎令人心碎的悲劇。鼻子扁平、頭髮枯黃、滿臉雀斑、身材像個麵粉袋的蒂爾迪從沒有過一個愛慕者。當她在飯館裡走來走去的時候，除了偶爾有人用野獸覓食的凶狠眼神瞪著她，沒有哪一個男人用目光跟隨她。在他們之中，沒有誰會跟她開玩笑，和她打情罵俏。沒有誰像對愛琳那樣，興高采烈地大聲對她道早安，蛋上得慢了，也沒有人會調侃她，問她昨晚是不是跟她那位招人嫉妒的情郎廝混得太久了。沒有人給她送綠松石戒指，也沒有人邀請她去那遙遠而神祕的「帕西法爾」。

蒂爾迪是個不錯的服務生，男性並不排斥她。由她提供服務的幾桌客人會簡短地跟她交代要點的菜，然後便提高嗓門，用別具風情的甜蜜語調，樂此不疲地和美麗的愛琳攀談起來。他們在座位上扭來扭去，東張西望，想越過蒂爾迪身體的屏障，將愛琳的秀色拿來作為佐料，把他們的鹹肉煎蛋料理成人間至味。

蒂爾迪任勞任怨，只要愛琳能夠收穫那些恭維和寵愛，她便心滿意足。塌鼻子是效忠於高鼻梁的。她是愛琳的朋友，樂意看到她統治男人的心，把他們的注意力從冒著熱氣的派和檸檬蛋白酥那裡吸引過來。但從更深的層面來講，即使是一個滿臉雀斑、頭髮枯黃的人，即使是我們之中最其貌不揚的那個，也夢想著有一位王子或者公主，獨自一人，專程來探訪我們。

一天早晨，愛琳匆忙跑來上班，一邊眼睛稍微有些瘀傷。而蒂爾迪的關懷幾乎可以治療任何眼疾。

「冒失鬼，」愛琳解釋道，「昨晚，我回家的時候，在二十三大街和第六大道交叉的路口，他靠過來，找我搭訕。我嚴詞拒絕了他，他溜了，但又偷偷摸摸地跟蹤我，一直跟到第十八大街，而且還來扯那些瘋話。哈，我狠狠地給了他一記耳光，他也給我的眼睛來了一下。真難看，是嗎，蒂爾？我不想讓尼克森先生看到，十點鐘的時候，他就要來喝茶吃麵包了。」

蒂爾迪屏息靜氣、滿心羨慕地聽完了這個歷險故事。沒有人跟蹤過她。一天二十四小時，她在任何時候都是安全的。有一個男人跟蹤你，為了求愛打青你的眼睛，這是多麼幸福的事啊！

---

2 雷卡米耶夫人，十九世紀巴黎著名的文藝沙龍舉辦人，與法國大革命時期許多重要的政治人物和藝術家私交甚好。

3《帕西法爾》，德國作曲家華格納創作的歌劇。

在柏格爾家的顧客中，有一個在洗衣店工作的年輕人，名叫西德斯。西德斯先生人很瘦，頭髮稀疏，像一件草草烘乾上漿的衣服。他過於羞怯，不敢奢望愛琳的青睞，所以總是坐在蒂爾迪負責的桌位，默不作聲地吃他的煮石首魚。

有一天，西德斯先生喝過啤酒才來吃飯。當時，飯館裡只有兩三個客人。吃完魚之後，西德斯先生站起身，摟著蒂爾迪的腰，放肆地親了她一口，聲音很大，接著走到街上，對著洗衣房的方向打了一個響指，就跑去拱廊遊樂場玩吃角子老虎機了。

蒂爾迪站在原地，愣了一會兒。之後，她清醒過來，發覺愛琳正搖晃著一根食指，對她說道：「啊哈，蒂爾，你這個頑皮的女孩！你翅膀硬了，淘氣小姐！你要從我這裡挖牆腳了，對我來說，這可是頭等大事。我一定會盯緊你的，我的女士！」

蒂爾迪恢復神志之後，立刻弄明白了一件事。在那個瞬間，她從一個無望靠近，只能仰慕的下等人，躍升至能與大人物愛琳比肩，和她一起成為了眾人眼中的一對姊妹花。

她自己如今也成了一個對付男人很有一套的人，成了丘比特的箭靶，成了一個在羅馬人的宴席上對他們半推半就的薩賓[4]女人。男人發現她的腰也很曼妙，她的唇也很惹火。唐突又好色的西德斯，彷彿為她提供了一項魔法特快洗衣服務。他從她那裡拿走一件難看的粗布衣服，洗滌、烘乾、上漿，然後熨平，還給她的時候，它已經成了一條繡花紗裙——維納斯本人的仙袍。

蒂爾迪臉上的雀斑融成了一片玫瑰色的紅暈。現在，喀耳刻和普賽克[5]都從她閃閃發亮的眼睛裡向外窺視。就連愛琳都沒有在飯館裡被人公然摟抱和親吻。

蒂爾迪不可能守住這個可喜的祕密。生意清閒的時候，她走到柏格爾先生的桌邊站著，目光閃爍，努力抑制話語中自豪與炫耀的意味。

「今天有一位先生騷擾了我，」她說，「他摟住我的腰，吻了我。」

「那怎麼辦？」柏格爾撬開了自己生意人的鎧甲，對她說，「從下週起，你每週可以多領一美元的薪水。」

下一個餐期，給眾人上菜的時候，蒂爾迪像一個不需要自賣自誇的人那樣，謙虛地告訴每一個她熟悉的客人：「今天，有位先生在餐館裡騷擾了我。他摟住我的腰，吻了我。」

食客對這件軼事的反應各不相同——有人替她高興，有人將信將疑，還有一些過去專愛和愛琳開玩笑的人，把打趣的目標轉移到她的身上。蒂爾迪暗地裡早已心花怒放，在這塊灰色平原上跋涉了那麼久，她終於看到，一座浪漫的高塔在地平線上升起。

西德斯先生有兩天沒有來。

這段時間裡，蒂爾迪成功地讓自己相信她是一個被追求的女人。她買了髮帶，像愛琳那樣把頭髮綁起來，還把腰身束緊了兩英寸。她既恐懼又興奮地設想西德斯先生會拿著一把手槍，突然衝進來射殺她。他一定不顧一切地愛著她，而衝動的情人容易陷入盲目的嫉妒。

就連愛琳也沒有被人開槍打過。想到這個，蒂爾迪寧願他別開槍打她，因為她永遠忠於愛琳，不

4 薩賓，是古代義大利的一個民族，在被羅馬大軍征服之後，該民族的許多女性被擄走，成為羅馬男人的妻妾或婢女。

5 喀耳刻和普賽克，都是希臘神話中的女性。喀耳刻是凶殘的女妖，普賽克則是純潔的淑女，前者設置陷阱捕殺男性，後者則將真誠的愛給予她的戀人。這裡想表達的是，蒂爾迪身上長期被壓抑的女性意識在那一刻得以覺醒。

想使她的朋友失色。

第三天下午四點，西德斯先生來了。當時店裡沒有客人。兩位女服務生都在最裡頭忙著，蒂爾迪在裝芥末，愛琳在切派。西德斯先生走到兩人站的地方，停了下來。

蒂爾迪抬起頭看到了他，呼吸變得急促，手上一抖，把芥末勺戳在了心口上。她的頭髮上綁了一個紅色的蝴蝶結，戴著維納斯在第八大街的專用徽章——一條藍色的珠鏈，掛著一個搖搖晃晃的，具有象徵意味的銀質心形吊墜。

西德斯先生面紅耳赤，一臉窘態。他將一隻手插進屁股口袋，另一隻手卻插進了新鮮出爐的南瓜派。

「蒂爾迪小姐，」他說道，「我要就我那一晚的所作所為向你道歉。跟你說實話吧，我醉得厲害，否則絕不會那麼做的。我在清醒的時候，絕不會對任何女士做出那樣的事。所以，蒂爾迪小姐，我希望你能接受我的道歉，請相信我，如果我知道自己會喝醉，知道自己喝醉了會這樣亂來，我是絕不會讓這一切發生的。」

做過這番漂亮的辯解，西德斯先生自認為已經履行了賠償義務，便離開飯館，回家去了。

可是，在那扇簡易屏風後面，蒂爾迪撲倒在一張桌子上，趴在奶油薯條和咖啡杯之間痛哭起來，哭得如此淒慘，彷彿她的心已經離開她的身體——先是離開，然後又回到了那個鼻子扁平、頭髮枯黃的人在其中跋涉的灰色平原。她伸手把髮髻上的紅色蝴蝶結一把扯下，丟在地上。她極端鄙視西德斯；她接受了他的吻，把他當作一個先驅、一個開疆拓土的王子，以為他能夠撥動仙境樂土已經停擺的時鐘，開啟新的篇章。但這個吻卻只是酒後亂性，只是一次子虛烏有的求愛，只帶來短暫而虛假的覺醒，此後，她還得永生永世，繼續做她的睡美人。

但還不能說她已經失去了一切。愛琳把她摟在懷裡，蒂爾迪伸出紅通通的手在奶油薯條中間摸索著，找到她朋友溫暖的手掌，和她十指相扣。

「別難過，蒂爾，」愛琳說，她還完全沒有弄清楚狀況，「這個西德斯，長了張蕪菁臉，瘦得像個曬衣夾似的，為了他，不值得。他根本就沒有一點紳士的樣子，否則的話，也沒必要跟你道歉了。」

第三樣配料

瓦拉姆布羅薩公寓雖說叫「公寓」，但實在算不上公寓。兩座褐石牆面的舊式宅子相互連通，一併構成了這座建築。一家女裝店用各式各樣的外套和帽子把底樓商業層的一側裝點得花枝招展；一家自稱能無痛治療的牙醫診所則用靠不住的承諾和嚇人的陳列品把另一側布置得陰森瘮人。在那裡，你可以租到一週兩美元的房間，也可以租到一週二十美元的房間。瓦拉姆布羅薩的房客裡有速記員、音樂家、經紀人、女店員、一文不名的作家、學藝術的學生、電話接線員，以及其他門鈴一響就伏在樓梯圍欄上探身張望的各色人等。

本文將只談及瓦拉姆布羅薩的兩位住戶——儘管如此，這並不意味著筆者對其他房客有任何不敬。

一天下午六點，海蒂．佩珀回到她在瓦拉姆布羅薩三樓背光那面租下的三美元五十美分的房間。她的鼻子和下巴顯得比平常更尖了。如果你在一家百貨公司工作了四年，卻被人家毫不留情地解雇了，錢包裡只剩下十五美分，你的面目想必也很難更精緻耐看。

現在，趁著她還要爬兩層樓梯，可以花點時間給她作一篇微型傳記。

四年前的一天早晨，她和另外七十五個女孩一起走進了那家大百貨公司，應聘內衣部的櫃檯銷售。這支受薪族組成的方陣，翻過面來，就成了一塊用花枝招展的美女編成的炫目織錦。她們的金髮匯流在一處，足夠供一百個戈黛娃夫人[1]在馬背上顛簸馳騁。

一個幹練、眼神冷漠、不近人情的禿頭青年奉命在這群競爭者中選出六個人。他有一種窒息感，覺得自己彷彿要被雞蛋花的海洋淹沒了，還有朵朵手工刺繡的白雲在周圍浮動。這時，一片救命的帆影出現了。海蒂．佩珀，樣貌平凡，一雙綠色小眼睛裡閃動著輕蔑的光芒，頭髮是巧克力色的，穿著一套樸實無華的粗布衣服，戴著一頂平平無奇的帽子。她就這樣站在他的面前，將自己一眼就能看透的二十九歲年華如數奉上。

「你被錄用了！」那禿頭的年輕人叫道，然後就得救了。海蒂就是這樣成為大百貨公司的員工的。若要說清楚她是怎樣將週薪提高到八美元的，那就得把海克力士、聖女貞德、尤娜、約伯和小紅帽的故事合成一個[2]。至於她初來乍到時能賺多少薪水，我不便透露給你。對於這類事情，大家的意見越來越多，我可不想身家百萬的店主順著我那廉租房的防火梯爬上來，往我的閣樓天窗裡丟炸彈。

海蒂被大百貨公司辭退的經過，幾乎和她受雇的經過如出一轍，實在太無趣了。

店裡的每個部門都有一個無所不知、無所不在、無所不貪的人物，這人總是拿著一個行事曆，繫著

1 戈黛娃夫人，傳說中生活於十一世紀的英格蘭貴族，丈夫是考文垂的利奧弗里克伯爵。為了阻止丈夫給考文垂市民加重稅，她於正午時分在街上裸身騎馬飛馳，僅有一頭長髮遮掩身體。

2 海克力士是希臘神話中的大力神，完成了十二項艱苦卓絕的功業。聖女貞德是法國的民族英雄，以堅忍、多智、正直著稱。尤娜是斯賓塞的長詩《仙后》中的主要人物，曾歷經重重磨難。約伯是《聖經》中的受難者。小紅帽是家喻戶曉的童話人物，險些被大野狼吃掉。

一條紅領帶，被戲稱為「買主」。他那個部門裡的女孩，只要是靠著這筆薪水（明細見口糧統計局[3]公布的數字）過活，就都把命運交到了他的手裡。

我們這位特殊的「買主」，是一個幹練、眼神冷漠、不近人情的禿頭青年。他順著部門的過道一路走過去，彷彿在雞蛋花的海洋裡航行，周圍漂浮著朵朵機器刺繡的白雲。甜食吃多了會膩。他把海蒂·佩珀平凡的容貌、翠綠的眼睛、巧克力色的頭髮視為在令人生厭的美色沙漠中偶遇的一片怡人綠洲。在櫃檯後面一個僻靜的角落，他在她手臂上距肘尖三英寸的地方親熱地捏了一把。她則用強健且並不特別白嫩的右手狠狠一個耳光，將他搧出三尺開外。現在，你該明白海蒂·佩珀為什麼會被大百貨公司辭退，還被限時在三十分鐘內離開，並且錢包裡只有十五美分硬幣了。

今早的物價表顯示，牛肋排的價格是每磅（以肉鋪的磅秤為準）六美分，海蒂被大百貨公司解聘的那天，它的價格卻是七點五美分。正是這一點價格差讓這個故事得以成立，否則，那多出來的四美分就——

然而，幾乎世上所有好故事的情節都有無法自圓其說之處；所以，你也別在這個故事裡挑毛病。

海蒂帶著牛肋排，往三樓她那間三美元五十美分的背光房間走去。晚餐吃一頓熱呼呼、香噴噴的燉牛肉，夜裡好好睡一覺，明早她就有力氣再去找一份集海克力士、聖女貞德、尤娜、約伯和小紅帽為一身的工作了。

進了房間，她從瓷器——唔——陶器櫃裡拿出一把有花崗石紋路的陶鍋，接著就開始像老鼠一樣在一大堆紙袋裡刨洞，想挖出些馬鈴薯和洋蔥。等她鑽出來的時候，鼻子和下巴又變尖了一點。

沒有馬鈴薯，也沒有洋蔥了。好吧，只有牛肉了，這能做出什麼樣的燉牛肉啊？沒有牡蠣，也可以做牡蠣湯；沒有海龜，也可以做海龜湯；沒有咖啡，也可以做咖啡蛋糕；可是，沒有馬鈴薯和洋蔥，你就沒法做燉牛肉。

不過，在十萬火急之下，只有牛肋排，你也能讓一扇普通的松木門板像賭場的鐵門一樣抵擋餓狼。用鹽、胡椒粉、一湯勺麵粉（先加一點涼水調勻），也能將就——雖說沒有紐堡的龍蝦那麼夠味，也沒有教堂的節日甜甜圈那麼足量，但也能將就了。

海蒂拿著燉鍋去了三樓走廊後面。據瓦拉姆布羅薩的出租廣告，在那裡能找到「敞開供應」的自來水。實際上，水龍頭裡的水總是不慌不忙，甚或慢吞吞地走過你我和水錶之間這段漫長的旅途；不過，這裡面沒什麼值得討論的技術問題。那兒還有一個水槽，那些待在家裡的房客常把咖啡渣倒在裡面，相遇的時候，還會順帶瞄一眼彼此身上的睡袍。

一個女孩正在水槽邊洗兩顆大馬鈴薯，海蒂一眼就看到她頗具藝術氣質的濃密金髮和哀傷眼神。海蒂．佩珀和任何人一樣，不需要「明察秋毫」的眼睛，也能洞悉瓦拉姆布羅薩的祕密。房客身上的睡袍就是她的百科全書、她的人名索引、她的有關新舊房客的情報交換所。從這位馬鈴薯女孩身上那件有尼祿綠色鑲邊的玫瑰紅色睡袍，她看出這人就是住在頂層閣樓——或者，像他們喜歡的那樣，叫它「畫室」——的微型畫畫家。至於什麼是微型畫，海蒂沒概念；但她知道，這個詞肯定指的不是房子；因為，儘管給房子刷油漆的人穿著斑斑點點的工作服，在街上走路總是愣頭愣腦，還會把梯子戳到你的臉

3 作者將「人口統計局（Bureau of Vital Statistics）」中的「Vital」一詞改成了「Victual」，即食品供應之意。

上，但眾所周知，一回到家裡，他們就會縱情吃喝。

馬鈴薯女孩很瘦小，她擺弄馬鈴薯的樣子就像從沒有過家庭生活的老單身漢擺弄一個剛長牙的小嬰兒。她右手拿著一把鞋匠用的小刀，正給其中一顆馬鈴薯削皮。

海蒂以那種很容易跟人混熟的人常用的口吻，一本正經地跟女孩搭話。

「不好意思，」她說，「我本不該多管閒事，但你這樣削皮，把好好的馬鈴薯都削沒了。這些馬鈴薯都成了百慕達的新犧牲品。你應當刮。來，我刮，你看。」

她接過馬鈴薯和小刀，開始做示範。

「哦，謝謝你，」藝術家低聲說，「我不懂。我也不想削掉這麼厚一層皮，看起來太浪費了。但我想，馬鈴薯總得削皮啊。你是對的。當你只有馬鈴薯可以吃的時候，這點皮也得精打細算。」

「是這樣，孩子，」海蒂停下手上的動作，說，「你也碰到解決不了的問題了，對嗎？」

微型畫畫家窘迫地笑了笑。

「我想是吧。藝術——至少我所理解的藝術——看起來沒什麼市場了。我只能用這兩顆馬鈴薯做晚飯了。不過，把這些馬鈴薯煮熟，再加點奶油加點鹽，趁熱吃，也不錯。」

「孩子，」海蒂說，一個稍縱即逝的微笑軟化了她僵硬的臉，「命運讓我和你湊在了一起。我也碰到了困難，但就在我房間裡，還有一塊像哈巴狗那麼大的肉排。為了找幾顆馬鈴薯，我想盡了辦法，就差沒禱告了。不如，把你我的補給合在一起，燉成一鍋。可以去我的房間燉。如果我們能弄到一顆洋蔥加進去，那就更好了。喂，孩子，有沒有可能，你有幾個硬幣滑進了去年冬天穿的那件海豹皮大衣的夾層裡？我可以下樓去街角，在老朱塞佩的攤子上買一個。燉肉沒有洋蔥，就像下午茶沒有糖果一樣糟。」

「你可以叫我塞西莉亞，」藝術家說，「我沒錢了。三天前我就把最後一個銅板花掉了。」

「那麼，我們就當把洋蔥給切壞了，一片也沒剩下，」海蒂說，「我本來可以向女門房要一個，但又不想讓他們知道我正為了找到一份新工作而到處奔波。我們要是有一個洋蔥就好了。」

在女店員的房間裡，她們倆開始準備晚飯。塞西莉亞幫不上忙，她能做的工作就是坐在沙發上，用斑鳩似的聲音輕聲央求著分給她一點事情做。海蒂在鍋裡加了冷水和鹽，把處理好的牛肋排放進去，再把鍋擺在只有一個出火孔的煤氣爐上。

「我們要是有一個洋蔥就好了。」海蒂一邊刮那兩顆馬鈴薯，一邊說道。

沙發對面的牆上釘著一幅色彩濃豔的廣告畫，畫的是鐵路公司製造的一艘新渡輪，能將洛杉磯和紐約之間的行程縮短八分之一分鐘。

海蒂一邊不停地自言自語，一邊轉頭看了一眼，卻見她的客人正盯著那個交通工具乘風破浪的理想圖景，眼中湧出了淚水。

「怎麼了，喂，塞西莉亞，孩子，」海蒂拎著刀說，「這張畫有這麼糟嗎？我不是評論家，不過，我覺得它給這個房間多少添了點亮色。當然了，美甲畫家[4]一眼就能看出這是張爛畫。如果你看不上眼，我可以拿掉它。但願灶神能賜給我們一個洋蔥。」

---

4 此處英文原文為「manicure-painter」，「manicure」意為修指甲，而微型畫的英文原文是「miniature」，此處係海蒂的口誤。

但這個微型身材的微型畫畫家卻跌坐下來，把鼻子埋進了硬邦邦的沙發套裡，抽抽搭搭地哭了。單是粗劣的石版印刷對藝術氣質的戕害，不足以造成這種程度的悲傷。

海蒂能理解人。她已經接受了自己的角色。當我們嘗試去描述人的某一項品質的時候，是多麼容易詞窮啊！當我們觸及抽象的時候，語言總是一再落空。以更接近自然的方式，讓詞句從口頭汩汩流出，會更便於理解。我們不妨舉例子比喻，有些人是「胸懷」，有些人是「手掌」，有些人是「頭腦」，有些人是「肌肉」，有些人是「腳」，有些人則是負重的「背」。

海蒂是「肩膀」。她本人的這一部位瘦削但結實；在她的人生歷程中，別人總是將自己的頭靠在她的肩膀上，在隱喻層面或現實層面都是如此；他們把煩惱全部或部分留在了那裡。若用解剖學的方法看待生活——沒有比這更合適的方法了——那麼可以說，海蒂注定要成為一副肩膀。無論在哪裡，像她這樣忠實的鎖骨都難得一見。

海蒂才三十三歲，每逢那些年輕美麗的腦袋靠在她的肩頭尋求安慰，都會留下讓她無力擺脫的痛苦。不過，在這種時候看一眼鏡子，總會有迅速止痛的效果。因此，她黯然神傷地朝爐旁牆上那面凹凸不平的舊鏡子瞥了一眼，把已經開鍋的馬鈴薯燉牛肉底下的灶火關小了一些，走到沙發前，捧起塞西莉亞的頭，把自己當成了人家的告解室。

「跟我說說吧，親愛的，」她說，「現在我懂了，讓你傷心的不是藝術。你是在一艘渡船上遇見他的，對嗎？說說吧，塞西莉亞，孩子，把煩惱告訴你的——你的海蒂阿姨。」

但是，青春與愁緒必定要首先耗盡過剩的歎息和眼淚，再以這一個人的風與水，將浪漫史的小舟推送至諸多美麗小島間的港口。不久，懺悔者——或是光榮的聖火傳播者——趴在構成了告解室柵欄的筋腱上，講述了她那個與藝術無關，也沒有光輝可言的故事。

「這是三天前剛剛發生的事。那時，我正從澤西市坐渡輪回來。藝術品商人老施魯姆先生告訴我，紐華克[5]的一個有錢人想找人給他女兒畫一幅微型畫。我去見了他，給他看了一些我的作品。當我告訴他價格是五十美元一幅的時候，他像鬣狗一樣對我大笑，還說一幅比這大二十倍的蠟筆畫只須花八美元。

「我的錢只夠買回紐約的渡輪票。我覺得彷彿一天也不想再活下去了。我的情緒一定都寫在臉上了，因為我看到，他坐在我對面那排座位上看著我，好像他什麼都懂。他很好看，不過，最重要的是，他看起來很友善。當一個人感到疲憊、憂傷、失落的時候，友善比其他一切都更珍貴。

「我感覺自己如此悲慘，以至於再也無法忍受，便站起身，緩緩走出了渡輪的後艙門。那裡沒有人，我立刻翻過欄杆，跳進水裡。哦，海蒂，我的朋友，水真冷，真冷啊！

「只在那麼一個瞬間，我希望自己還能回到老瓦拉姆布羅薩，繼續餓著，繼續期盼著。緊接著，我就完全麻木了，什麼也不想了。後來，我感覺到有另一個身體在水裡靠住了我，托起了我。原來是他在身後跟著我，然後跳進水裡來救我。

「有人朝我們扔來一個白色大甜甜圈似的東西，他幫我把它套在身上，夾在腋下。然後渡輪開回來了，人家把我們拉上了甲板。唉，海蒂，一想到自己卑劣到竟想自殺，我真的好羞愧啊；而且，我全身

5 紐華克，是紐澤西州最大的海港城市，與上文提及的澤西市相鄰。

都溼透了，披頭散髮的樣子多丟人啊。

「之後，幾個穿藍衣服的人過來了，他把他的名片遞給他們，我聽到他跟他們說，他看見我的錢包掉在欄杆外面的船舷旁邊，還說，我是因為把身子探出去撿它才不慎落水的。這時我想起，我在報紙上讀到過，企圖自殺的人會被關進監獄，跟企圖殺人的人關在一起。我很害怕。

「不過，船上的幾位女士把我領到下面的鍋爐房，把我大致烘乾，還給我整理頭髮。船靠岸以後，他又來幫我雇了一輛馬車。他全身都在滴水，卻還哈哈大笑，好像這一切只是個笑話。他請求我把姓名和地址告訴他，但我不肯，我實在太羞愧了。」

「真是個傻孩子，」海蒂和藹地說，「等一下，讓我把火開大點。但願老天能賜給我們一個洋蔥。」

「接著他抬了抬帽子，說道，」塞西莉亞繼續說著，「『好吧。不過，無論怎樣，我會找到你的。我會主張「救援」的權利』。接著，他先付了車費，叫車夫把我送到我想去的地方，然後就離開了。什麼是『救援』啊，海蒂？」

「沒有鑲過邊的衣料的毛邊[6]，」女店員說，「可見在那位小英雄的眼中，你的樣子實在太寒磣了。」

「三天過去了，」微型畫畫家哀歎道，「他還沒有找到我。」

「再寬限點時間吧，」海蒂說，「這裡可是個大城市。想想看，他也許得看過許多泡在水裡的、披頭散髮的女孩，才能認出你來。燉得差不多了——可是，唉，洋蔥啊洋蔥！如果有蒜的話，我都想拿一片蒜來充數了。」

牛肉和馬鈴薯在歡快地躍動，散發出令人垂涎欲滴的香氣，但其中還是缺了點什麼，以至於在味覺中留下了揮之不去的飢餓感，留下了一種對必要卻缺失的配料無法滿足的渴念。

「我差點在那條可怕的河裡淹死。」塞西莉亞發著抖說。

「水應該再多一點，」海蒂說，「我指的是燉牛肉。我去水槽那邊多接點水。」

「味道真香。」藝術家說。

「是那條令人噁心的老北河嗎？」海蒂反對道，「我覺得，它聞起來像肥皂廠和弄溼了毛的蹲獵犬——哦，你說的是燉牛肉。唉，我們要是有一個洋蔥就好了。他看起來很有錢嗎？」

「首先是友善，」塞西莉亞說，「我覺得他應該滿富裕；但這不是重點。他掏出皮夾付車資的時候，我就算不想，也還是會看見那裡面有幾百幾千美元。我在馬車門裡向外看，看到他坐上私家汽車離開了渡輪碼頭；司機把自己的熊皮大衣給他披上，因為他全身都溼透了。這是三天前才發生的事。」

「真是傻瓜！」海蒂唐突地說。

「哦，那司機身上又沒溼，」塞西莉亞細聲細氣地說，「而且他安然無恙地把車開走了。」

「我是說你啊，」海蒂說，「幹嘛不把你的地址給他。」

「我從來不把我的地址告訴司機。」塞西莉亞堅決地說。

「但願我們有一個……」海蒂悶悶不樂地說。

6「救援」的英文原文是「salvage」，與「鑲邊」的英文原文「selvage」僅有一個字母不同。

「要來幹嘛？」

「用來燉啊，當然——哦，我是指洋蔥。」

海蒂拿起一個水罐，往走道盡頭的水槽那邊打水去了。

在她走到樓梯對面的時候，一個年輕人正巧從樓梯上下來。他衣著考究，但面容蒼白憔悴。他的眼神被身體的負擔或精神的困苦壓制了，失去了靈動。他的手裡拿了一個洋蔥——一個粉色、光滑、沉甸甸、亮晶晶的洋蔥，像一個售價九十八美分的鬧鐘那麼大。

海蒂站住了，年輕人也一樣。女店員的姿勢中有某種聖女貞德、海克力士和尤娜的風範——她把約伯和小紅帽的角色暫時拋開了。年輕人站在樓梯口，心神不寧地咳嗽起來。他感覺自己被綁架、被襲擊、被鞭笞、被扣押、被洗劫、被品評、被討要、被恐嚇，感覺自己已經走投無路，儘管他根本不知道為什麼。其實，這是和海蒂目光相接造成的。在她的眼中，他看到一面海盜旗飛升到桅杆頂上，一個齒間咬著匕首的精悍水手順著繩梯躥了上去，把它釘在了那裡。但到目前為止，他還不知道，正是他負載的貨物讓他差點在未經談判的情況下就被炸上了天。

「對不起，」海蒂在她那稀醋酸般的腔調所允許的範圍內，盡可能甜蜜地說道，「那顆洋蔥，你是在樓梯上撿的嗎？我的紙袋破了個洞，我是專門出來找它的。」

年輕人咳了半分鐘。這一插曲也許給了他捍衛自家財產的勇氣。只見他貪婪地抓緊了他那個辛辣的戰利品，抖擻精神，直面眼前這位冷酷的劫道者。

「不，」他嘶啞地說，「我不是在樓梯上撿的。是住頂樓的傑克·貝文斯給我的。你要是不信，可以問他。我在這裡等你。」

「我知道貝文斯，」海蒂氣勢洶洶地說，「他在上面寫書、寫文章，專門賣給收資源回收的。每次郵差給他送來厚厚一疊退稿信的時候，總要取笑他，整棟樓都聽得見。喂——你是住在瓦拉姆布羅薩的嗎？」

「不是，」年輕人說，「我有時候會來看貝文斯。他是我的朋友。我住在西邊，離這裡有兩個街區。」

「你打算拿這個洋蔥來做什麼？——請問。」海蒂說。

「拿來吃。」

「生吃？」

「是的，到家就吃。」

「就單吃這個，也不搭點別的？」

年輕人稍稍考慮了一下。

「沒錯，」他坦言，「在我的住處沒有任何可吃的東西。我想，要從老傑克的小屋裡挖出點糧食也是難上加難。他可不願意放棄這顆洋蔥，我靠著死纏爛打，才能把它帶走。」

「年輕人，」海蒂用飽經世故的眼睛盯著他，伸出一根枯瘦而令人一見難忘的手指戳著他的衣袖，說道，「你也有煩心事，對嗎？」

「太多了，」洋蔥的主人不假思索地說，「不過，這洋蔥歸我所有，來路正當。如果你不介意的話，我要走了。」

「聽著，」海蒂急得臉色發白，趕緊說，「生吃洋蔥可真是糟透了。燉牛肉裡沒有洋蔥也好不到哪裡去。好，既然你是傑克·貝文斯的朋友，我想，你的為人應該也還不錯。我的房間在走道盡頭，有位小姐——我的一個朋友——還在裡面等著。我倆的運氣都不太好；我們手裡只有馬鈴薯和牛肉了。現在正燉著呢。可是，這鍋東西沒有靈魂，裡面缺了點什麼。在生活中，某些東西就是為彼此而生的，就該相互搭配、相互依存。一組是粉色棉布裙和綠色玫瑰，一組是火腿和雞蛋，一組是愛爾蘭人和麻煩。另外還有一組：牛肉、馬鈴薯和洋蔥。還可以再加一組：落魄鬼和倒楣鬼。」

年輕人又咳嗽了好長一陣，一邊咳著，還一邊用手把洋蔥按在胸口。

「千真萬確，」他終於開口說道，「但是，我剛剛說過，我得走了，因為……」

海蒂死死地拉住他的衣袖。

「別跟個南歐人似的，年輕人。別生吃洋蔥。我們一人出一樣，一起吃晚飯吧，你會吃到你這輩子能吃到的最棒的燉肉。難道非要兩位女士打量一位年輕紳士，把他拖進房間，這位才肯賞臉和她們共進晚餐嗎？我們不會吃掉你的，年輕人。放寬心，跟我來吧。」

年輕人蒼白的面孔放鬆下來，露出了笑容。

「好啊，我跟你去，」他開心地說，「如果我的洋蔥能用作請柬，那我很樂意接受邀請。」

「能用作請柬，不過，用作配料更好，」海蒂說，「你來，在門外站一會兒，我問問我的女伴，看她有沒有不同意見。在我出來之前，你可別帶著邀請函溜掉啊。」

海蒂走進房間，關上門。年輕人在門外等著。

「塞西莉亞，孩子，」女店員盡可能地把自己尖利的嗓門變得柔和一些，說道，「外頭有顆洋蔥，外加一個年輕男人。我叫他一起吃飯。你不反對吧？」

畫。

「啊！」塞西莉亞坐起來，拍了拍她那富有藝術氣質的頭髮，憂傷地瞥了一眼牆上的那幅渡輪廣告

「不，」海蒂說，「不是他。擺在你面前的是現實生活。我記得你說過，你那位英雄朋友有錢，還有小汽車。這人是個可憐蟲，除了洋蔥就沒別的可吃。不過他很好說話，不是個冒失鬼。我猜，他出身不錯，只是現在家道中落了。我們需要洋蔥。能讓他進來嗎？我保證叫他規規矩矩的。」

「海蒂，親愛的，」塞西莉亞歎息道，「我太餓了。他是王子還是盜賊又有什麼不同？我不在乎。既然他帶著吃的，就叫他進來吧。」

海蒂又回到走道裡。洋蔥男不見了。她的心向下一沉，臉上除了鼻子和顴骨以外，都蒙上了一層陰雲。但緊接著，生命的潮汐又湧了回來，因為她看到，他就在走道的另一頭，只是將身子探出了窗外。她連忙趕過去。他正朝樓下的什麼人喊話。街上的噪音蓋過了她的腳步聲。她從他的肩膀上面向下看，一邊看他在對誰說話，一邊聽他在說些什麼。他把頭從窗口收進來，發現她就站在他身後。

她的眼睛就像兩把鋼錐，把他鑽了個透心涼。

「說老實話，」她平靜地說，「那顆洋蔥，你打算用來做什麼？」

年輕人忍住咳嗽，堅定地面對著她。看那樣子，他是被惹毛了。

「我打算吃掉它，」他一字一頓地說，「我已經告訴過你了。」

「你家裡沒有別的東西吃？」

「一樣也沒有。」

「你是做什麼工作的？」

「目前什麼都沒做。」

「那為什麼，」海蒂把尖利的嗓門提到了極限，說道，「你把身子探出窗外，對坐在街上那輛綠色小汽車裡的司機發號施令？」

年輕人臉紅了，無神的眼睛開始閃爍起來。

「夫人，」他的語速漸漸加快，說道，「因為我給那位司機發工資，而且，那輛汽車是我的——還有這顆洋蔥，也是我的，夫人。」

他把洋蔥舉到距離海蒂的鼻子不到一英寸的地方。女店員完全不為所動。

「那為什麼你只吃洋蔥，」她輕蔑地嘲諷道，「別的什麼也不吃？」

「我沒這麼說過，」年輕人激動地反駁道，「我只是說，在我的住處沒有其他可吃的。我又不是開熟食店的。」

「那為什麼，」海蒂鍥而不捨地逼問道，「你要吃生洋蔥？」

「我母親，」年輕人說，「總叫我吃生洋蔥來治感冒。請原諒，我不得不提一提自己身體抱恙的事；不過，你可能也留意到了，我得了很嚴重的感冒。我本打算吃了這顆洋蔥就去床上躺著的。我真是不明白，幹嘛要站在這裡跟你道歉。」

「你是怎麼著涼的？」海蒂仍在疑心著什麼。

看起來，年輕人的火氣已經攀到了頂點。若想要它重新回落，只有兩種模式供他選擇——大發雷霆，或是對這荒唐的遭遇表示屈服。他做出了明智的選擇，空闊的走道裡迴盪著他嘶啞的笑聲。

「你這人真有意思，」他說，「我不怪你多事，告訴你也無妨。我把身上弄溼了。幾天前，在北河的一條渡輪上，一個女孩跳了河。當然，我得——」

海蒂伸出手，打斷了他的故事。

「把洋蔥給我。」她說。

年輕人咬了咬牙。

「把洋蔥給我。」她重複道。

他咧嘴笑了，把洋蔥放在她的手裡。

接著，海蒂露出了在她而言少有而嚴厲憂鬱的苦笑。她拉住年輕人的手臂，用另一隻手指著她房間的門。

「年輕人，」她說，「進去吧。你從河裡撈出來的那個小傻瓜在裡面等著呢。我給你三分鐘時間，然後我再進去。馬鈴薯在裡面等著呢，快去吧，洋蔥。」

他敲了敲門，然後進去了。海蒂開始在水槽邊剝洗洋蔥。她用灰溜溜的眼神看了一眼外面灰溜溜的屋頂，臉上的笑容被一陣輕微的抽搐抹掉了。

「但是，是我們，」她冷冷地自言自語著，「提供牛肉的是我們。」

頂針，頂針[1]

按照以下指示，就能找到卡特萊特&卡特萊特磨坊用具與皮革履帶公司的辦公地址。

順著百老匯大道往下走，經過橫貫全城的大道形成的第一條線、領救濟麵包的隊伍形成的第二條線，以及行人勿近的警戒線，來到守財奴部落的大峽谷。然後左轉，再右轉，避開一輛手推車和一輛載重兩噸的四駕馬車，接著蹦起、跳起、躍起，竄上一座石頭和鋼筋搭成的、共二十一層的人造山峰底部的花崗岩岩層，卡特萊特&卡特萊特公司的辦公室就在第十二層。生產磨坊用具和皮革履帶的工廠則位於布魯克林。對那些商品——且不說布魯克林——你是不會有興趣的。讓我們把有關事件都放在一齣獨幕劇裡集中解決，從而減輕讀者的辛勞和出版商的成本吧。如果你有勇氣面對四頁打印紙和卡特萊特&卡特萊特公司的年輕職員帕西法爾，就可以走到辦公室裡面，坐在一把漆過的椅子上，偷看一場「老黑人」、「獵用錶」，和「直白提問」的喜劇——你會很輕易地得出結論：這些幾乎都是從已故的法蘭克·斯托克頓[2]先生那裡抄來的。

首先得插進一段簡明扼要的人物小傳。我這麼做，是為了把糖衣藥丸的內外顛倒一下——讓你先嘗點苦，再享用甜。

卡特萊特一脈襲自（不知我這麼用詞是否恰當，請哥倫比亞大學的諸位教授指正）維吉尼亞州的一個古老氏族。很久以前，這一族的紳士穿著帶褶邊和亮片的衣服，擁有種植園和可供燒死的奴隸，但戰爭大幅削減了他們的財產。（當然，你立刻就會察覺，這都是從F．霍普金森．史密斯[3]先生那裡偷來的，儘管「卡特」後面還跟著一個「萊特」。）好吧，言歸正傳：

對於卡特萊特家的歷史，我只需追溯到一六二〇年就夠了。那兩個第一代姓卡特萊特的美國人就是在那一年來的，不過，他們乘坐的是不同的交通工具。兩兄弟中的一個名叫約翰，是「五月花號」的乘客，後來就成了一位扎根殖民地的新教牧師。你在感恩節發行的雜誌上看到過他的照片：一個男人正在深雪中跋涉，用老式大口徑短槍獵火雞。另一個卡特萊特名叫布蘭德福德，他乘著自己的雙桅帆船橫渡大西洋，在維吉尼亞海岸登陸，後來開枝散葉，發展成當地最早的望族。約翰以虔誠的信仰和精明的商業頭腦而著稱；布蘭德福德則因驕傲、薄荷酒、好槍法和廣大的奴隸種植園而聞名。

後來內戰爆發了。（我必須精簡這段節外生枝的歷史。）「石牆」傑克遜中彈；李投降；格蘭特周遊世界[4]；棉花價格跌到每磅九美分；老烏鴉威士忌和吉姆．克勞車廂相繼被發明出來；麻州的志願兵第七十九軍團把倫迪小道[5]的戰旗歸還給了阿拉巴馬州的義勇軍第九十七軍團，旗子是在切爾西的

1「頂針，頂針」是一種賭博遊戲，莊家將幾個杯形頂針擺在桌面上，其中一個下面扣著一個小球，能將扣有小球的頂針從中選出即可贏得賭注。
2 法蘭克．理查．斯托克頓（一八三四—一九〇二），美國著名作家，以創作具有童話和寓言色彩的短篇故事而成名。
3 法蘭西斯．霍普金森．史密斯（一八三八—一九一五），美國著名作家，以描寫自然風光見長，著有小說《卡特維爾的卡特上校》。
4 分別指美國內戰中南方聯盟的軍事將領湯瑪斯．喬納森．傑克遜、總指揮羅伯特．愛德華．李、總司令尤利西斯．辛普森．格蘭特。
5 倫迪小道，位於北美的尼加拉瀑布附近，一八一四年，美英軍隊曾在這裡發生激烈衝突。

一家二手商店買的，是一個叫斯克津斯基的人的私人藏品；喬治亞州給總統送去一個六十磅重的大西瓜——話到此處，我們的故事就將開始。唉！但這樣的開頭未免太潦草了些！看來，我真的該溫習一下亞里斯多德了。

北方的卡特萊特家，戰前就已經在紐約做了多年買賣。他們的辦公室，就皮革履帶和磨坊用具的經營而言，顯得陳腐、傲慢、堅實，像狄更斯筆下那種老舊的東印度茶葉進口公司一樣。在櫃檯後面早有關於戰爭的流言，但還不至於影響生意。

內戰之間及之後，維吉尼亞望族布蘭德福德·卡特萊特陸續失去了他的種植園、薄荷酒、好槍法和性命，只把自己的驕傲遺留給了倖存的家人。就這樣，終於有一天，年方十五的第五代布蘭德福德·卡特萊特收到了與他同名的皮革履帶和磨坊用具公司的邀請，勸他去北方學做生意，不要整天窩在這個敗落世家大大縮水的莊園裡，一邊獵狐狸，一邊吹噓父輩的往日風光。男孩積極投身於這一機遇，在二十五歲時就坐進了商號裡間的辦公室，成了大口徑短槍和火雞家族的第五代傳人約翰的合夥人。講到這裡，我們又回到了故事開始的地方。

兩個年輕人年齡相仿，面頰光潔，為人機警，舉止大方，神情中流露出思想的敏銳和行動的敏捷。和其他紐約的年輕人一樣，他們把臉刮得很乾淨，穿藍緞子的衣服，戴草帽，佩珍珠襟針。從百萬富翁到銀行職員都有可能做這種打扮。

一天下午四點鐘，布蘭德福德·卡特萊特在自己的辦公室裡，拆開了辦事員剛剛放在他桌上的一封信。讀過以後，他發出了咯咯的笑聲，差不多持續了一分鐘。約翰從辦公桌上轉過頭來，好奇地看著他。

「是我媽媽寄來的，」布蘭德福德說，「我挑些有趣的部分念給你聽。當然了，她先是把鄰居家的新聞跟我報了一遍，接著告誡我別把腳用來蹚水，別把眼睛用來看音樂喜劇。然後就講到了小牛和小豬的動態數據，以及對小麥產量的預先估計。我來讀幾段吧：

「你想想看！上星期三剛滿七十六歲的傑克大叔決意去旅行。他非要去紐約看看他的『布蘭德福德少爺』。他很老了，但一點也不缺常識，所以我就讓他去了。我沒法拒絕他——他似乎把所有的希冀和願望都寄託於這次遊歷大千世界的冒險。你知道，他是在種植園出生的，這輩子還沒走出過方圓十英里之外。他是你父親在戰時的貼身男傭，一直是我們家的忠僕。他經常看到那塊金錶——你父親、你祖父都戴過的金錶。我告訴他，那錶是要傳給你的，他請求我准許他給你帶去，並由他親手交給你。

「於是，東西很穩妥地裝在一個鹿皮匣子裡，由他帶走了。他會像國王的信使一般，滿懷自豪、鄭重其事地把它給你送去。我給他出來回路費和在城裡生活兩週的花費。我希望你能關照一下，幫他找個舒服的住處——傑克不需要太多照顧——他能照顧自己。但是，我在報紙上看到，在大都會紐約，即使是非洲主教和黑人君主都會在食宿方面遇到不少麻煩。這可能再正常不過；但我不明白為什麼傑克不能入住高檔酒店。我猜，這都是規矩吧。

「我跟他詳細說明了去哪裡找你，還親自幫他打包行李。你不必太為他操心；但我希望你能安排一下，讓他住得舒服一些。收下他給你送去的那塊錶——這東西幾乎相當於一枚勛章。它曾經代表了卡特萊特一脈的正統，沒有受過一點損傷，也沒有出過一點誤差。能把它帶去給你，對老傑克來說，是生命中無上的快樂。趁著為時未晚，我想讓他稍微出去走走，享受這份快樂。我們常跟你說起，在錢瑟勒斯維爾[6]，老傑克自己負了重傷，卻爬過血染的草地，到心口中彈的你父親身邊，把那塊錶從他口袋裡取出來，讓它免於落入洋基人[7]的手中。

「所以，我的孩子，等他到了，就當他是一個來自舊日生活和家庭的已經衰老但仍值得尊重的信使。你離家這麼久，在一向被我們視作異類的人之中待了那麼久，我不確定，見面的時候，傑克是不是還認得你。不過，傑克有敏銳的洞察力，我絕對相信，他一眼就能認出一個來自維吉尼亞的卡特萊特。即使你已經在北方生活了十年，我也無法想像我的兒子會被改變。不管怎麼說，我相信你能認出傑克。我在他的行李箱裡放了十八條硬領。如果還得再買，記住，他的尺碼是十五號半。別讓他選錯了。他絕對不會給你添麻煩的。

「如果你不算太忙，盼你能給他找個供應白玉米麵包的住處，叫他別在你的辦公室或者大街上脫掉鞋子。他的右腳有點腫，所以他喜歡脫鞋，好讓自己舒服些。

「如果你能抽得出時間，在洗衣房把他的手帕送回來的時候，幫忙清點一下。在他出門之前，我給他買了一打新手帕。在你收到這封信時，他差不多也該到了。我吩咐他抵達紐約後直接去你的辦公室。」

布蘭德福德才剛一讀完，就有事發生（如此突然，就好像在故事裡或者舞臺上一樣）。那位年輕職員帕西法爾，帶著一副對全世界生產的磨坊用具和皮革履帶都不屑一顧的神情進來通報，說有一位黑人紳士在外面求見布蘭德福德．卡特萊特先生。

「帶他進來。」布蘭德福德站起來說。

約翰．卡特萊特在椅子裡扭過身子，對帕西法爾說：「先請他在外面等幾分鐘。過一會兒我們再叫你帶他進來。」

之後他轉向他的堂兄，面帶卡特萊特家代代相傳的寬厚笑容，說道：「布蘭德，我一直有強烈的好奇心，想知道你們這些傲慢的南方人所謂的『南北差異』究竟是什麼。當然了，你們自認是以更優質的黏土製作而成的，只把亞當看作是你們祖先的一個旁支而已；但我不明白這是為什麼。我怎麼也看不出，我們之間有什麼區別。」

「哈，約翰，」布蘭德福德笑著說，「你弄不明白的那些，就是我們的區別。我想，是封建領主式的生活給了我們貴族的派頭和優越感。」

「但你們已經不是什麼封建領主了，」約翰又說，「自從我們打敗了你們，搶走了你們的棉花和騾子，你們就不得不像被你們叫作『該死的北方佬』的我們一樣出去工作了，這麼久以來，一直如此。然而，你們還是像戰前一樣驕傲、排外、清高。所以，這可不是錢的問題。」

「也許是水土問題吧，」布蘭德福德輕描淡寫地說，「也許，我們被我們的黑奴慣壞了。現在，我得叫老傑克進來了。能再見到這個老傢伙，我很高興。」

---

6 錢瑟勒斯維爾，維吉尼亞州的一處地方，在美國內戰期間，此地曾發生一場大規模的戰鬥。

7 洋基人，在這裡指美國北方各州的居民。

「再等一下就好，」約翰說，「我想驗證一個小小的理論。你我外表十分相像。在你十五歲之後，老傑克就沒再見過你。我們叫他進來，不要給他任何提示，看看他會把錶給誰。這個黑人老頭想必應該能毫不費力地分辨出他的『少爺』。所謂『主子』的貴族優越感應該立刻就會給他一個答案。按理說，他不可能搞錯，不可能把錶交給一個北方佬。打個賭吧，沒拿到錶的人今晚請吃飯，還得給傑克買兩打十五號半的硬領，怎麼樣？」

布蘭德福德欣然同意。他們招呼帕西法爾，吩咐他把那位「黑人紳士」領進來。

傑克大叔小心翼翼地走進了這間辦公室。他是個瘦小的老人，跟煤一般黑，皮膚皺巴巴的，一圈精心修剪的白髮在耳朵上面圍著他的禿頭。一套還比較合身的黑西裝；皮鞋擦得透亮，草帽上綁了一根俗不可耐的帽帶；右手五指緊握，裡面顯然握了些什麼——他和那些舞臺上的「大叔」沒有什麼共同點。

傑克大叔在離門幾步遠的地方站住了。兩個年輕人相隔十尺遠，坐在轉椅裡看著他，房間裡充滿著友善的沉默。他的目光緩緩地在這一個和那一個之間來回跳轉了幾次。他確定，眼前的兩人中至少有一個屬於那個自他出生直至他死去，始終與他命運交織的可敬世家。

一位有著卡特萊特家討人喜歡卻傲慢自大的神氣；另一位臉上又長又挺的鼻子也是確鑿無疑的家族標記。乘「五月花號」的卡特萊特和坐雙桅船的卡特萊特都以靈活的黑眼珠、平直的眉毛、笑意盈盈的薄嘴唇而著稱，這兩位都繼承了這些特徵。老傑克自以為轉瞬之間就能從一千個北方人裡認出他的少主，但現在卻遇到麻煩了。看來，他得使些手段才行了。

「你好，布蘭德福德少爺——你好，先生！」他不偏不倚地看著兩人中間，說道。

「你好啊，傑克大叔，」兩人愉快地齊聲作答，「請坐。你把錶帶來了嗎？」

老傑克選了一把硬底椅，靠著椅子沿坐了下來，和兩位合夥人保持了合乎尊卑的距離。他小心翼翼地把草帽擱在地板上，但還緊握著裝有金錶的鹿皮匣子。在戰場上，他冒死從「老主人」的對頭那裡把它奪了回來，可不能不加抵抗地又讓它落進敵人的手中。

「是的，先生；在我手裡呢，先生。稍等一下我再給你。老夫人吩咐我把它交給布蘭德福德少爺，叮囑他為了家族的名望與榮耀戴上它。對於一個黑人老頭來說，這是一段寂寞的旅程——在這裡和老維吉尼亞之間跑個來回，該有一萬英里了吧，先生。你長大了很多，少爺。要不是你和老主人那麼相像，我幾乎認不出你了。」

老人表現出高超的外交手腕，目光始終在兩人之間的空間裡打轉，字字句句都沒偏離任何一方。他既不邪惡，也不乖戾，但一直都在察言觀色。

布蘭德福德和約翰互看了一下。

「我想，你應該已經收到你媽媽的信了，」傑克大叔繼續說道，「她說她會寫信給你，告訴你我來這裡的事。」

「是啊，是啊，傑克大叔，」約翰愉快地說，「我和堂兄接到通知了，正等著你呢。我們都是卡特萊特家的人，你知道的。」

「儘管我們之中，」布蘭德福德說，「有一個在北方出生長大。」

「那麼，你可以把錶拿過來了吧——」約翰說。

「堂弟和我——」布蘭德福德說。

「等下我們會——」約翰說。

「替你找個舒適的住處。」布蘭德福德說。

老傑克顯然才智過人，立刻洞悉了內情，咯咯地尖笑起來，拖音又長，聲調又高。他拍了拍膝蓋，撿起帽子，折彎帽簷，好像很欣賞這個滑稽的場面。他把這陣痙攣用作掩飾，人就好像躲在簾子後面，眼睛轉來轉去，從各個角度完全均等地打量著那兩個折磨他的人。

「我明白了！」過了一會兒，他輕笑著說，「兩位先生想拿我這可憐的老黑人開開玩笑。不過，你們可騙不了老傑克。布蘭德福德少爺，我一眼就認出你來了。你離家北上的時候還是個半大孩子，大概還沒到十四歲；但我一眼就認出你來了。你簡直是老主人的翻版。另外那位先生真的很像你，少爺；但你騙不了從維吉尼亞老家來的老傑克。你騙不了我的，少爺。」

兩個卡特萊特同一時間微笑著伸手過來接錶。

強裝出來的調笑表情看來是白費了，於是，也就從傑克大叔滿是皺紋的黑臉上消失了。他知道自己被捉弄了。就安全角度而言，把這件傳家寶放在哪一隻手裡並沒有實際區別，但在他看來，這事不僅關乎他的個人榮辱，更威脅到了維吉尼亞卡特萊特家族的尊嚴。內戰期間，他曾聽南方的人說起，卡特萊特家在北方的另一支脈在為「敵方」而戰，他一直為此耿耿於懷。他親歷了「老主人」的命運興衰，眼看著他從戰前的富甲一方淪落到戰後近乎赤貧的處境。而如今，「老夫人」為「老主人」留下的最後遺物與紀念品賜福，並將之託付給他，由他不遠萬里（感覺上確實有這麼遠）帶過來，交給一個將會佩戴它、保養它的人，讓它以滴答的響聲為他奏報一個個無瑕的時辰，讓它以轉動的指針為他指明維吉尼亞卡特萊特式的清白人生。

他依據自己的經驗和假想，得出了一個「北方佬」都是暴君的印象——在他看來，他們都是些身穿藍衣，燒殺擄掠的「下三爛」和「人渣」。他親眼看見許多像卡特萊特莊園一樣雄偉的大宅被火焰吞噬，滾滾濃煙在昏昏欲睡的南方天空升騰。而如今，他們中的一員就在他的對面，他卻不能將之與自家的「少爺」區分開來。他專程前來，將這件王權象徵授予這位年輕的王位繼承人，這事如此重要，甚至堪比那條「白錦纏裹、神祕且奇妙的」手臂將王者之劍放在亞瑟王的右手裡[8]。此刻，在他面前有兩個平易近人、和藹可親、禮貌好客的年輕人，每一個都有可能是他要找的人。老傑克為自己羸弱的判斷力感到憂慮、困惑、痛苦、傷心，事已至此，他放棄了出於自尊而施行的詭計。他的右手汗水淋漓，浸溼了裝著金錶的鹿皮匣子。深重的羞恥感和委屈感漫過心頭。他瞇著那雙向外突出的黃眼睛，嚴肅地掃視這兩個年輕人。經過仔細端詳，他只察覺他們的一個不同點：其中一位繫了一條佩了白珍珠領帶夾的黑色窄領帶；另一位繫的是藍色窄領帶，佩的是黑珍珠領帶夾。

就在此時，一件突發的變故分散了大家的注意力，也算勉強給老傑克解了圍。戲劇之神不容拒絕地叩響了門扉，喜劇之神被迫揮動翅膀飛離舞臺，於是，在腳燈之上，戲劇之神微笑亮相。

對磨坊用具心懷敵意的帕西法爾以遞交俘虜交換條約般的氣概，帶著一張名片進來，給了藍領帶的那位。

「奧莉薇亞·德·奧蒙德。」藍領帶照著名片讀了出來。他帶著詢問的神情看著自己的堂兄。

「幹嘛不讓她進來呢，」黑領帶說，「那樣不就好了嗎？」

---

8 在亞瑟王的傳說中，王者之劍是由亞瑟王從一塊岩石中拔出來的。亞瑟王在去世前，令他的騎士將劍拋入湖裡，「歸還給湖中夫人」，騎士照做之後，有一條「白錦纏裹、神祕且奇妙的」手臂伸出水面接住了劍，然後就縮回水中，消失不見了。

「傑克大叔，」其中一個年輕人說，「你把椅子搬到那邊角落裡稍坐一會兒好嗎？有位女士來了——有點生意要談。你的事我們等等再辦。」

由帕西法爾領進門來的女士年輕、率性、急急忙忙，很漂亮，而且深知自己很漂亮。她的穿著如此昂貴又如此簡樸，以至於你會覺得，與其相比，那些繁複的褶子和花邊只不過是一坨抹布。但一根碩大的鴕鳥羽毛綴在她的帽子上，使得她無論身處何地，即使在一支美女的大軍之中，也像戴了納瓦拉[9]狂歡節的頭盔一樣顯眼。

德·奧蒙德小姐選擇在藍領帶桌前的轉椅上落座。於是，兩位紳士也把真皮座椅拖到近旁，開始談論天氣。

「是呀，」她說，「我留意到了，天變暖和了。但現在是辦公時間，我們該談點公事，不然，我可不能浪費你們太多時間。」

她面帶迷人的微笑，對藍領帶說了以上這一番話。

「好吧，」他回答，「如果你不介意的話，我堂兄就不用回避了吧？我倆在大多數情況下都是不分彼此的——尤其在公事方面。」

「噢，不介意，」德·奧蒙德小姐嬌聲說道，「我寧願讓他聽一聽。反正來龍去脈他都清楚。實際上，他正好可以做個見證，因為在你——在事情發生的時候——他也在場。我想，你大概想要在——在辦理任何手續之前，就像律師說的那樣，先把事情商量清楚。」

「你是不是有什麼提議？」黑領帶問。

德·奧蒙德小姐下意識地看著自己的一隻腳尖，她腳上穿著的小羊皮鞋優雅可人、纖塵不染。

「有人曾經向我提議，要我嫁給他，」她說，「如果那個提議繼續有效，那麼我就不必再提出新的提議了。我們先把這個問題講明白。」

「哦，至於說——」藍領帶開口道。

「不好意思，堂弟，」黑領帶插嘴說，「請原諒，我得打斷你的話。」然後，他和顏悅色地轉向那位女士。

「我們來概括一下吧，」他愉快地說，「我們三個，還有其他我們共同的友人，經常像雲雀一樣歡聚一堂。」

「對我還是換個稱呼吧，不然我就得對那種鳥兒換個稱呼了。」德·奧蒙德小姐說。

「好吧，」黑領帶興致絲毫未減，回答道，「不妨假設我們說『雛鳥』的時候，實際談論的是之前的『提議』；說『雲雀』的時候，實際談論的是現在的『提議』好了。你的思維很敏捷，德·奧蒙德小姐。兩個月前，我們一行五、六個人花了一天時間坐汽車去郊遊。後來，停車在路邊小店吃飯的時候，我堂弟一時興起向你求婚了。他這麼做，當然是被你毋庸置疑的美貌和魅力折服了。」

「但願我也有一個像你這樣的新聞發言人，卡特萊特先生。」這位美女粲然一笑，說道。

「你是個明星，德·奧蒙德小姐，」黑領帶又說，「毫無疑問，你有很多仰慕者，也許還有別的人向你求婚。你一定也記得，在當時的那種情況下，我們都樂而忘形了。軟木瓶塞掉了一地。不可否認，

---

9 納瓦拉，是西班牙北部的一個自治區，居民以巴斯克人為主，當地有盛大的狂歡節遊行。

我堂弟的確向你求婚了。但你難道不明白？大家都認為，這種事情在第二天的陽光底下就不再有什麼嚴肅性可言。這類有益身心的『運動』——這樣用詞，我覺得十分貼切——不是都有自己的『規則』嗎？非得如此，才能在每天早晨擦去昨天夜裡犯下的蠢行。」

「噢，是的，」德．奧蒙德小姐說，「我很清楚這一點。我一直都遵守規則。看起來，被告委託你全權負責這個案子了，那我就多透些底給你吧。他還給我寄來一些信件，再次向我求婚。信上可都有他的簽名。」

「我懂了，」黑領帶鄭重地說，「你給這些信件開個價吧。」

「我要價可不低，」德．奧蒙德小姐說，「但我決定給你們一些優惠。你們都出身名門。如果我一直擺著明星的架子，誰也不能真誠地對我表達反對意見了。錢只是次要問題。我想要的不是錢。我……我相信了他……而且……而且我喜歡他。」

她從長長的睫毛底下向藍領帶拋去一道溫柔迷人的秋波。

「要價多少？」黑領帶不為所動，繼續追問。

「一萬美元。」那位小姐甜甜地說。

「或者……」

「或者履行婚約。」

「我覺得，到我說兩句話的時候了，」藍領帶插嘴道，「堂兄，你我屬於一個自尊自愛的家族。你成長的那個地區和我的家族支系所在的地區截然不同。但即使行事方式和觀念有些不一致的地方，我們倆好歹都是卡特萊特家的人。你該記得家族的傳統，卡特萊特家的人從未有悖於尊重女士的騎士精神，也從未對女士食言。」

接著，藍領帶臉上露出果決的神色，轉頭面對德．奧蒙德小姐。

「奧莉薇亞，」他說，「你打算哪天和我結婚？」

她還沒來得及接話，黑領帶又插嘴了。

「從普利茅斯岩[10]到諾福克灣，」他說，「路途遙遠。在這兩點之間，我們能夠發現近三百年以來的世事變遷。在這段時期，舊秩序已經改變。我們不再燒死女巫和虐待奴隸了。如今，我們既不把披風鋪在泥地上，請女士從上面走過去，也不將她們綁在刑椅上。這是一個通情達理、善於調和的時代。我們所有人——女士、紳士，女人、男人，北方人、南方人，權貴、賤民，演員、推銷員、參議員、建築工和政治家——正在達成共識。『騎士精神』的內涵每天都在變化。『家族榮譽』也有了許多不同的解釋——它的表現可以是在蛛網密布的殖民式大宅裡維護千瘡百孔的傲慢，也可以是及時清償債務。

「好了。我想你們已經聽夠了我的自言自語。本人略通一些商務知識和一點生活常識；堂弟，不管怎麼說，我相信我們的老祖宗，最初那一代的卡特萊特，也會贊同我對此事的看法。」

黑領帶把椅子轉向他的辦公桌，在支票簿上寫寫畫畫，然後撕了一頁下來。房間裡只有撕裂支票簿齒孔的刺耳響聲。他把支票放在德．奧蒙德小姐一伸手就能碰到的地方。

「在商言商，」他說，「我們生活在一個商業年代。這是一萬美元支票，由我私人出資。你看怎麼

10 普利茅斯岩，位於麻州的普利茅斯港口，是「五月花號」乘客登陸的紀念物，但他們的實際登陸地點是普羅文斯頓的科德角。

樣，德．奧蒙德小姐——要現金還是要婚禮上的香橙花？」

德．奧蒙德小姐隨手拿起支票，面無表情地折了幾下，塞進了手套裡。

「哦，好了，」她冷靜地說，「我只是想找你們聊聊天而已。我覺得你們為人不錯。但你們知道，女人都很感性。我聽說你們當中有一個是南方人——不知是哪一位？」

她站起身，甜甜地一笑，朝門口走去。只見雪亮的牙齒一閃，沉重的羽毛一晃，她就從那裡消失了。有好一會兒，這對堂兄弟忘記了傑克大叔的存在。但這時，他們聽到了他離開角落裡的座位，踩過地毯，向他們走來的腳步聲。

「少爺，」他說，「拿好你的錶。」

他毫不猶豫地把那枚古老的計時儀器交給了它真正的主人。

女巫的麵包

瑪莎．米查姆小姐在街角開了一家小麵包店（那種店很常見：進門前，你得先上三級臺階，推門進去時會有鈴聲響起）。

瑪莎小姐四十歲了，她的銀行帳戶裡有兩千美元餘額，她給自己裝配了兩顆假牙和一顆多愁善感的心。許多條件遠不如她的人都有了對象，結了婚，瑪莎小姐至今卻仍是單身。

對一個每星期都來兩三次的老顧客，她的心中漸漸生出好感。那是個中年人，戴眼鏡，留著經過精心修剪的鬍鬚。

他說的英語帶有濃重的德國口音。他的衣服有幾處磨破了，打了補丁，其餘的地方也是皺巴巴、鬆垮垮。不過，他的外表非常整潔，待人十分禮貌。

他總是買兩個隔夜麵包。新鮮麵包五美分一個，這個價錢，可以買兩個隔夜麵包。除了隔夜麵包，其餘的東西，他連問也不問。

有一回，瑪莎小姐留意到他的手指上有一塊紅褐色的汙跡。她就此斷定他是一位藝術家，並且窮困潦倒。他肯定是住閣樓的，在那裡，他畫著畫，啃著隔夜麵包，惦記著瑪莎小姐麵包店裡的各色美食。

在坐下來品嘗肉排、蔬菜捲、果醬和茶的時候，瑪莎小姐常會歎息，假想那位彬彬有禮的藝術家也能分享這些可口的飯菜，而不是在寒風陣陣的閣樓裡，嚼著硬邦邦的麵包皮。瑪莎小姐的心，諸位已經有所瞭解，是十分多愁善感的。

為了驗證有關對方職業的觀點，她把以前在一場拍賣會中拍得的畫作從房間裡搬出來，靠在櫃檯後面的貨架上。

那是一幅威尼斯風景。一座富麗堂皇的大理石宮殿（畫上是這麼標明的）坐落於畫面的前景中——或者不如說，水前的風景中。此外，還有貢多拉船（一位遊河的女士手垂在船邊，在水面上劃出一道痕跡）、雲朵、天空和大量彼此襯托的光影。只要是藝術家，就不會對其視而不見。

兩天後，那位顧客總算再次光臨。

「兩個隔夜麵包，麻煩您了。」在她正為他包裝的時候，他說：「您這幅畫不錯，夫人。」

「是嗎？」瑪莎小姐說。眼見自己的小伎倆沒有落空，她的得意溢於言表。

「我特別欣賞藝術（不，可不能這麼早就讓『藝術家』這個詞脫口而出），」她改口說，「還有繪畫。你覺得這幅畫很好嗎？」

「那座宮殿，」這位顧客說，「畫得不太好。透視有些失真了。再會，夫人。」

他拿起麵包，欠了欠身子，就匆匆離開了。

沒錯，他一定是個藝術家。瑪莎小姐又把畫搬回了她的房間。

他那雙在眼鏡片後面閃爍的眼睛，是多麼文雅，多麼親切啊！他的額頭多麼飽滿啊！一眼就可以挑出一幅畫的透視問題，卻只能靠吃隔夜麵包活著！不過，天才常常要歷經艱辛才能被世俗理解。

如果天才有兩千美元的銀行存款、一家麵包店和一顆多愁善感的心作為後盾，那麼對於藝術和透視法則來說絕對是大好事啊——但這只是你的白日夢，瑪莎小姐。

如今，他來店裡的時候，常會隔著麵包櫃跟她聊一會兒。他似乎也希望和瑪莎小姐愉快地交談。

他一直買隔夜麵包，從不買蛋糕、派，或者她店裡的任何一種甜點。

她覺得他的模樣似乎越來越憔悴，越來越落魄。她真想在他買走的寒酸貨色裡添上一點好吃的東西，但無法鼓足勇氣。她唯恐會冒犯他。她瞭解藝術家的驕傲。

雖說是坐在櫃檯後面，瑪莎小姐也穿起了那件藍色波點真絲背心。她還在裡間熬一種用榲桲籽和硼砂混成的神祕液體。不少人用這種東西美容養顏。

有一天，那位顧客像往常一樣進來，把他的五分錢硬幣往櫃檯上一擱，要買他的隔夜麵包。在瑪莎小姐伸手拿貨的時候，外面響起喧騰的喇叭聲和警鈴聲，一輛消防車隆隆駛過。

顧客立刻跑去門口向外張望，誰遇到這種情況都會這麼做。瑪莎小姐靈光乍現，捕捉到了這個稍縱即逝的時機。

十分鐘之前，送奶工剛剛把一磅新鮮奶油放進櫃檯背後的貨架底層。瑪莎小姐用麵包刀逐個在隔夜麵包上割開一道深深的切口，塞一大片奶油進去，再把麵包合攏、壓緊。

那位顧客轉身回來的時候，她正把東西裹進紙裡。

他們異常愉快地聊了幾句，之後他便離開了。瑪莎小姐自顧自地微笑起來，但心底難免有些忐忑。

她是不是太莽撞了？他會不會生氣？但這肯定是多慮了。食物不能說話。奶油並未象徵著不貞的熱情。

那天，她的心思在這個問題上盤桓了許久。她不禁想像著在他發現她的小把戲之後可能出現的情景。

他會把畫筆和調色板擱在一邊。畫架就立在他的面前，架上的畫作在透視技法方面是無可挑剔的。

他給自己準備了一餐粗茶淡飯。他切開一個麵包——啊！

瑪莎小姐臉紅了。吃到奶油的時候，他會想起把它放進麵包的那隻手嗎？他會——

前門突然響起刺耳的鈴聲。有人大吵大嚷地闖了進來。

瑪莎小姐連忙趕了過去。兩個男人站在那裡。一個是抽著菸斗的年輕人——過去她從未見過他；另一個就是她那位藝術家。

他的臉脹得通紅，帽子被推到了後腦勺，頭髮亂得一團糟。他緊握雙拳，對著瑪莎小姐凶狠地揮舞著。竟然對瑪莎小姐揮舞拳頭。

「蠢蛋！」他歇斯底里地大叫著，接著又蹦出一個「殺千刀的」那一類的德語詞。

那個年輕人竭力想把他拖走。

「我不走，」他怒不可遏地說，「非跟她說清楚不可。」

他把瑪莎小姐的櫃檯擂得像鼓一樣。

「你害死我了，」他喊道，一雙藍色的眼睛在眼鏡片後面噴著怒火，「我跟你直說吧，你就是一隻多管閒事的老貓！」

瑪莎小姐有氣無力地倚在貨架上，一隻手按著那件藍色波點真絲背心。年輕人抓住了同伴的衣領。

「走吧，」他說，「你也發洩夠了。」他把發火的人拖到門外的人行道上，自己又回到店裡。

「我想，夫人，」他說，「你有權知道是怎麼招來了這一番吵鬧。他叫布魯姆伯格，是一名建築繪圖師。我和他在同一家事務所工作。這三個月以來，他一直在為新的市政廳繪製設計圖，準備參加有獎競賽。昨天，他給線稿上好了墨。你知道的，繪圖師總是先用鉛筆打好底稿。完成之後，他就用隔夜麵包碎塊擦鉛筆印。隔夜麵包擦得比橡皮乾淨。布魯姆伯格一直都在這裡買麵包。嗯，但今天——嗯，你知道的，夫人，那塊奶油不——嗯，現在，布魯姆伯格的設計圖除了裁開來包三明治以外，沒有別的用場了。」

瑪莎小姐走進了裡間，脫掉了藍色波點真絲背心，換上了過去常穿的、早就穿舊了的棕色嗶嘰衣服。然後，她把那一鍋榲桲籽和硼砂的混合物倒進了窗外的垃圾桶。

同病相憐

小偷飛快地爬進窗子，之後就從容多了。尊重本門技藝的小偷，在把別的東西握在手裡之前，總要先握住自己的時間。

這棟房子是私人住宅。從用木板封好的前門和久未打理的波士頓常春藤，小偷知道女屋主一定坐在某個海濱勝地的遊廊上，對一個戴著遊艇帽的多情男人傾訴著，說從沒有人理解她敏感寂寞的心。從三樓前窗的燈光和這個姍姍來遲的季節，他知道男主人已經回家了，很快就要熄燈睡去。因為這是這個年頭的九月，也是這個靈魂的九月，在這樣的時節，這棟房子裡的好男人意識到屋頂花園和女速記員都只是一個浮華的夢境，他盼著他的人生伴侶早日歸來，好讓他能夠重返那種道貌岸然、相敬如賓的家庭氛圍之中。

小偷點了一支菸。火柴被手掌小心地圍護著，火光短暫地照亮了他的面部特徵。這人屬於第三種類型的小偷。

這第三種類型還沒有得到瞭解和承認。警方已經幫我們熟悉了第一種和第二種類型。這兩種類型很容易識別。硬領就是區分標誌。

一個不戴硬領的小偷被抓到的時候，會被說得異常卑劣、異常墮落，堪稱最下流的敗類，還會被懷疑是一八七八年從巡警亨尼西的口袋裡盜走手銬，並逃脫追捕的亡命之徒。

另一種廣為人知的類型是戴硬領的小偷。這種人常常被比作現實生活中的拉弗爾斯[1]。整個白天，他都保持著紳士風範，吃早餐都穿著晚禮服，挺得筆直，一味地裝腔作勢，等天一黑，他就彎下腰，幹起邪惡的盜竊事業。他的母親是極富有、極體面的歐申格羅夫[2]市民，在被領進牢房的時候，他會馬上叫人給他拿一把指甲銼和一份《警察公報》。他在每一個州都有一個妻子，在每一個區都有一個未婚妻。報紙刊文為他舉辦了一場婚姻展覽，將那群女士的剪影依次陳列在版面上，她們所受的傷害，讓五名醫生無能為力，卻被酒精治好了：一口入喉就大為緩解，一瓶下肚就徹底痊癒。

眼下的這名小偷穿著一件藍色運動衫。他不是拉弗爾斯，也不是地獄的廚師[3]。警察若想將他分門別類，恐怕只會無所適從。他們從沒聽說過，還有這樣可敬、這樣謙遜的竊賊，他的舉止既不崇高，也不卑下，完全合乎自己的身分。

這個第三種類型的小偷開始無聲地走動。他沒有面具、遮光提燈和膠底鞋。他口袋裡帶著點三八手槍，嘴裡嚼著薄荷口香糖，神情若有所思。

屋裡的家具都被夏用防塵罩蓋住了。銀器都在遠處的保險庫裡。小偷並不指望能有什麼了不起的

1 拉弗爾斯，出自美國導演伯拉克頓一九〇五年的電影《紳士強盜拉弗爾斯》。電影大獲成功，讓主角「拉弗爾斯」的雅賊形象深入人心。
2 歐申格羅夫，位於紐澤西州的城市。
3 美國紐約市西南部有一塊區域曾經以治安混亂、盜賊橫行而聞名，被稱為「地獄廚房」。

「大收穫」。他的目標是那個昏暗的房間。在尋求過某種安慰，並以之稍稍卸去孤獨的重負之後，那位屋主想必睡得很沉。在「盜亦有道」的原則下，可以「取走」一些職業利益——一些零錢、一塊手錶、一枚寶石領針——他不貪心，也不過分。他看到窗子是敞開的，便抓緊時機爬了進去。

小偷輕輕地推開亮燈的那個房間的門。煤氣燈的火被調得很小。一個男人躺在床上。梳妝檯上攤著一堆亂七八糟的東西——一捲皺巴巴的鈔票、手錶、鑰匙、三個撲克牌籌碼、壓壞的雪茄、一個粉紅色的絲綢蝴蝶結髮夾，還有為早晨的頭痛而準備的一瓶沒開過的溴塞耳澤。

小偷朝梳妝檯走了三步。床上的人突然哼哼唧唧地呻吟起來，睜開了眼睛。他的右手伸進了枕頭底下，然後就停住了。

「別動。」小偷用日常談話的口吻說。第三種類型的小偷不說「噓——」。床上的那位市民看著小偷那把手槍的圓孔，果然沒有動。

「現在，舉起雙手。」小偷命令道。

那位市民留著兩頭尖尖的灰褐色小鬍子，活像一個自詡無痛治療的牙醫。他的模樣可靠可敬，此刻卻顯得心煩意亂。他從床上坐了起來，把右手舉過頭頂。

「另一隻手也舉起來，」小偷繼續發號施令，「沒准你的兩隻手都一樣靈活，用左手也能開槍。『雙手』是什麼意思，你不懂嗎？快一點。」

「另一隻手舉不起來。」那位市民苦著臉說。

「發生了什麼問題？」

「肩膀得了風溼病。」

「發炎了？」

「之前發炎，現在消下去了。」

小偷拿槍指著這個備受折磨的人，在那裡站了一會兒。他看了看梳妝檯上的戰利品，又有些尷尬地轉臉盯著床上的男人。之後，突然，他自己的臉也皺了起來。

「別在那裡扮鬼臉，」那位市民沒好氣地厲聲說道，「你既然是來偷東西的，幹嘛還不動手？不都擺在你面前了嗎？」

「不好意思，」小偷咧了咧嘴，說，「我剛剛也發病了。算你運氣好，風溼碰巧也是我的老朋友。而且，我也是左手臂不舒服。你不願舉起左手，我能理解，但要是換了別人，也許早就開槍了。」

「你病了多久？」市民詢問道。

「四年了。我想還沒結束呢。一旦被纏上，你這輩子都得跟風溼一起過了——反正我是這麼認為。」

「試過響尾蛇油嗎？」市民關切地問。

「用過幾加侖了，」小偷說，「如果把給我提供油的那些蛇連成一串，垂向太空，肯定能到達比土星還要遠八倍的地方，所有尾巴一起振動，響聲能傳到瓦爾帕萊索的印第安人耳朵裡，還能再傳回來。」

「有些人用奇塞隆藥丸治病。」市民說。

「胡說！」小偷說，「我吃了五個月。不行。那一年我試過芬克漢姆萃取液、乳香膏和波特止痛藥粉，總算稍微好過了一些。但我覺得，這只是我口袋裡那片辟邪用的樹葉帶給我的心理作用。」

「你是早上還是晚上比較痛？」市民問。

「晚上，」小偷說，「就在我最忙的時候。喂，把手放下來吧——我想你不會——喂！你試過布里克斯塔夫生血劑嗎？」

「從沒用過。你的風溼痛發作起來是一陣一陣的，還是一直持續的？」

小偷坐在床腳，把槍放在併攏的膝蓋上面。

「在我猝不及防的時候，」他說，「它會突然跳出來，狠狠地襲擊我。我不得不放棄要爬二樓的案子，因為有時候爬到一半，就痛得動彈不得了。不是我說啊，我覺得那些該死的醫生根本不知道怎麼治病。」

「同意。我花了一千多美元，一點也沒有好轉。你有腫起來嗎？」

「早晨會腫。每逢快下雨的時候——簡直要命！」

「我也是，」市民說，「我能識別出從佛羅里達飄來紐約的一片桌布大小的溼氣。假如我路過一家正上演《空谷蘭》[4]的劇院，從那裡溢出來的愁雲慘雨會讓我的左臂像牙痛似的抽搐。」

「下地獄也比這輕鬆！」小偷說。

「說得太對了。」市民說。

小偷低頭看了看他的手槍，想裝作無所謂，但還是不免有些尷尬地把它塞進了口袋裡。

「喂，老兄，」他有些不自然地說，「試過肥皂樟腦軟膏沒有？」

「那爛東西！」市民氣沖沖地說，「還不如擦餐館裡賣的奶油。」

「沒錯，」小偷表示同意，「這種藥膏只適合給小米妮擦擦被貓咪抓傷的手指。我告訴你吧！我們就得死撐下去。我發現只有一樣東西能緩解疼痛。知道是什麼嗎？那又小又古老，能淨化身心、延年益壽的忘憂仙藥——酒！喂——這筆買賣我不幹了——對不起啦——穿上衣服，我們出去喝幾杯吧。剛剛多有冒犯，但——嗷！又來了！」

「這一個星期以來，」市民說，「我都沒法自己穿衣服。恐怕湯瑪斯現在已經上床了，而且——」

「爬起來，」小偷說，「我來幫你穿衣服。」

世俗之見像一陣回湧的潮水，淹沒了市民。他不自覺地摸了摸灰褐色的小鬍子。

「這有點奇怪……」他開口說。

「你的襯衫在這裡，」小偷說，「別拖拖拉拉了。我認識一個人，他說翁貝瑞軟膏兩個禮拜就把他治好了，所以，他又能用兩隻手打領帶了。」

正要走出大門的時候，市民轉身想回去。

「我忘記帶錢了，」他解釋道，「昨晚放在梳妝檯上了。」

小偷拉住他右邊的袖子。

「來吧，」他爽快地說，「我請你。你別管了。我付得起。試過金縷梅和冬青油嗎？」

4《空谷蘭》，即英國小說家亨利·伍德夫人出版於一八六一年的小說 *East Lynne*，曾多次被改編為戲劇與電影。

「女孩」

九六二號房的磨砂玻璃門上印了幾個鍍金的字樣：「羅賓斯與哈特利經紀事務所」。五點一過，員工都走了。一群矮小粗壯的女清潔工踏著佩爾什馬[1]那種鏗鏘的步伐，侵入了這座高聳入雲的二十層辦公大樓。一股混合了檸檬皮、煤煙和鯨油味的熱氣從半開的窗戶湧了進來。

羅賓斯，五十歲，屬於那種體重過重的花花公子，熱衷於劇院的首演和飯店的晚宴，卻假裝羨慕他的合夥人上下班通勤的樂趣。

「今晚又要喝酒了吧，」他說，「你們這些住郊區的傢伙，可以在月光和蟈蟈的陪伴下，坐在前廊上慢飲細品。」

哈特利，二十九歲，模樣端正，身材瘦削，嚴肅而略顯神經質，此時歎了口氣，皺了皺眉。

「是啊，」他說，「我們花丘的夜晚總是格外涼爽，尤其是冬天。」

一個表情神祕兮兮的男人進了門，走到哈特利身前。

「我查到她住在哪裡了。」他故意壓低嗓音，語焉不詳地說道，唯恐別人看不透他是個有任務在身的私家偵探。

哈特利瞪了他一眼，強制他懸在戲劇性的停頓和靜默之中。這時候羅賓斯已經拿起手杖，整好了領帶別針，他向他們文雅地點了點頭，就出去找他的都市消遣了。

「地址在這裡。」偵探用平常的語調說道，現在沒有聽眾給他捧場了。

哈特利接過偵探從骯髒的記事本裡撕下的一頁紙。上面用鉛筆寫著：「東××街三四一號，麥克姆斯太太轉薇薇安．阿靈頓。」

「一個星期之前搬進去的，」偵探說，「哈特利先生，如果你想找人跟監的話，我可以來做，保證不比本市任何人做得差。只要七美元一天。我每天都可以送上一份打字機打出的報告，內容包括——」

「不必了，」經紀人打斷了他的話，「不是那一類事情。有地址就可以了。我該付你多少錢啊？」

「一天的工作，」偵探說，「給十塊錢就夠了。」

哈特利付了錢，把那人打發走了。接著，他離開辦公室，上了一輛去百老匯的汽車，在一條橫貫全城的骨幹上又轉乘了一次，轉向東區而去，最後，在一條破敗的林蔭道上被車子放了下來。這條路上的古老建築曾風光無限，是這座城市昔日的驕傲。

他步行走過了幾個街口，來到了他要找的那棟房子。那是一座新建的公寓，廉價的石門上刻著一個響亮的名字：「仙境公寓」。在大樓正面，防火梯曲曲折折地從頂上向下延伸，上面堆著日用雜物，晾著衣服，坐著被仲夏的悶熱趕到外面來哭鬧的小孩。隨處可見蒼白的盆栽橡膠樹，冷不防就從那雜亂無章的一大堆中冒出來，彷彿弄不清楚自己究竟屬於哪個王國管轄——是植物的、動物的，還是人造物

1 佩爾什馬，一種產自法國的重型馬，以強壯而著稱，其祖先是由摩爾人引入歐洲的阿拉伯馬。

的。

哈特利按下寫有「麥克姆斯」的電鈴按鈕。門鎖痙攣地發出斷續的咔嗒聲——時而殷勤，時而猶疑，似乎在顧慮自己即將接納的究竟是朋友還是債主。哈特利進了門，爬上樓梯，按照在市區公寓裡尋人的方式搜索著——也就是說，像一個爬蘋果樹的男孩一樣，碰到他想摘的果子就停下來。

到了四樓，他看到薇薇安站在一扇敞開的門裡。她對他點點頭，真誠而明媚地笑了笑，請他進屋。她為他搬了一把椅子，擺在窗前，自己則優雅地在一件傑基爾和海德式的家具（這類東西戴著面具和詭祕的兜帽，白天是莫名其妙的一坨贅物，夜裡可能就成了拷打犯人的刑臺）旁邊坐了下來。

開口之前，他先迅速、挑剔，又感激地打量了她一眼，並且暗暗稱許自己選人的眼光實在獨到犀利。

薇薇安大約二十出頭，屬於最純正的撒克遜類型。她那一頭金髮，色調微微偏紅，每一根都梳得整整齊齊，憑獨有的光澤和微妙的色彩令人側目。她那象牙白的肌膚和湛藍色的眼睛十分和諧，她注視著這個世界的眼神像美人魚或是杳無人跡的山澗裡的精靈，天真而嫻靜。她的體形健壯，但仍保有絕對自然的優雅。而儘管她的輪廓和膚色具有北方人特有的明快，但身上卻似乎透著幾分熱帶的氣質——她的舉手投足都帶有慵倦的意味，甚至連呼吸也在使用一種獨創的技巧，以求舒適與愜意——這一切似乎在替她申明作為一個完美的自然產物的存在權利，似乎在主張她理應獲得與奇花異卉或是美麗的白鴿同等程度的讚美。

她穿著白衣黑裙——這身謹慎的裝扮對於養鵝女和公爵夫人都很合適。

「薇薇安，」哈特利懇求似的看著她說，「你沒有回我的上一封信。我找了差不多一個星期才打聽到你的新住址。你明知道我在焦急地等待和你見面，等待你的消息，為什麼要讓我乾等呢？」

那女孩神情恍惚地看著窗外。

「哈特利先生，」她躊躇著說，「我實在不知道該怎麼跟你說。我瞭解你這個提議的種種好處，有一陣子，我覺得有你承諾的這些，我該心滿意足才對。但後來我又猶豫了。我是一個都市女孩，怕自己過不慣清靜的郊區生活。」

「親愛的女孩，」哈特利熱心地說，「我不是告訴過你嗎？只要你心裡想要，而我又力所能及，你就能如願以償。你可以進城看戲、購物、訪友，想去幾次就去幾次。你相信我的，對嗎？」

「完全相信，」她坦率地看著他，微笑著說，「我知道你是最善良的人，被你選中的女孩一定很幸運。我在蒙哥馬利家的時候，就已經瞭解了和你有關的一切情況。」

「啊！」哈特利叫出了聲，眼中閃動著溫柔懷舊的光芒，「我還清楚地記得，在蒙哥馬利家初次見你的那個晚上。蒙哥馬利夫人整晚都在我面前誇獎你。即使如此，她對你的評價還嫌太嚴苛了。我永遠也忘不了那頓晚飯。來吧，薇薇安，答應我吧。我想要你。跟我來吧，你絕不會後悔的。沒有別人能給你一個這樣美滿的家。」

女孩歎了口氣，低下頭看著十指交叉的雙手。

哈特利心裡突然生出了猜忌。

「告訴我，薇薇安，」他敏銳地注視著她，問道，「是不是另外還有——是不是還有別的什麼人？」

她白皙的臉頰和脖子上慢慢地泛起了一片紅霞。

「你不該這麼問的，哈特利先生，」她有些慌張地說，「不過我可以告訴你，確實還有另一個人——但他沒有權利——我什麼也沒有答應過他。」

「他叫什麼？」哈特利態度嚴厲地問道。

「湯森。」

「拉福德．湯森！」哈特利咬牙切齒地喊道，「那人怎麼會認識你？我可待他不薄啊——」

「他剛把汽車停在樓下，」薇薇安在窗臺俯身朝下看了看，說道，「他是來要答覆的。哦，我不知道該怎麼辦了！」

公寓廚房裡的電鈴嗡嗡直響。薇薇安趕忙去按開門的按鈕。

「你待在這裡，」哈特利說，「我去門廳迎接他。」

湯森穿著輕薄的花呢衣裳，戴著巴拿馬草帽，蓄著捲曲的黑鬍子，活像個西班牙大公。他正爬著樓梯，每一步都要跨三級臺階，一看到哈特利就馬上停住了，露出了茫然的表情。

「回去。」哈特利用食指指著樓下，斬釘截鐵地說。

「嗨！」湯森故作驚訝地說，「發生了什麼事？你在這裡幹什麼呀，老兄？」

「回去，」哈特利不容置疑地重複道，「叢林法則。你想讓狼群把你撕成碎片嗎？跟我搶地盤就是找死。」

「我來這裡是想找一個水管工，要他幫我修理浴室的管道。」湯森勇敢地說。

「好啊，」哈特利說，「找一塊謊言的灰泥去修理你背叛朋友的靈魂吧。回去。」

湯森下樓去了，只留下一句尖酸刻薄的反擊，藉著樓梯間的氣流浮了上來。哈特利又回去繼續懇求。

「薇薇安，」他專橫地說，「我非要你不可。別再讓我聽到拒絕和推諉的話。」

「你什麼時候要我？」她問。

「現在。你準備好就走。」

她平靜地站在他面前，直視著他的眼睛。

「你有沒有考慮過，」她說，「愛洛伊絲還沒走，我就進了你家的門，這樣好嗎？」

哈特利退縮了，似乎遭到了什麼意外打擊。他環抱雙臂，在地毯上踱了幾步。

「她得走，」他的額頭沁出了汗珠，但還是冷酷地宣布，「我為什麼要任由那個女人把我的生活搞得苦不堪言？自從認識她以來，我就沒有哪一天能擺脫麻煩。你說得對，薇薇安。必須先把愛洛伊絲送走，我才能帶你回家。但她必須走。我決定了。我要把她趕出我的家門。」

「什麼時候？」那女孩問。

哈特利咬緊牙關，皺起眉頭。

「今晚，」他堅決地說，「今晚我就把她趕走。」

「既然這樣，」薇薇安說，「我的答覆就是『同意』。到時候你來接我吧。」

兩人四目相對，她的眼睛放出甜蜜真誠的光芒，刺穿了他的眼睛。哈特利簡直不敢相信她竟然真的屈服了，竟然這麼迅速、這麼徹底。

「答應我，」他感動地說，「以你的名譽發誓。」

「我以我的名譽發誓。」薇薇安溫柔地跟著他說了一遍。

他走到門口，又轉過身，快樂地看著她，但好像還不太確信他的快樂是否牢靠。

「明天。」他舉起食指提醒她。

「明天。」她帶著坦誠的微笑，重複了一遍。

過了一小時四十分鐘，哈特利在花丘站下了火車。快步走了十分鐘之後，他來到了一棟漂亮的兩層別墅門前，別墅坐落在一片經過精心修剪的寬敞草坪上。他還沒進屋，一個梳著烏黑辮子，穿著飄逸白色夏裝的女人就出來迎接他了，還無緣無故地摟住他的脖子。

他們踏進門廳時，她說：「媽媽來了。汽車半小時以後來接她。她是來吃晚飯的，但家裡沒有晚飯。」

「我有事要告訴你，」哈特利說，「本來我想等一等再說，但既然你媽媽在這裡，那我們還是現在就說吧。」

他躬下身，在她耳邊悄悄地說了些什麼。

他的妻子尖叫起來。她母親聞聲跑進門廳。黑髮女人又尖叫了一聲——那是一個備受寵愛的女人發出的快活尖叫。

「哦，媽媽！」她欣喜若狂地喊道，「你知道嗎？薇薇安要來幫我們煮飯了！她在蒙哥馬利家待了一整年。現在，比利，親愛的，」她下令道，「你必須去廚房，直截了當地打發愛洛伊絲走人。她又喝得爛醉，一整天都沒醒過來。」

宜婚的五月

當詩人對你吟唱，歌頌五月的時候，請給他的眼睛來一拳。這是一個由胡鬧和發瘋的精靈掌管的月分。小妖精和浮躁鬼在綠意萌發的森林裡出沒；普克[1]和他的侏儒隊伍在城市與鄉村裡忙忙碌碌。

五月，大自然伸出手指訓誡我們，責令我們記住，我們不是神，而是她的大家庭裡過於自負的一員。她提醒我們，毛驢和注定要燉在巧達濃湯裡的蛤蜊是我們的兄弟，三色堇和黑猩猩是我們的祖宗，我們不過是咕咕叫的鴿子、嘎嘎叫的鴨子、公園裡的女僕和警察的近親。

五月，丘比特蒙著眼睛亂射一通：百萬富翁娶了速記員；睿智的教授追求速食店櫃檯裡繫著白圍裙、嚼著口香糖的女服務生；女老師叫愛惹事的大男孩放學後留下來；年輕人帶著小梯子，悄悄溜過草地，茱麗葉就在那裡，舉著望遠鏡，站在一扇裝了柵欄的窗子後面等他；一對對外出散步的青年男女，回家時就已結為夫妻；老紳士都穿好了白鞋罩[2]，在師範學校附近散步；甚至已婚男人也變得異常溫

1 普克，是英國傳說中的「山精靈」，喜歡惡作劇，有一群小人兒當隨從。這一膾炙人口的形象曾在莎士比亞名作《仲夏夜之夢》裡出場，在吉卜林的長篇童話《山精靈普克》中更是成了主角。

2 鞋罩，是舊時曾在西方上流階級中流行的一種特色裝扮，穿著時罩在皮鞋上方，包住腳踝。白色鞋罩是維多利亞時代的英國紳士標配。

柔多情，拍著糟糠之妻的後背，嚷嚷著「怎麼樣啊，老小姐？」

這個五月不是女神，而是女妖，她在為初來乍到的夏仙女舉行的歡迎舞會上戴著面具出場，征服了我們所有人。

庫爾森老先生發出一聲呻吟，坐在病人椅上挺直了身子。他有一所建在格拉梅西公園旁的房子，五十萬美元存款和一個女兒，但也有一條患有嚴重痛風的腿。他身邊有一個女管家、威達普太太。這一事實和這個名字，都值得多說兩句。

當五月的手指戳中庫爾森先生的時候，他就成了斑鳩的老哥哥。他坐在窗邊，窗外是一盆盆黃水仙、風信子、天竺葵和蝴蝶花。微風把花兒的芬芳送進了房間。花香立即和痛風軟膏咄咄逼人的臭味展開了一場肉搏。軟膏贏得不費吹灰之力；但在此前，那些鮮花已經給庫爾森先生的鼻子來了一記上勾拳；五月這個無情的假面女巫已經完成了致命的突襲。

越過公園，飄進庫爾森先生的嗅覺器官的，是另一種鮮明獨特、享有專利的春之氣息，為地鐵上方的大城市所獨有。那是熱瀝青、地下室、廣藿香、橘子皮、汽油、灰泥、下水道沼氣、奧爾巴尼起重機、油墨未乾的報紙和埃及菸草的氣味。隨風而入的空氣甜美溫和。戶外的每一處，都有麻雀在快樂地拌嘴。但千萬別上了五月的當。

庫爾森先生撚了撚他的白鬍子，詛咒著不靈光的腿腳，捶打身旁桌上的鈴鐺。

威達普太太進來了。她四十歲，眉目清秀，皮膚白皙，此刻神色略顯慌張，但不失嫵媚和機靈。

「希金斯出門了，先生，」她微笑著說，笑容有些顫抖，讓人聯想到震動按摩，「他去寄信了。有什麼事需要我幫你做嗎？」

「我該吃烏頭了，」庫爾森老先生說，「幫我備藥。藥瓶在那邊。滴三滴在水裡。該死——我是說希金斯！如果我因為缺人照料死在這把椅子上，在這棟房子裡也沒有誰在乎。」

威達普太太深深地歎了一口氣。

「別這麼說，先生，」她說，「每個人都有人關心，只是他們自己並不清楚。你是說十三滴嗎，先生？」

「三滴。」老庫爾森說。

他喝了藥，然後捉住了威達普太太的手。她臉紅了。哦，可以的，這麼做沒問題。只要屏住呼吸，壓緊膈膜就行。

「威達普太太，」庫爾森先生說，「春天來了。」

「可不是嗎？」威達普太太說，「天氣確實暖和了。每個街角都豎起了賣黑啤酒的招牌。公園裡開滿了黃色、粉色和藍色的花；我的腿上身上都受了刺激，一陣陣地痛。」

「在融融春意中，」庫爾森先生撚著鬍子，引經據典地說，「一個青年——我是說，一個人的幻想會不由自主地轉向愛情的思緒。」

「絲絮！」威達普太太大聲說，「可不是嗎？到處都是，像是從天上飄下來的。」

「在融融春意中，」庫爾森老先生接著吟詩，「一朵活潑的鳶尾花與羽毛光潔的鴿子交相輝映。」

「愛爾蘭人[3]確實活潑。」威達普太太若有所思地歎息道。

---

3 英文中，愛爾蘭人（Irish）與鳶尾花（Iris）的讀音相近。

「威達普太太，」腳上的痛風扭曲了庫爾森先生臉上的表情，他說，「這房子裡要是沒有你，該多冷清啊。我是一個——我是說，我上年紀了——但我很有錢，衣食無憂。假如價值五十萬美元的政府債券，還有我這顆不再有萌動的青春火焰，但懷著滿腔真情的心，仍然能以誠摯的——」

隔壁房間門簾旁的椅子突然翻倒在地，聲響很大，這位可敬的五月受害者在猝不及防之下被打斷了。

范・米克爾・康斯坦蒂亞・庫爾森小姐大踏步走進來。她三十五歲，骨感、硬朗、高眺，高鼻梁，有禮貌，冷冰冰，是格拉梅西公園這一帶的典型居民。她舉起了長柄眼鏡。威達普太太趕緊彎下腰，把庫爾森先生那隻痛風腳的綳帶綁好一點。

「我以為是希金斯在陪你呢。」范・米克爾・康斯坦蒂亞說。

「希金斯出去了，」她父親解釋說，「威達普太太聽到鈴聲就來了。現在好多了。威達普太太，謝謝你。不，我沒有別的需要了。」

在庫爾森小姐帶著質問的冷冷凝視下，女管家紅著臉退了出去。

「春天的天氣真討人喜歡，是不是啊，女兒？」老頭沒話找話地說。

「沒錯，」范・米克爾・康斯坦蒂亞・庫爾森小姐話中有話地說，「爸爸，威達普太太什麼時候開始休假？」

「我記得她說過，是一星期之後吧。」庫爾森先生說。

范・米克爾・康斯坦蒂亞小姐在窗前站了一會兒，望著午後灑滿和煦陽光的小公園。她以植物學家的眼光觀察花朵——狡猾的五月最稱手的兵器；以科隆處女[4]的冷靜心緒抵禦著溫柔縹緲的攻擊。她無動於衷的胸口罩著冰冷的鎧甲，明媚的陽光之箭在她身前遭到凍結，紛紛掉落。花香無法在她沉睡的心靈中未經探索的深處喚起柔情。麻雀的啁啾只會叫她難受。她嘲笑五月。

可是，儘管庫爾森小姐是這一季節效應的反例，她的敏感卻讓她不至於低估它的威力。她知道上年紀的男人和粗腰身的婦女像訓練有素的跳蚤，在五月——狂歡的惡作劇之月——荒唐的追隨者行列裡蹦跳著。她以前就聽說過愚蠢的老先生和女管家結婚的事。總之，這種叫愛的情感真叫人丟盡了臉！

第二天早上八點，送冰的人上門的時候，廚師告訴他庫爾森小姐叫他去地下室見她。

「喔，那我豈不成了奧爾科特和迪皮尤？不但不用報名字，連姓都不用提了嗎？[5]」送冰人自得其樂地說。

作為讓步，他放下捲起的袖子，把他的冰鉤擺在一株紫丁香上面，然後回到屋子那裡。在范．米克爾．康斯坦蒂亞．庫爾森小姐對他說話的時候，他摘下了帽子。

「這間地下室有個後門，」庫爾森小姐說，「你把車開到隔壁那塊建築工地去，從那裡就可以進來。我要你在兩小時之內運一千磅的冰過來。你可能需要再找一兩個人幫忙。等等我會把卸貨的地方指給你看。接下來的四天，我還要你用同樣的方式，每天都送一千磅冰來。叫你的公司把冰錢記在我家的帳上。這是給你的小費。」

4 科隆處女，西元四世紀時，包括不列顛王國的公主烏爾蘇拉在內的一萬一千名信奉基督教的聖處女一同前往羅馬朝聖，在如今的德國城市科隆遭遇入侵歐洲的匈奴王阿提拉。阿提拉想要強娶烏爾蘇拉，但她寧死不從，最終與她的一萬餘名隨從一同殉難。

5 奧爾科特（一八六〇—一九三二），美國著名演員、歌唱家；迪皮尤（一八三四—一九二八），美國政治家。兩人的姓均為「昌西」。

庫爾森小姐遞過去一張十美元鈔票。送冰人雙手在身後抓著帽子，鞠了一躬。

「不用客氣，小姐，想要我做什麼，儘管吩咐就好，我很樂意為你效勞。」

唉，又是五月惹的禍！

正午時分，庫爾森先生打掉了桌上的兩個玻璃杯，拍斷了鈴鐺彈簧，大聲呼叫著希金斯。

「拿把斧頭來，」庫爾森先生話中帶刺地吩咐道，「或者叫人去買一夸脫氫氯酸[6]，或者叫個警察來給我一槍。我寧願選擇那樣的死法，也不想被活活凍死。」

「天氣好像沒有變冷，」希金斯說，「我之前沒有留意到。我去關窗，先生。」

「快去，」庫爾森先生說，「他們不是說春天已經來了嗎？如果繼續這樣下去，我就回棕櫚灘了。家裡冷得跟停屍房似的。」

不久之後，庫爾森小姐孝順地進來詢問父親痛風的情況。

「康斯坦蒂亞，」老頭問，「外面的天氣怎麼樣？」

「很晴朗，」庫爾森小姐回答，「但還有點冷。」

「我的感覺就像是寒冬臘月。」庫爾森先生說。

「打個比方，就好像冬天賴在春天的身上不走了似的，」康斯坦蒂亞心不在焉地望著窗外，說道，「雖然這個意象不大雅觀。」

過了一會兒，她沿著花園邊朝西走，去百老匯買東西了。

又過了一會兒，威達普太太走進了病人的房間。

「你按鈴了嗎，先生？」她滿臉堆笑地問，「我叫希金斯去藥店了。我好像聽到你按鈴了。」

「我沒有。」庫爾森先生說。

「先生，」威達普太太說，「昨天你本來要說什麼的，怕是被我給打斷了吧。」

「威達普太太，」庫爾森老頭厲聲說道，「我怎麼覺得這房間那麼冷呢？」

「冷嗎，先生？」女管家說，「呀，是啊，聽你這麼一說，屋裡好像是有些冷。但外面又暖和又舒服，就跟到了六月一樣，先生。這樣的天氣好像會讓人的心臟從胸襟裡跳出來似的，先生。房子外牆的常春藤都吐出了新葉，人行道上有人拉手風琴，孩子在跳舞——在這種時候傾吐心聲，簡直再合適不過了。先生，你昨天說——」

「你這女人真夠蠢的！」庫爾森先生吼道，「我付錢讓你來照管這個家。現在我在自己的房間裡快要被凍死了，你卻跑來跟我瞎扯什麼常春藤啊、手風琴啊。馬上給我拿件大衣過來。去把樓下的所有門窗都關好了。你這個又老又胖、不負責任、自說自話的傢伙，大冬天的跟我談什麼春光、什麼花朵。希金斯回來以後，叫他給我弄一杯熱蘭姆潘趣酒。好了，你給我出去！」

但，有誰能讓五月明媚的笑靨蒙上羞慚之色呢？儘管她總在胡鬧，使一向理智的人失去了安寧。再聰明的處女，哪怕使盡狡計，哪怕心如止水，也無法讓她在月分的眾星之中黯然低頭。

哦，對了，故事還沒完呢。

過了一夜，第二天一早，希金斯扶著庫爾森老先生到窗前的椅子上坐下。屋裡的寒意消失了。醉人

---

6 氫氯酸即鹽酸，是一種劇毒物，主要作化工用途。

的氣息和柔和的芳香又翩然而至。

威達普太太匆匆走進來，站在他的椅子旁邊。庫爾森先生用自己枯瘦的大手握住她圓潤的小手。

「威達普太太，」他說，「沒有你的話，這房子算不上是一個家。我有五十萬美元。如果這筆財產，再加上一顆不再青春年少但仍未冷卻的真心，能夠——」

「我搞清楚為什麼那麼冷了，」威達普太太靠在他的椅子上說，「是冰——成噸成噸的冰——地下室和鍋爐房裡，到處都是冰。我把所有跟你的房間連通的風口都堵住了，可憐的庫爾森先生！現在，又回到五月的光景了。」

「這顆真心，」庫爾森老頭有些飄飄然地接著說道，「是春光使它重現生機，而——但我女兒會怎麼說呢，威達普太太？」

「別擔心，先生，」威達普太太愉快地說，「庫爾森小姐，她昨晚跟送冰的人私奔了，先生！」

我們選擇的路

「落日快車」在圖森以西二十英里處的一座水塔旁停下取水。除了給引擎加了水之外，這輛以速度聞名的機器也招來了一些對它不利的東西。

在火車司爐放下吸水軟管的時候，鮑伯·蒂德波爾、「鯊魚」多德森和有四分之一克里克印第安人血統的約翰·大狗爬上了火車頭，抬起他們帶來的三件火器，把前端的圓孔對準了火車司機。司機對這些圓孔所代表的可能性深以為然，他舉起雙手做了一個手勢，那動作好比突然喊出一句：「有話好說！」

「鯊魚」多德森是這支突擊隊的指揮，他乾脆俐落地下了一道命令，司機便下了車，把火車頭和煤水車卸了下來。接著，約翰·大狗蹲在煤堆上，開玩笑似的用兩支槍分別指著火車司機和司爐，吩咐他們把火車頭開出五十碼以外，在那裡繼續待命。

「鯊魚」多德森和鮑伯·蒂德波爾不屑於研磨乘客這種低等級的礦石，於是就直奔快車中的富礦而去。他們發現押運員還是一副怡然自得的模樣，滿心以為「落日快車」沒添加什麼比純水更危險、更刺激的東西。鮑伯用六發式左輪的槍柄把這個念頭從這個人的腦袋裡敲了出去，與此同時，「鯊魚」多德森已經給快車的保險箱裝上了炸藥。

保險箱被炸開了，裡面有三萬美元，全部是金幣和鈔票。乘客漫不經心地把頭伸出窗外，想看看雷雨雲在哪裡。列車員急忙拉鈴繩，但它已經斷開了，一拉就鬆垮垮地掉落下來。「鯊魚」多德森和鮑伯·蒂德波爾把戰利品裝進一個牢固的帆布袋後，連忙跳下車廂，朝火車頭跑去，高跟皮靴害他們跑起來跌跌撞撞的。

司機在生悶氣，但很識時務，他遵照命令，迅速把車頭駛離一動不動的列車。但在他們擺脫險境之前，押運員已經從鮑伯·蒂德波爾那記旨在勸說他中立的重擊下恢復了神志，拿了一把溫徹斯特步槍跳下車，也算拿著一疊籌碼加入了這場遊戲。坐在煤水車上的約翰·大狗先生無意間打錯一張牌，把自己變成了靶子，押運員一槍送他出了局。子彈不偏不倚地命中兩片肩胛骨之間，這個勤勞的克里克武士從車上栽了下來，於是乎，他的每名同夥分到的贓物都增加了六分之一。

在離水塔兩英里之外的地方，火車司機奉命停下車頭。

兩名強盜帶有挑釁意味地揮手道別，接著就衝下陡坡，鑽進了路軌旁邊的密林。他們在錯綜複雜的矮樹叢裡橫衝直撞了五分鐘，終於闖進了稀疏的林地，在那裡，有三匹馬拴在低垂的樹枝上。其中一匹在等待約翰·大狗，一個無論白天夜晚都再也不可能騎馬的人。強盜卸掉這頭動物身上的鞍轡，把牠放生了。他們跨上另外兩匹馬，把袋子擱在其中一匹馬的鞍橋上，迅速又謹慎地穿過樹林，馳入荒僻的原始峽谷。鮑伯·蒂德波爾的那頭牲口在生滿苔蘚的圓石上滑了一跤，跌折了一條前腿。他們立刻朝牠頭上開了一槍，然後坐下來商議該如何逃出生天。鑒於他們已經走過一段曲折坎坷的行程，目前的安全暫時無憂，爭取時間已經不再是一個重大問題。追蹤他們的隊伍無論多麼矯健，也還和他們隔著一段難以逾越的時空距離。「鯊魚」多德森的馬鬆開了嘴上的勒口，正拖著垂落的轠繩，喘著氣，滿懷感激地在峽谷的溪流邊吃草。鮑伯．蒂德波爾打開帆布袋，兩手抓起綁得整整齊齊的幾捆鈔票和一袋金幣，咧嘴憨笑，快活得像個孩子。

「喂，你這個雙料老賊，」他興高采烈地招呼多德森，「你說過我們可以的——在撈錢這方面，你太有頭腦了，放眼整個亞利桑納州，誰也不是對手。」

「我們到哪裡去給你弄匹馬呢，鮑伯？這裡不是久留之地。天亮之前他們就會跟著我們的足跡追過來的。」

「哦，我想你那匹小馬暫時還能馱得動兩個人，」樂觀的鮑伯回答道，「一旦讓我們遇上別的馬，就立刻搶走走人。天啊，我們發財了，不是嗎？你看這裡寫明了，一共有三萬美元，每人都能分到一萬五。」

「比我預計的要少。」「鯊魚」多德森說著，用靴子尖輕輕地踢了踢鈔票捆，接著又焦躁地看了一眼那匹疲馬被汗水浸透的側腹。

「老玻利瓦爾可能快要玩完了，」他緩緩地說，「我多麼希望你那匹栗色馬沒有受傷啊。」

「我也這麼希望啊，」鮑伯誠心誠意地說，「但這是沒辦法的事。玻利瓦爾的耐力很好——牠能撐到把我們倆送到更換新坐騎的地方。媽的，鯊魚，這事想想真是荒唐，像你這樣一個東部人，來到這裡幹起殺人越貨的勾當，卻叫我們這些西部的亡命徒怎麼趕也趕不上。你究竟是從東部的哪一片來的？」

「紐約州，」「鯊魚」多德森找了塊大石頭坐下來，嘴裡嚼著一根嫩樹枝，說道，「我出生在阿爾斯特縣的一個農莊，十七歲的時候離家出走，能來到西部，完全是出於偶然。我當時背著一捆衣服，沿著大路一直走，想到紐約去發大財。我總覺得自己能辦到。一天傍晚，我來到一個岔路口，一時不知道該走哪條路才好。思索了半個小時以後，我選擇了左邊的那一條。就在那一晚，我闖進了一個在各個小鎮間巡迴表演的牛仔戲班子的營地，我就是跟著他們來到了西部。我常想，如果我當時選擇了另一條路，會不會有截然不同的人生。」

「哦，我覺得呢，結果還是一樣，」鮑伯．蒂德波爾愉快地拋出了一番富有哲理的話，「不是我們選擇的路，而是我們內在的本性讓我們成為現在的我們。」

「鯊魚」多德森站起來，靠在一棵樹上。

「我多麼希望你那匹栗色馬沒有受傷啊，鮑伯。」他又說了一遍，語氣幾乎有些傷感。

「我也一樣啊，」鮑伯附和道，「牠絕對是第一流的快馬。不過玻利瓦爾肯定會帶著我們化險為夷的。我想我們還是快點動身吧，你說呢，鯊魚？我先把錢裝回去，我們趕緊上路，去找個更安全的地方。」

鮑伯．蒂德波爾把贓物重新裝進帆布袋，用細繩綁緊袋口。等他再抬起頭來，「鯊魚」多德森穩穩端在手上的那支點四五手槍的槍口就成了他眼前最顯著的物體。

「別鬧了，」鮑伯咧嘴笑道，「我們還得趕路。」

「別動，」「鯊魚」說，「你用不著趕路了，鮑伯。我很不想告訴你這個，但我們兩個之中只有一個人能脫逃。玻利瓦爾太累了，牠承受不了雙倍的負荷。」

「『鯊魚』多德森，我和你做了三年搭檔，」鮑伯平靜地說，「我們一次次地出生入死。我一直都和你公平交易，也一直當你是條漢子。我聽到過一些離奇的傳聞，說你用下三爛的手段殺過一兩個人，但我從沒信過。現在，如果你只是想跟我開個小玩笑，鯊魚，把槍收起來，我們騎上玻利瓦爾快點趕路。如果你真想開槍——那就開吧，你這個狼蛛養大的黑心兒子！」

「鯊魚」多德森的神情似乎悲痛欲絕。

「你不知道，」他歎息著說，「你那匹栗色馬摔斷了腿，讓我多難過，鮑伯。」

多德森的臉，刹那間便換上了一副由冷酷的凶殘和無良的貪婪混成的表情。這個人的靈魂顯露了一瞬，像外觀體面的房屋窗口出現了一張邪惡的面孔。

鮑伯·蒂德波爾的的確確用不著再趕路了。那位背信棄義的朋友手裡的那支致命的點四五手槍發出脆響，這一聲咆哮填滿了整個山谷，憤憤不平的回聲在石壁間久久激盪不息。而無知無覺的同謀玻利瓦爾，終於不用再承擔「雙倍負荷」的重壓，腳步輕快地馱著「落日快車」劫案的最後一名嫌犯跑遠了。

但「鯊魚」多德森一邊疾馳，一邊發現他眼前的森林似乎漸漸消失了；右手握著的左輪手槍變成了桃花心木座椅彎曲的扶手，馬鞍上也奇怪地多出了一個軟墊子。他睜開雙眼，看見自己的雙腳並沒有踩在馬鐙裡，而是平靜地擱在一張橡木辦公桌的邊上。

我這就告訴諸位是怎麼回事。華爾街多德森和德克公司的經紀人多德森睜開了眼睛。機要祕書皮博迪站在他的椅子旁邊，正遲疑著想說點什麼。樓下傳來雜亂無章的車輪聲，屋裡的電風扇嗡嗡作響，催人欲睡。

「嗯哼！皮博迪，」多德森眨著眼睛說，「我一定是睡著了。我做了一個非同尋常的夢。怎麼了，皮博迪？」

「特雷西和威廉姆斯公司的威廉姆斯先生在外面呢。他打算完成那筆空頭交易的。他做空失敗了，你還記得吧，先生？」

「對，我記得。今天那檔股票是什麼行情，皮博迪？」

「一美元八十五美分，先生。」

「那就讓他照這個價買走。」

「對不起，容我說一句，」皮博迪局促不安地說，「我和威廉姆斯談過。他是你的老朋友，多德森先生，而你實際上已經買斷了那檔股票。我想你也許——我是說，你也許不記得了，他把股票賣給你的時候，股價是九十八美分。如果他按市場價來支付，不僅要用光他在世上擁有的每一分錢，還得傾家蕩產。」

多德森的臉，剎那間便換上了一副由冷酷的凶殘和無良的貪婪混成的表情。這個人的靈魂顯露了一瞬，像外觀體面的房屋窗口出現了一張邪惡的面孔。

「他得按一美元八十五美分結帳，」多德森說，「玻利瓦爾可馱不了兩個人。」

汽車等待時

暮色剛剛降下，灰衣女孩又來到那座安靜的小公園裡的那個安靜的小角落。她坐在長椅上讀書，還有半個小時的餘暉可供她看清書上的字。

再說一遍：她的衣服是灰色的，樸素到足以遮沒式樣和裁量上的考究。一塊大網眼的面紗罩住了她的頭巾帽和整張臉。透過面紗，臉上那安詳純真的美態隱約閃現。昨天和前天，她都在同一時間來到這裡，有個人對此一清二楚。

瞭解這一情況的年輕人在附近徘徊，將熱切的希望寄於偉大的幸運女神。他的虔誠得到了回報，因為翻頁時，書從她的指間滑脫，在長椅上彈了一下，落在足足一碼遠以外。

年輕人迫不及待地撲到書上，帶著一種似乎在公園和公共場所格外容易滋生的表情，把它交還給它的主人。那種表情混雜了殷勤和希望，由對管區巡警的敬畏居中調和。他用悅耳的嗓音，冒著風險沒頭沒腦地評了一句天氣——世間的諸多不幸，都得歸咎於將天氣話題用作了開場白——然後就鎮定自若地站了一會兒，等待命運的安排。

女孩不慌不忙地打量著他，盯著他樸實整潔的衣著，沒有突出表情特徵的面孔。

「你願意的話，不妨坐下來，」她用渾厚的女低音從容地說道，「真的，我希望你坐在這裡。光線太暗了，不適合看書。我倒寧願說說話。」

幸運女神的侍從彬彬有禮地在她身旁落了座。

「你知道我有多久沒見過你這麼出色的女孩了嗎？」他把公園裡這夥主席開會時的應酬話搬了出來，「昨天我就看到你了。難道你不知道有人被你那兩盞美麗的明燈給迷倒了嗎，忍冬花女孩？」

「不管你是誰，」女孩報以冷言冷語，「你務必記住，我是一位上流社會的女士。我對你剛才的話不予追究，是因為這類錯誤在你的圈子裡無疑算不上稀奇。是我邀你坐下的；如果這份邀請讓我成了你的忍冬花，那最好還是收回它吧。」

「我懇求你的原諒。」年輕人急忙辯解。他臉上的得意已經換成了懺悔和謙卑。「是我的錯，你知道——我是說，公園裡有些女孩子，你知道——那是說，當然了，你不知道，但是——」

「對不起，別談這個了。我當然知道。現在，跟我說說這些在每一條路上以每一種交通方式來來往往、熙熙攘攘的人吧。他們要去何方？為什麼如此匆忙？他們幸福嗎？」

年輕人立即收起了賣弄風情的神氣。如今他無話可說，好像在等待提詞，他摸不透自己該扮演什麼角色。

「觀察他們確實十分有趣，」他順著她的意思，回答道，「這是一齣引人入勝的人生戲劇。有人去吃晚飯，有人去——呃——別的地方，他們的過往真叫人好奇。」

「我不好奇，」女孩說，「我不是那麼愛打聽。我到這裡來坐著，是因為只有在這裡才能剖察偉大、平凡、悸動的人類心靈。我生來便具有的地位讓我無法感受這種悸動。你猜得到我為什麼會跟你聊天嗎？——先生，你叫？」

「帕肯斯塔克。」年輕人答道，接著又熱切地期盼著。

「不，我不會把我的名字告訴你，」女孩舉起一根纖細的手指，微微一笑，說道，「你很快就會知道的。報紙要登一個人的名字，誰都不可能阻止。甚至連肖像都是如此。我家女僕的帽子和這塊面紗給我加上了一重偽裝。你應該也看到了，我家司機總在他以為我沒留意的時候朝這邊看。直說吧，有五、六個姓氏被供奉在至高無上的位置，由於偶然的出身，我的姓恰好也在其列。我之所以跟你聊天，斯塔肯波特先生——」

「帕肯斯塔克。」年輕人謙遜地更正道。

「——帕肯斯塔克先生，是因為我想和一個平常的人談一談——想和一個沒有被可鄙的富貴和僵化的榮華所玷汙的人談一談。哦，你不知道，我有多麼厭倦——錢、錢、錢！還有那些繞著我打轉的男人，都是照著一個模子刻出來的傀儡。我厭倦了享受，厭倦了珠寶，厭倦了旅行，厭倦了社交，厭倦了各式各樣的奢侈品。」

「我一直都以為，」年輕人吞吞吐吐地試探道，「錢一定是件好東西。」

「它能滿足欲望。可是當你有幾百上千萬的時候，那就——」她以一個無奈的手勢結束了這句話，「讓人感到乏味的是那種單調，」她接著說道，「兜風、吃飯、劇院、舞會、晚宴，過剩的財富給這一切裹上了浮華的外皮。有時，冰塊在香檳酒杯裡弄出的叮噹聲差點把我逼瘋。」

帕肯斯塔克先生不加掩飾地表現出十分好奇的樣子。

「我一直喜歡，」他說，「透過閱讀或打聽，瞭解富有的人和時髦的人是怎樣生活的。我想我可能有一點勢利。但我希望我能掌握確切的訊息。現在，我已經形成了這樣一種認知：香檳是帶瓶冰鎮的，而不是往酒杯裡放冰塊。」

女孩真的被逗樂了，發出了一串銀鈴般的笑聲。

「你應當知道，」她用一種不以為意的口吻解釋說，「我們這個無用的階層，只有做些有違常規的事情才能娛樂自己。現在很流行在香檳裡加冰塊。這主意是一位來訪的韃靼王子在華爾道夫飯店用餐的時候想出來的。很快就會有其他的古怪行徑來取代它的。就拿這個星期在麥迪遜大道的一次宴會來說吧，每位客人的盤子旁邊都放了一隻綠色羊皮手套，用來在吃橄欖的時候戴著。」

「我明白了，」年輕人謙卑地表示承認，「普通公眾不可能摸透這些核心圈子裡的特殊消遣。」

「有時候我想，」女孩微微欠身，算是肯定了他的認錯態度，接著又說道，「如果有朝一日，我愛上了某個人，那他一定是一個出身低微的人。是一個勞動的人，而不是一個懶惰的人。但種姓和財富的約束力無疑比我的意願更強大。目前有兩個人對我緊追不放。一個是某日爾曼公國的大公，我猜他現在有，或曾經有一個妻子，就待在某個地方，被他的放縱和殘忍逼得發了瘋。另一個是英國侯爵，他是那麼冷酷、那麼唯利是圖，以至於我寧願選擇那位惡魔大公。我是中了什麼邪，怎麼會跟你說這些事，派肯斯塔克先生？」

「是帕肯斯塔克，」年輕人低聲囁嚅道，「確實啊，你不知道，你對我這麼推心置腹，我有多麼感激。」

女孩用一種平靜淡漠的態度端詳他，這種態度與他們之間懸殊的地位正相符合。

「你從事什麼行業，帕肯斯塔克先生？」她問。

「一個十分卑微的行業。但我希望能出人頭地。你剛才說你有可能愛上出身低微的人，是真的嗎？」

「肯定是真的啊。但我說的是『有可能』。已經有大公和侯爵了，你知道的。是啊，假如那個男人是我理想的類型，無論他從事什麼行業，都算不上卑微。」

「我在一家餐館工作。」帕肯斯塔克先生宣布說。

女孩微微向後一縮。

「不是做服務生吧？」女孩用有些央求的語氣說，「勞動很高尚。可是，伺候人，你知道——男僕和——」

「不是服務生，我是收銀員，」——他們面朝公園對面的那條街道，街上有一塊耀眼的「餐廳」霓虹燈招牌——「你看那裡，我就在那家餐廳做收銀員。」

女孩抬起左腕，看了一眼腕上那個鑲在華麗手鐲上的小錶，連忙站了起來。她把書硬生生塞進懸在腰間的一個閃閃發亮的手提袋裡，但相對手提袋來說，書實在是太大了。

「你怎麼不上班？」她問。

「我值夜班，」年輕人說，「再過一個小時才輪到我接班。我還有機會再見到你嗎？」

「我不知道。也許——但我可能不會再動這種怪念頭了。現在我得趕快走了。得赴一場晚宴，還得去劇院包廂看戲——還有，唉！反正都是老一套。你來的時候也許留意到公園前面的轉角停了一輛汽車。白色車身的。」

「紅色輪輻的那輛？」年輕人皺起眉頭，若有所思地問道。

「是的。我總是坐那輛車子到這裡來。皮埃爾在那邊等我。他以為我在廣場對面的百貨公司裡購物。設想一下這種生活對人的束縛吧，一旦被它綁住手腳，我們甚至連自己的司機都得欺騙。再見。」

「但天已經黑了，」帕肯斯塔克先生說，「公園裡盡是些粗魯的人。我可不可以陪——」

「假如你對我的意願還有哪怕一丁點尊重，」女孩堅決地說，「在我離開以後，你就在這張長椅上再坐十分鐘。我並不是責備你，但你大概也知道，汽車上通常都刻有車主姓名的首字花飾。再見了。」

她迅速但不失端莊地在暮色中走遠了。年輕人看著她那優雅的身影走上了公園邊的人行道，然後又沿著人行道向停放汽車的轉角走去。接著，他藉公園的樹木和灌木叢的掩護，偷偷摸摸但毫不遲疑地沿著與她平行的路線飛跑，一直緊盯著她。

到達轉角時，她扭頭瞥了一眼那輛汽車，就從一旁走了過去，穿到了街對面。年輕人就近躲在一輛停著的馬車後面，密切注視著她的一舉一動。她由公園對面那條大街的人行道一直走進了那家有霓虹燈招牌的餐廳。那是一個無遮無攔、極盡刺眼的營業場所，裡面不是白牆就是玻璃，在這家店吃飯很實惠，但一進去就等於把自己擺在了眾目睽睽之下。女孩一直往餐廳裡面走，進了後面的一個隱蔽所在。很快她又出來了，帽子和面紗都不見了。

收銀臺就在前面。一個紅頭髮的女孩從凳子上爬下來，意有所指地盯著掛鐘。灰衣女孩接替她坐在了座位上。

年輕人把手插進口袋裡，慢吞吞地沿著人行道往回走。在轉角處，他的腳踢到了一本躺在那裡的平裝小書，把它踢到了草坪旁邊。從獨具一格的封面，他認出這就是那女孩一直在讀的書。他隨手撿起來掃了一眼，看到書的標題是《新天方夜譚》，作者的名字叫史蒂文生。他又把它丟回了草坪，接著還猶豫不決地徘徊了一會兒，然後跨進那輛汽車，往坐墊上一靠，對司機說了幾個字：

「俱樂部，亨利。」

剪亮的燈盞

當然了，看問題要看兩面。先來看看另外一面吧。我們時常聽到「商店女郎」這個詞。其實這類人並不存在。有些女郎在商店裡工作是沒錯，她們以此謀生，但為什麼要把她們的職業作為一種形容呢？得公平一點，我們可沒有把住在第五大道的女郎喚作「結婚女郎」啊。

露和南西是一對密友。她們到這個大城市來找工作是因為在家鄉已經難以維生。南西十九歲，露二十歲。兩人都是漂亮又活躍的鄉村女孩，都沒有登上舞臺的抱負。

高高在上的小天使引領她們找到了便宜又體面的寄宿所。兩人也都有了工作，成了上班族。她們仍然是密友。眼看都快過去半年了，我這才請各位上前一步，來為你們做個引薦。愛管閒事的讀者啊，這是我的兩位女性朋友，南西小姐和露小姐。握手時請留意她們的服裝，但得不著痕跡。是的，不著痕跡；因為她們和賽馬場包廂裡的貴婦一樣，若是被人盯著看，很快就會心生怨氣。

露是一家手工洗衣房的熨衣工，領的是計件工資。她穿著一件不合身的紫色連衣裙，帽子上的羽毛比應有的長度多出四英寸；但她的貂皮手筒和圍巾價值二十五美元，儘管在換季的時候，它們在櫥窗裡的同類會被貼上七美元九十八美分的標籤。她面頰紅潤，淡藍色的眼睛閃閃發光，渾身上下都散發著心滿意足的神氣。

至於南西，你會稱她為「商店女郎」——因為你已經習慣了。不該把人分類；但這莫名其妙的一代總愛給人分門別類；所以，姑且算她是這類人吧。她梳著高聳的龐巴度式髮型[1]，表情過分一本正經。她的裙子做工粗糙，但款式入時。她沒有皮衣抵禦料峭的春寒，但看她穿著那件絨面呢短上衣的驕傲模樣，好像她還以為它是波斯羊皮做的。無情的類型愛好者啊，在她的臉蛋上和她的眼睛裡，都洋溢著「商店女郎」的招牌表情。這是對覬覦芳容者的沉默而輕蔑的抗拒，也是對復仇即將來臨的悲傷預言。即使在她笑得最開懷的時候，那種表情也不曾離開。在俄國農民的眼睛裡也有同樣的表情，有朝一日，當加百列在空中吹響審判的號角，我們之中還活著的人也會在他的臉上看到這個表情。這本該是一個讓男人畏縮和局促的表情，但眾所周知，他們反而會對人家傻笑，會獻上鮮花——花還是用絲帶束起來的。

好了，掀掀帽子，走吧。這時候，露已經和你愉快地道別，南西也對你露出了嘲諷又甜蜜的微笑，不知怎麼回事，這笑容從你身邊掠過，就像一隻白色的飛蛾，撲著翅膀，飛向屋頂上空的群星。

她倆在街角等丹。丹是露的固定伴侶。他忠實嗎？嗯，如果聖母非得雇十來個傳喚人去找她的羊兒，他總能隨傳隨到。

「你冷嗎，南西？」露說，「你為了八塊錢週薪在那家老店裡工作，實在太蠢了！我上個星期賺了十八塊五呢。熨衣服當然不像在櫃檯裡面賣蕾絲那麼風光，但能賺到錢。我們這些熨衣工每週至少能賺十塊錢。而且我也不認為做這份工作有什麼不光彩的。」

「你只管做下去好了，」南西翹起鼻子說，「我還會照舊做八塊錢一星期的工作，睡在走道改的房間裡。我喜歡跟漂亮的東西和體面的人待在一起。而且你看看，我得到的是什麼樣的機會啊！我們那裡一個賣手套的女孩嫁給了一個匹茲堡的——煉鋼的，或者打鐵的，或者別的什麼吧——身價有一百萬美元吶。總有一天，我也會釣上這麼一個金龜婿。我不是在吹噓自己的樣貌或別的什麼優點，但既然有機會飛黃騰達，我當然要爭取一下。誰能看得見一個洗衣房裡的女孩？」

「啊，我可就是在洗衣房遇上丹的，」露得意地說，「他來取禮拜日穿的襯衫和領子，看到我在第一張檯子上熨衣服。我們都爭著在第一張檯子上工作。艾拉．馬金尼斯那天病了，我頂了她的位子。他說他首先注意到我的手臂是多麼圓潤，多麼白皙。我當時把袖子捲起來了。也有些上等人會到洗衣房來。這些人的衣服是裝在衣箱裡帶來的，到了門口，他們總要急停轉身，再走進來。」

「你怎麼穿了這麼一件背心，露？」南西垂下眼皮，親熱又輕蔑地盯著那件惹她生厭的物體，說道，「品味也太差了吧。」

「這件背心？」露瞪大眼睛，憤憤不平地叫道，「喂，這件背心可花了我十六塊錢。它實際值二十五塊。是一個女人送來洗的，後來再也沒來取。老闆把它賣給我了。這上面有一串又一串的手工刺繡。還是說說你穿的這件又醜又素的東西吧。」

「這件又醜又素的東西，」南西平靜地說，「是范．阿爾斯泰恩．費雪太太那件衣服的仿製品。我們那裡的女孩說她去年在店裡的消費總額是一萬兩千塊。我這件是我自己做的，成本一塊五。站在十步以外，你根本看不出我的和她的有什麼區別。」

---

1 龐巴度式髮型，指的是把頭髮盤在頭頂的高捲式髮型。

「哦，好吧，」露聽天由命地說，「如果你想邊挨餓邊炫富，那請便吧。但我會繼續做我的工作，領著滿意的工錢；做完工作以後，給自己買一件自己能買得起的時髦好看的衣服。」

恰好在這個時候，丹來了。這個年輕人是做電工的，週薪三十美元。他戴著活結領帶，神情嚴肅，絲毫沒有染上這座城市輕浮的風氣。他用羅密歐式的憂鬱眼神盯著露，覺得她那件刺繡上衣就像一張蜘蛛網，任何蒼蠅都巴不得被它纏上。

「我朋友，歐文斯先生——跟丹佛斯小姐握握手吧。」露說。

「很高興認識你，丹佛斯小姐，」丹伸出手說，「我常聽露提起你。」

「謝謝，」南西用冷冰冰的指尖碰了碰他的手指，說，「我也聽她提過你——有那麼幾次。」

露咯咯直笑。

「你這種握手方式也是跟范．阿爾斯泰恩．費雪太太學的嗎，南西？」她問。

「如果是的話，你可以放心地照搬過去。」南西說。

「噢，我可用不了這麼有格調的握手方式，把手舉得那麼高，是為了把鑽戒亮出來。等我弄到幾個鑽戒以後，我再試試吧。」

「先學會，」南西精明地說，「你就更有可能弄到鑽戒。」

「好了，為了解決你們的爭論，」丹面帶好整以暇的微笑，說道，「我來提個建議吧。既然我不能帶你們到蒂芬妮去盡我的本分，去看一場小小的雜耍表演怎麼樣？我有門票。我們暫時還不能跟戴鑽戒的人握手，不如先看看舞臺上的鑽石吧，你們說呢？」

這個忠實的侍從走在靠著馬路的那邊；露靠著他，穿著豔麗的衣服，像一隻小孔雀；南西走在最裡面，高眺苗條，打扮樸素得像隻麻雀，但步態卻十足是范．阿爾斯泰恩．費雪式的——他們就這樣去尋那種適度消費的晚間消遣了。

我不認為有多少人會把大百貨公司視為教育機構。不過，對於南西來說，她上班的那家店就滿像那個樣子。她的周圍都是美麗的事物，樣樣都散發著優雅精緻的氣息。如果你生活在奢華的氛圍裡，奢華就屬於你，無論花錢的是別人還是你自己。

南西服務的客戶多是穿著、風度和地位都被社交界奉為典範的那種女人。南西根據自己的觀感從她們身上擷取了那些最好的部分。

她從一個人那裡複製了一個手勢，並勤加練習；從另一個人那裡學到一種富有表現力的挑眉毛的動作；再翻版另一個人走路、拿錢包、微笑、招呼朋友和紆尊降貴的姿態。從她最中意的模特兒范．阿爾斯泰恩．費雪太太那裡，她徵用了一樣過人的好處：一種溫柔的低音，吐字清晰似銀鈴串串，發音完美似畫眉鳴囀。對上流社會的風度和教養耳濡目染，她不可能不受到深刻的影響。據說好的行為舉止勝過好的道德準則，那麼也許，好的禮儀風度也勝過好的行為舉止。父母的教誨不一定能使你保留新英格蘭人的意識；但如果你坐在直背椅上，把「稜柱和朝聖者」這幾個字重複四十遍，魔鬼就會躲得離你遠遠的。當南西用范．阿爾斯泰恩．費雪的音調講話時，她從骨子裡感受到「位高則任重」的興奮感。

在這所大百貨學校裡還有另一項學習資源。每當你看到三、四個商店女郎湊在一起，伴著金屬手鐲的叮噹聲響交頭接耳，看似在聊些雞毛蒜皮的話題，不要以為她們在對艾瑟爾的髮型說三道四。這種小會議可能不及男人的審議會那麼鄭重其事，但它的重要性卻不亞於夏娃和她的大女兒第一次把腦袋靠在一起的那個時刻，就是在那一刻，亞當才找到了自己在家庭當中的實際定位。這是女人就對陣世界和男人時的攻防問題召開的誓師會和戰略溝通會。世界是一個舞臺，男人是堅持往舞臺上拋擲花束的觀眾。女人，是所有小動物當中最柔弱無助的——有小鹿的優雅，但沒有牠的敏捷；有鳥兒的美麗，卻沒有牠的飛行能力；有蜜蜂對甜蜜的執著，卻沒有牠的——哦，還是放棄這個比喻吧——我們之中也許有人被螫過。

在這類軍事會議期間，她們傳遞武器、交換各自在人生實戰中總結設計出來的戰略。

「我跟他說，」莎蒂說，「你簡直土得掉渣！你把我當成什麼人了，竟然這樣跟我說話？你們猜他會說些什麼來回應我？」

棕色、黑色、亞麻色、紅色和黃色的腦袋攏成一團，此起彼伏。回應已經給了，就擺在那裡；需要做出決議，提出瓦解這一攻勢的方案，以便大家今後在與共同的敵人——男人——舌戰的時候能派上用場。

南西就這樣學會了防禦的藝術，對於女人來說，成功的防禦就意味著勝利。

百貨公司的課程包羅萬象。也許，再沒有別的學校能夠像這裡一樣，教她如何實現她的人生追求——抽中婚姻的好彩頭。

她在店裡占據了一個有利的位置。音樂室離她的崗位很近，近到她能聽清楚和熟悉頂尖作曲家的作品——熟悉到至少能滿足她在社交界裡炫弄鑒賞能力的需要，這個社交界，她想踏足，想在其中一展抱負，但至今還在茫然摸索。她還從藝術品、昂貴精緻的衣料，以及對女人來說幾乎與文化修養相當的首飾中得到了薰陶。

其他女孩很快就察覺了南西的野心。「你的百萬富翁來了，南西。」只要有哪個看起來像富翁的男人靠近她的櫃檯，她們就會這樣招呼她。男人在他們的女伴選購物品的時候只能閒晃，因此都養成了一種習慣，會在手帕櫃檯消磨時間，翻看麻紗手帕。南西的假高貴和真嬌媚對他們很有吸引力。於是就有許多男人來到她的面前賣弄風度。其中一些也許真是百萬富翁，其餘的當然不過是些殷勤的猿猴。南西學會了如何知人識人。手帕櫃檯的一頭靠著窗戶；她能看到一排排在樓下街上等著的車輛，它們的主人都在店裡購物。她看得多了，知道汽車和車主一樣，也是有差別的。

有一回，一個風度翩翩的男士買了四打手帕，擺出考費杜阿王[2]的氣勢，隔著櫃檯向她求愛。他走後，這些商店女郎中的一個說：「怎麼了，南西，你對剛才那人一點也不熱絡。照我看，他是個如假包換的有錢人。」

「他？」南西帶著那種最冷又最甜，幾乎沒有人味的范．阿爾斯泰恩．費雪式微笑說道，「不適合我。我看到他在外面坐的那輛車。十二匹馬力的汽車，愛爾蘭司機！你看到他買了什麼手帕——絲綢的！他的手指還有點毛病。如果要給我，就給我真的，要不就別給。」

店裡兩個「最優雅」的女人——一個是領班，一個是收銀員——有幾個「有錢的男性友人」，時不時會請她們吃飯。有一次，他們也邀請了南西。晚飯安排在一家富麗堂皇的餐廳裡，那裡新年夜的桌位要提前一年預訂。在場的兩位「男性友人」，一個不長頭髮——我們都可以證明，奢侈的生活無助於生髮——另一個是年輕人，他有兩種令人信服的手段讓你牢記他的身價和他的老練：一是他咒罵說所有的

---

2 考費杜阿王，西方傳說杜撰的一個非洲國王，因為在故事中他愛上了一個女乞丐，所以富家子弟偏愛貧女的心態就被稱作「考費杜阿情結」。

酒都有一股軟木塞味；二是他佩戴的鑽石袖扣。這個年輕人領略到南西身上種種無可抗拒的優點。他的審美本就傾向於商店女郎，而眼下這位，不僅具有自身階層的率真魅力，還額外多了幾分他那個社交圈子的談吐和風度。於是，第二天他就出現在店裡，站在一箱有抽紗花邊、用草汁漂白的愛爾蘭麻紗手帕前面，鄭重其事地向她求婚。南西拒絕了。十步開外，一個棕色頭髮，龐巴度式髮型的女孩耳聞目睹了一切。等那個求婚未遂的人離開，她指著南西的腦袋就是一番數落。

「你可真是個不可救藥的小傻瓜！那傢伙是個百萬富翁——他是老范．斯基特爾斯的侄子。而且他說的話顯然是真心的。你瘋了嗎，南西？」

「我嗎？」南西說，「就因為我沒答應他，是嗎？也許很難讓你明白，但不管怎麼說，他不是百萬富翁。他家每年只給他兩萬塊錢花。那天吃晚飯的時候，那個禿頭的傢伙還拿這事取笑他。」

那個棕色頭髮、龐巴度式髮型的女孩湊近她，瞇起了眼睛。

「喂，你到底想要什麼？」她說，由於沒有嚼口香糖，聲音有些啞，「這還不夠你用的嗎？難道你想當個摩門教徒，同時嫁給洛克菲勒[3]、格拉德斯通．道威[4]、西班牙國王和整整一大群人嗎？一年兩萬美元還不夠你用嗎？」

在那雙淺薄的黑眼睛逼視之下，南西的臉上出現了些許紅暈。

「不全是錢的問題，嘉莉，」她解釋說，「那晚吃飯的時候，他的朋友戳破了他的謊話。他說他沒有陪某個女孩去看戲，但他去了。我看不慣亂說話的人。各種原因加在一起——反正我不喜歡他，所以趕緊做個了斷。我絕不在促銷日搞大拍賣。不管怎麼說，我得找個坐在椅子上有點男人樣的。沒錯，我是在物色獵物，但這個獵物總得有一點用處，不能像個存錢罐一樣只會把自己搖得叮噹響。」

「精神病院就是為你這種人準備的！」那個棕色頭髮、龐巴度式髮型的女孩說完就走開了。

南西繼續用八美元的週薪培育這些崇高的思想——如果不能算是理想的話。她餐風宿露地追蹤這個巨大而未知的「獵物」，日復一日地吃著乾麵包，勒緊褲帶。她的臉上掛著天命的男人獵手才有的虛弱、英勇、甜蜜、冷冽的微笑。百貨公司就是她的叢林；有許多次，她已經舉起了獵槍，瞄準了似乎生有雄壯鹿角的大塊頭獵物，但總有某種深邃而又準確的本能——也許是女獵人的本能，也許就是女人的本能——制止她開火，催促她繼續追蹤下去。

露在洗衣房裡混得有聲有色。她每週有十八塊五的收入，扣掉六塊錢的食宿支出，其餘的大多花在買衣服上了。與南西相比，她難得有機會提高自己的品味和風度。在霧氣蒸騰的洗衣房裡，只有工作、工作，還有對晚間娛樂的遐想。那麼多昂貴又華麗的衣物在她的熨斗底下經過，她對服裝的那種日益滋長的喜好也許就是透過這塊導熱金屬傳到身上來的。

結束了一天的工作之後，丹總已在洗衣房外等著她了，無論她站在哪一種燈光底下，他都是她忠實的影子。

有時候，他會誠實地向露身上的衣服投去困惑的一瞥，那些衣服越來越顯眼，但沒有越來越順眼；並不是說他的心有所動搖，他只是不贊成那些衣服在大庭廣眾之下，給她惹來太多的注意。

---

3 洛克菲勒，指約翰·戴維森·洛克菲勒（一八三九—一九三七），美國企業家、慈善家，也被稱為「石油大王」。

4 格拉德斯通·道威（一八七七—一九四五），美國金融家。

露對她的好友也同樣忠實。無論他們要去哪裡玩，都得邀南西一同前往，這已經成了慣例。丹熱心而又愉快地承受了額外的負擔。可以說，在這個玩樂的三人組中，露提供了色彩，南西提供了腔調，丹提供了支撐。這名護衛穿著整潔然而明顯是現成的成品西服，打著現成的免繫領帶，總是帶著親切而現成的機靈，從不大驚小怪或吵吵鬧鬧。他是個大好人，這種人在場時，你常常會忽略他的存在，但當他離開之後，他的種種好處卻會歷歷在目。

出於自身的高雅品味，在享受這些現成的樂趣時，南西常常也會略感苦澀；不過，她還年輕，青春是十分善於變通的，如果它不能做個挑剔的美食家，就會轉而做個貪吃的饕餮家。

「丹老是催我趕緊嫁給他，」露有一次對南西說，「但我為什麼要這麼做？我是獨立的。我自己賺錢養自己，愛做什麼就做什麼；結婚後他肯定不會讓我繼續工作了。我再多句嘴啊，南西，你幹嘛非得耗在那家老店裡，吃也吃不飽，穿也穿不好？只要你願意，我馬上就能給你在洗衣房裡找個位子。依我看，你要是能多賺點錢，可能就不至於那麼高傲了。」

「我不認為我很高傲，露，」南西說，「但我寧願待在老地方，吃個半飽就行。我大概是習慣了。那裡有我想要的機會。我沒打算一輩子站在櫃檯後面。我每天都在學新東西，從早到晚面對的都是高貴又富有的人——即使我只是在伺候他們；這樣一來，任何引領潮流的新觀念、新風尚，我都不會錯過。」

「還沒抓到你的百萬富翁嗎？」露嘲弄似的笑道。

「我還沒選好，」南西回答，「我得仔細地挑一挑。」

「天哪！還想仔細挑挑！你以為這樣的人有多少？如果給你遇到一個，南西，可千萬別讓他溜走——哪怕他距離你的要求還差那麼幾塊錢。不過，你肯定是在開玩笑吧——百萬富翁才不會看得上我們這樣的上班女郎。」

「如果他們看得上，那是他們的福氣，」南西冷靜理智地說，「我們這樣的人能教他們怎樣打理他們的財富。」

「如果一個百萬富翁跟我搭訕，」露笑著說，「我想我一定會不知所措。」

「你會這麼說，是因為你沒見過這樣的人。有錢人和普通人唯一的區別就是你得更當心他們。露，你不覺得你這件外套的紅綢襯裡實在太豔了點嗎？」

露反倒盯著朋友身上的那件樸素的暗綠色短上衣。

「哦，我不覺得——不過跟你身上那件好像褪了色的東西比起來，它也許確實豔了一些。」

「這件上衣的剪裁製作，」南西得意地說，「簡直和范·阿爾斯泰恩·費雪太太那天穿的那件一模一樣。買這塊衣料，我花了三塊九毛八，她買下她的那件，我猜得比我多花一百塊錢。」

「哦，好吧，」露輕描淡寫地說，「我可不覺得靠這種東西能釣上百萬富翁。如果我比你先釣上一個，那也沒什麼奇怪的。」

這兩位朋友各執己見，真得叫個哲學家來，才能給她倆的理論定個高低。露不像某些女孩那樣，由於要面子、愛挑剔，堅持擠在百貨公司和辦公桌邊，實際上卻只能過最窮的日子，她在吵鬧煩悶的洗衣房裡興高采烈地耍弄她的熨斗。她的工資讓她過得甚至超過了一般意義上的舒適；所以，她在穿衣打扮上眼光也高了，到了後來，她有時會不耐煩地拿餘光瞥一眼丹那身整潔但不夠考究的衣服——丹啊，那個忠實可靠、一心一意的丹。

至於南西，她的情況跟千千萬萬的人一樣。供好教養、好品味的上流世界享用的綢緞、珠寶、蕾絲、首飾、香水和音樂，這些既然是為女人準備的，就理應有她的一份。如果那些東西是她生活的一部分，如果她心甘情願，就讓她跟它們待在一起好了。她不會像以掃[5]那樣背叛自己，她賺得的紅豆湯往往十分微薄，但她仍保留著自己的繼承權。

在這種氣氛之中，南西做到了泰然自若。她的心態積極向上，在食物方面盡量節儉，在穿著方面精打細算，堅定而又自足。她對女人已經足夠瞭解，目前正在研究男人，研究這種動物的習性，審查他們是否有被獵取的資格。總有一天她會捕獲她相中的獵物；但她對自己保證，只向最大最好的目標下手，絕不會退而求其次。

就這樣，她剪亮了燈盞，隨時準備迎接那個在該來時到來的新郎。

可是，她還學到了另外一門課程，也許是無意中學的。她的價值標準開始有了些偏轉。金錢的符號在她的腦海中化開了，重組成了「真誠」、「榮譽」等等字眼，有時候乾脆就成了「善良」。我們不妨把她比作一個在大森林追獵麋鹿的人。這人看到一座小山谷，苔痕斑駁，綠樹濃蔭，一條纖細的小溪潺潺流過，向他傾訴著恬靜與愜意。在這樣的時刻，寧錄[6]的長矛也會變鈍的。

有時候南西會好奇，波斯羊皮在被它遮蓋著的那些心靈之中，是否始終配得起它的市場價值。

一個星期四的傍晚，南西離開店裡，穿過第六大道，朝西邊的洗衣房走去。她打算跟露和丹一起看音樂劇。

她到那裡的時候，丹剛從洗衣房裡走出來。他的臉上有一種古怪又緊張的表情。

「我到這裡來是想打聽看看她的消息。」他說。

「打聽誰？」南西問，「露不在嗎？」

「我以為你已經知道了呢，」丹說，「打從星期一開始，她就沒來過這裡，也沒回過她的住處。她把所有東西都搬走了。她還告訴洗衣房的一個女孩，說她有可能要到歐洲去。」

「有誰在什麼地方見過她嗎？」南西問。

丹狠狠地咬著牙，堅定的灰眼睛裡閃爍著鋼鐵般的寒光。

「洗衣房的人告訴我，」他厲聲說，「她們昨天見她經過——坐在一輛汽車裡。跟一個百萬富翁在一起，我猜，就是你們念念不忘的那種百萬富翁。」

南西第一次在男人面前畏縮起來。她把微微顫抖的手擱在丹的衣袖上。

「你沒有權利對我說這樣的話，丹——就好像我跟這事有什麼關係似的！」

「我不是那個意思。」丹說，口氣變得緩和了。他伸手在背心口袋裡摸索著。

「我有今晚的戲票，」他故作輕鬆地說，「如果你——」

每次看到別人能鼓足勇氣，南西都會感到欽佩。

「我和你一起去，丹。」她說。

三個月過去，南西才又見到露。

一天黃昏，暮色沉沉，這個商店女郎正沿一個幽靜的小公園旁邊匆匆往家裡走。她聽見有人喊她的

5 以掃，《聖經．舊約》中的人物。他因為一碗紅豆湯，將繼承權轉讓給自己的弟弟雅各，並因此對雅各懷恨在心。

6 寧錄，《聖經．舊約．創世記》中的人物，是天下英雄之首。他曾被稱為上帝面前的一位「英勇的獵戶」。

名字，轉過身去，恰好把朝她撲過來的露抱在了懷裡。

在第一次擁抱之後，她們像蟒蛇那樣縮回了腦袋，準備用在敏捷的舌頭上顫動的上千個問題攻擊或迷惑對方。接著，南西注意到露顯然飛黃騰達了，這體現在價格不菲的皮草、璀璨耀眼的寶石和衣服的裁剪工藝上。

「你這個小傻瓜！」露親熱地大聲喊道，「我看到你還在那家店裡工作，穿得也還是那麼寒酸。你想要抓到的那個大獵物現在在哪裡呢？我猜，還沒有著落吧？」

說著，露看了一眼南西，發現竟有一種比飛黃騰達更美好的東西降臨在她的身上——那種東西在她的眼中閃爍，比寶石更明亮；那種東西在她的臉上浮現，比玫瑰更嬌豔；那種東西像電流一樣躍動著，一心想透過她的舌尖釋放出來。

「是的，我現在還在店裡工作，」南西說，「不過我下週就離開了。我捕到我的獵物了——世上最好的獵物。你現在不會介意了，對嗎，露？——我要和丹結婚了！現在丹是我的了——怎麼了，露？」

一個剛上任、臉蛋光滑的年輕警察繞過公園轉角，朝這邊走來，像他這樣的新面孔讓警察隊伍變得可堪忍受——至少在觀感上是這樣。他看到一個穿著昂貴的皮草、手上戴著鑽戒的女人靠著公園的鐵欄杆，蹲在地上啜泣，而一個身材苗條、衣著樸素的上班女郎湊了過來，想要安慰她。但這位新得到任命的吉布森警官從一旁走過，假裝沒有看見，那是因為他夠聰明，知道就他所代表的權力而言，這一類事情太過棘手，他實在是無能為力，儘管他用巡夜警棍敲打人行道，聲音響徹夜空，傳遍了遠方的點點繁星。

鐘擺

「八十一號街到了——麻煩讓一讓，給他們下車。」穿藍衣服的牧羊人嚷著。

一群綿羊般的市民推來推去地下去，另一群又推來推去地上來。叮——叮！曼哈頓高架電車公司的運牲口車哐哧哐哧地開走了，約翰．帕金斯隨著被釋放的羊群緩緩地步下車站的臺階。

約翰慢吞吞地走向他的公寓。慢吞吞地，因為在他的日常生活的詞典裡沒有「也許」這一類的詞彙。對於一個已經結婚兩年，並且住在公寓裡的男人來說，家裡不會有什麼驚喜在等著他。約翰．帕金斯一邊走路，一邊以陰暗壓抑的憤世情緒對自己預言即將在這單調的一天末尾發生的事情。

凱蒂會在門口等他，給他一個混合了雪花膏和奶油糖兩種風味的親吻。他會脫掉上衣，坐在硬邦邦的簡易沙發上讀報，致命的排字機在晚報上輕描淡寫地抹掉了許多俄國人和日本人的性命[1]。晚飯一定有燉肉，有用「保證不傷皮革」的調味料調味的沙拉[2]，有煮大黃和一瓶草莓果醬，瓶子標籤上自詡純

1 此句指有關日俄戰爭的新聞報導。

2 此處約翰．帕金斯將關於晚飯的想法跟晚報上常登的廣告混在了一起。

淨的成分說明連它自己看到都覺得臉紅。飯後，凱蒂會把她那條百衲被單上的新補丁指給他看，補丁的布料是送冰人從自己的活結領帶上剪下來送給她的。到了七點半，他們就把報紙鋪在家具上，這時候樓上的胖子就開始做運動了，得用這些報紙接住震下來的灰泥。八點整，住在走廊對面的雜耍班子（未登記在冊的）希基和穆尼就會被一種輕度的震顫性譫妄所驅使，把椅子都翻過來，滿屋子吵鬧，幻想著哈默斯坦[3]拿著一份每週五百美元報酬的演出合約來追逐他們。接著，在天井對面的那扇窗戶裡，一位紳士會取出他的長笛；每晚必漏的煤氣會偷偷地溜到公路上去胡鬧；送菜升降機會從軌道上脫落；看門人會再度把札諾維茨基太太的五個孩子趕回鴨綠江那邊去[4]；那位穿香檳色鞋子，養斯凱犬[5]的太太會下樓來，把她星期四用的名字貼在電鈴和信箱上——弗洛格莫爾公寓的夜間例行活動就此開始了。

約翰．帕金斯知道這些事必然會發生。他也知道，等到八點一刻，自己會鼓足勇氣去拿帽子，他的妻子則會沒好氣地丟出下面這番話：

「我倒想聽聽，到現在這時候了，你想去哪裡，約翰．帕金斯？」

「我想去麥克洛斯基那裡，」他會回答，「跟朋友打一兩局撞球。」

約翰．帕金斯最近養成了打撞球的習慣。他會在十點或十一點回家。有些時候凱蒂已經睡了；有些時候她會等他，準備在怒火的坩堝裡再熔掉一點鍍在婚姻鐵鍊上的金箔。將來，當嫌犯丘比特和弗洛格莫爾公寓的受害者在法庭對質的時候，他必須就這些事情回應質詢。

今晚，約翰．帕金斯在家門口遇上了一樁在庸庸碌碌的生活中前所未見的劇變。凱蒂和她那個有糖果味的熱情親吻都沒在那裡。三個房間都亂得驚人。她的東西被丟了一地，到處都是一團糟。皮鞋躺在地板中央，捲髮鉗、蝴蝶結髮帶、睡衣和粉盒胡亂堆在梳妝檯和椅子上——這可不是凱蒂的風格。約翰看到梳齒間夾著一團棕色的鬈髮，心頭頓時一沉。她一定是碰到了非同尋常的緊張事態，因為她總是小心地把這些梳下來的頭髮收集在壁爐架上的藍色小瓶子裡，打算有一天存夠了，拿來做成女人夢寐以求的假髮捲。

煤氣燈的噴嘴上赫然用細繩掛著一張折好的紙。約翰把它取了下來。那是他妻子留下的便條，上面寫道：

親愛的約翰：

我剛接到電報，上面說媽媽病重。我打算乘坐四點三十分的火車。山姆弟弟在那邊的火車站接我。冰箱裡有冷羊肉。希望媽媽這次不是又扁桃腺發炎了。付五十美分給送奶工。去年春天她被這個病折磨得不輕。別忘了給煤氣公司去信詢問煤氣表的事情。你的好襪子在最上層的抽屜裡。我明天再給你寫信。

凱蒂倉促草就

---

3 哈默斯坦，指美國曼哈頓歌劇院的創始人奧斯卡·哈默斯坦。

4 日俄戰爭期間，日軍和俄軍曾在鴨綠江畔激烈交火。札諾維茨基是俄國人的姓，而看門人（janitor）和日本人（Japanese）的英文拼寫則頗為相似。

5 斯凱犬，一種蘇格蘭種長毛短腿獵犬。

和凱蒂結婚兩年以來，他還從未與她分開過一晚。約翰翻來覆去地看那張字條，半天沒有回過神來。一成不變的日常生活掀起了一點風波，竟把他搞得茫然無措。

她在吃飯時常裹著的那件紅底黑點的睡衣空空癟癟的，沒了人的形狀，可憐兮兮地搭在椅子靠背上。匆忙之中，她把平日穿的衣服扔得東一件西一件的。一個小紙袋，裝著她愛吃的奶油糖，卻連束口的繩子都沒解開。一份日報攤開在地板上，被剪去列車時刻表的地方裂開了一個長方形的洞。房間裡的每樣東西都在訴說著一種缺失，訴說著一種核心要素的消弭，訴說著靈魂和生命的離去。約翰．帕金斯站在這堆僵死的遺物之中，心中生出一陣莫名的悲涼。

他開始動手，盡量把房間收拾整齊。接觸到凱蒂的衣物時，一陣近似恐怖的戰慄傳遍了他的全身。他從沒想過，沒有了凱蒂，人生會是什麼樣子。她已經徹底地融進了他的生活，就像他呼吸的空氣——須臾不可或缺，但從未引起注意。如今，事先毫無徵兆，她便離開了、消失了，無影無蹤，就好像她根本沒有存在過。當然了，不過就幾天而已，最多一兩個星期，但在他看來，彷彿死亡已經將一根手指伸向他太平無虞的家。

約翰從冰箱裡取出冷羊肉，煮了咖啡，然後坐下來和草莓果醬瓶子上保證原料純度的那張厚顏無恥的標籤紙面面相覷，孤零零地吃了一頓飯。就連燉肉和像是拌了棕色鞋油的沙拉，彷彿也成了站在業已消退的福祉中的兩個發著微光的幽靈。他的家被拆散了。一個扁桃腺發炎的丈母娘把他的家神都打得七零八落。約翰吃完這淒涼的一餐，坐在臨街的窗口。

他不想抽菸。窗外的城市在他耳邊吵鬧，邀他加入它那愚蠢但快樂的舞蹈。那個夜晚屬於他。他可以大搖大擺地走出去，不會受到盤問或指責，可以像任何一個逍遙的單身漢一樣，無拘無束，肆意玩樂。如果他願意，他可以豪飲、亂逛、狂歡到天亮，不會有火冒三丈的凱蒂等著用聖餐杯來盛他縱情聲色後餘留的殘渣。只要他高興，他可以在麥克洛斯基那裡和一幫吵鬧的朋友打撞球，直到黎明女神的輝芒讓電燈黯淡無光。每當他厭倦了弗洛格莫爾公寓的生活，婚姻的牽繫都使他深感束縛。如今束縛解脫了。凱蒂走了。

約翰．帕金斯沒有分析自身情感的習慣。但當他坐在凱蒂缺席的十英尺乘十二英尺的會客廳裡時，他準確地指出了令他不適的關鍵所在。凱蒂是幸福的必要條件，他現在十分清楚這一點。他對她的感情，被家庭生活的單調循環磨得麻木不仁，而今又被她的離場猛然扎醒。格言、寓言、布道詞，或其他同樣華麗、同樣真實的表達形式不是都已經反覆告誡過我們了嗎？除非嗓音甜美的鳥兒遠走高飛，我們才會懂得牠的歌聲多麼可貴。

「我一直都在虧待凱蒂，」約翰．帕金斯忖道，「簡直是個無可救藥的混蛋。每天晚上都去打撞球，跟一群小子鬼混，就沒有陪過她。這可憐的女孩孤零零一個人，沒有什麼消遣，我卻還這麼對她！約翰．帕金斯，你真是個最壞的大壞蛋！我一定要好好補償這個女孩。我要帶她出去，讓她見識一下這個花花世界。從現在起，我要跟麥克洛斯基那群傢伙劃清界限。」

是的，窗外的城市在吵鬧，要約翰．帕金斯出去，跟在莫墨斯的身後跳舞。在麥克洛斯基那裡，那群小子正漫不經心地把球打進袋裡，用夜夜不落的遊戲擊敗時間。但無論是報春花的呼喚還是撞球的乒乓聲，都打動不了弄丟了妻子的帕金斯那懊悔的靈魂。本來屬於他的東西，由於他的慢待、他的輕忽，被奪走了，如今他又想要它了。同樣的故事可以一直追溯到某個叫亞當的男人，他被天使逐出了果園，悔不當初的帕金斯可能就是他的後裔。

約翰．帕金斯的右手邊有一把椅子。椅背上披著凱蒂的藍襯衫。它多少保持著一點凱蒂的身形輪廓。袖子中間有幾道細小而獨特的褶痕，那是她為了他的舒適與安樂，揮動手臂做事時留下來的。拿起它，一股淡淡的野風信子的清香撲鼻而來。約翰入神地久久凝視著這件薄紗織物，而它無動於衷。凱蒂從來沒有無動於衷。淚水——是啊，淚水——湧出了約翰．帕金斯的眼眶。等她回來，一切都將有所不同。他一定要彌補所有對她的虧欠。沒有她，生活怎能成其為生活？

門開了。凱蒂拎著一個小提包走了進來。約翰呆呆地盯著她。

「哎呀，真高興我又回來了，」凱蒂說，「媽媽的病沒什麼大礙。山姆在車站等我，他說她只有一點輕微症狀而已，他們才剛發電報她就好了。所以我就坐下一班火車回來了。好想喝杯咖啡啊。」

沒人聽到齒輪轉動的咔嗒聲和嘎吱聲，不過弗洛格莫爾公寓三樓前部的生活機器又開始嗡鳴，恢復了正常運行。履帶滾動，彈簧躍起，齒輪復位，輪子循著原有的軌道旋轉起來。

約翰．帕金斯瞄了瞄掛鐘。八點十五分了。他伸手拿起帽子，朝門口走去。

「我倒想聽聽，到現在這時候了，你想去哪裡，約翰．帕金斯？」凱蒂沒好氣地問道。

「我想到麥克洛斯基那裡去，」約翰說，「跟朋友打一兩局撞球。」

感恩節兩紳士

有一個日子是屬於我們的。到了那個日子，我們所有的美國人，只要不是從石頭裡蹦出來的，都要回到老家，一邊吃著蘇打餅乾，一邊因為舊水泵似乎比過去離門廊近了許多而大為驚異。祝福那個日子。羅斯福總統把它給了我們。我們聽說過一些有關清教徒的傳聞[1]，但不記得他們是些什麼人。不管怎樣，如果他們想在我們這裡登陸，看著吧，我們一定會把他們打得屁滾尿流。普利茅斯岩？嗯，聽起來有點耳熟。自從火雞托拉斯對市場實行了壟斷，我們中的許多人就不得不屈尊俯就，對母雞另眼相看。不過，華盛頓方面又有人預先對他們透露了感恩節公告的內容。

越橘沼澤東邊的那座大城市[2]已經把感恩節設為法定假日。一年之中，只有十一月的最後一個星期四，它才會意識到這片渡口以外的土地也是美國。只有這個日子是純粹美國的。是的，這是為美國所獨

---

1 一六二〇年，一百餘名英國的清教徒因為不堪忍受宗教迫害，乘坐「五月花號」帆船到達美洲，建立了公民自治的社會，成為後來的美利堅合眾國的前身。「感恩節」設立的初衷即為針對這次順利的航行而感謝上帝的庇佑。文中的「羅斯福總統」為希歐多爾．羅斯福，這篇小說的故事發生在他的總統任期內，也就是一九〇一年至一九〇九年之間。

2 此處指紐約市，下文中「十一月的最後一個星期四」指的即是感恩節。

有的節日。

現在，這個故事想向諸位證明的是，在大洋此岸的我們也有一些日漸古老的傳統，而且由於我們的活力與進取，與英國的傳統比起來，我們的傳統趨向古老的速度要快得多。

如果你從東邊進入聯合廣場，走在噴泉對面的人行道上，就會看到斯塔菲．皮特在右手邊的第三條長椅上坐著。九年來，每逢感恩節，他都會在一點整準時坐在那裡。因為每回他這麼做，都會遇到一些事——一些查爾斯．狄更斯式的事[3]，把他的背心的前胸撐得鼓鼓的，後背也是如此。

但是今天，斯塔菲．皮特在這一年一度的約會地點現身，似乎是出於習慣，而不是一年一度的飢餓所致——慈善家似乎以為，飢餓的折磨會給窮人留出這麼長的時間間隔。

皮特當然不餓。來之前他剛剛狂吃了一頓，目前剩下的力氣只夠勉強呼吸和挪動身體。他的眼睛就像兩顆失了色的醋栗，牢牢地嵌在一個腫脹而沾滿肉汁的油灰面具上。他呼吸急促，氣喘吁吁；一圈參議員式的脂肪堆在脖子上，讓翻上來的衣領丟掉了時髦的風度。一週前才由救世軍善良的手指縫在他衣服上的鈕扣，像爆米花那樣蹦起來，撒得一地都是。他衣衫襤褸，襯衫前襟整個裂開了，許願骨[4]都露出來了；不過，十一月的微風攜著纖細的雪花，只帶給他一種怡人的涼意。一頓超級豐盛的大餐所產生的熱量，讓斯塔菲．皮特有點吃不消了。這頓飯從牡蠣開始，到葡萄乾布丁結束，囊括了（在他看來）世上所有的烤火雞、烤馬鈴薯、雞肉沙拉、南瓜派和霜淇淋。因此，他被撐得七葷八素，坐在那裡，帶著饕餮之後的厭世表情，注視著周遭的一切。

這頓飯來得出人意料。他之前路過第五大道起點附近的一座紅磚宅，那裡面住了兩位家世古老、崇奉傳統的老太太。她們甚至否認紐約的存在，並且以為感恩節僅僅是為了華盛頓廣場才宣告設立的。

她們的一項傳統習慣，就是派一名僕人在後門守著，吩咐他在午後把第一個餓肚子的過路人領進來，加以盛情款待。正巧，斯塔菲．皮特去公園時從那裡經過，被管家擁著進了門，幫助他們維持了城堡的傳統。

斯塔菲．皮特直愣愣地瞪著前方，瞪了足有十分鐘，之後才想到該擴充一下視野了。他費了好大一番力氣，把腦袋慢慢地轉到左邊。接著，他的眼睛驚恐地凸出眼眶，呼吸也停止了，釘了防滑馬掌的短腿在碎石地上簌簌地扭動著[5]。

因為那位老先生正穿過第四大道，朝他坐的這條長椅走來。

九年來，每逢感恩節，老先生都會來這裡尋找坐在長椅上的斯塔菲．皮特。老先生想把這事弄成一項傳統。這九年裡的每一次感恩節，他都會在這裡找到斯塔菲，帶他去餐館，看著他大吃大喝。在英國，大家做這類事情已經純粹發乎自然。不過，美國是個年輕的國家，堅持九年實屬不易。那位老先生是忠實的美國愛國者，自認為是開創美國傳統的先驅。為了引起廣泛注意，我們得長期堅持一件事情，不給它任何懈怠之機，比如每週向工人收幾毛錢勞動保險，或者清掃馬路等等。

老先生莊嚴地朝他培植的福利制度徑直走去。的確，每年一度餵飽斯塔菲．皮特的行為並不像英國的大憲章或者早餐果醬那樣具有國家性。但這畢竟算是向前邁了一步。事實上，它幾乎帶有一點封建意

---

3 英國文豪查爾斯．狄更斯十分同情窮人，他的一系列聖誕題材的小說中有許多窮人得到施捨度過難關的故事。
4 許願骨，指禽類前胸的叉形骨，西方習俗中如果吃禽肉的時候咬到這樣的骨頭就可以許一個願。此處指皮特胸前的肋骨。
5 此處將皮特局促不安的動作比喻為馬兒在蹭蹄子，以「馬掌」喻指他腳上的鞋子。

味。它至少表明，在紐——不，在美國，確立一種習俗並非不可能。

那位老先生身材瘦長，年過花甲，穿著一身黑衣，戴著一副總想從鼻梁上滑下來的老式眼鏡。他的頭髮比去年更白也更稀了，而他本人似乎也比去年更依賴他那根粗大的多結曲柄手杖了。

眼看他那位老施主越走越近，斯塔菲喘著大氣，直發抖，就像某位太太養的過於肥胖的哈巴狗在街上被別的狗嚇唬的時候一樣。他本該趕緊逃走，但即使桑托斯．杜蒙特[6]使出渾身解數，也沒法把他跟那條長椅分開。那兩位老太太的家僕忠心耿耿，很出色地完成了她們交辦的事情。

「早安，」老先生說，「我很高興看到，歷經又一年的滄桑，你仍安然無恙，仍健康地奔走在這美麗的世界上。僅僅透過這一份恩賜，今天這個感恩節便對我們昭示了它的非凡意義。如果你願意跟我來，我的朋友，我會請你吃頓飯，使你的身心得以協調如一。」

老先生每回的說辭都一樣。九年以來的每個感恩節，他都這麼說。這番話本身便幾乎構成了一套制度。除了〈獨立宣言〉，沒有什麼可以與之相比。以往在斯塔菲的耳中，它們像音樂一樣動聽。但如今，他苦著臉，眼淚汪汪地抬頭看著老先生的臉。雪花落在他大汗淋漓的額頭上，幾乎嘶嘶作響。但老先生卻微微顫抖著轉過身，背對著風。

斯塔菲一直在納悶，為什麼老先生說話時的神情總是十分悲傷。他不知道，這是因為他每一回都在盼望有個兒子來繼承他的志向。那個兒子在他離世後還會來到這裡，自豪地、頂天立地地站在斯塔菲的後繼者面前說：「為了紀念家父。」如此一來，這才算真的成了一種制度。

但老先生無親無故。他住在公園東面一條僻靜的街道上，那裡有一棟破敗的褐石老宅，他就在裡面租了幾個房間。冬天，他在一個跟皮箱差不多大的小溫室裡種燈籠花；春天，他參加復活節的遊行；夏天，他在紐澤西山上的農舍裡避暑，坐在柳條扶手椅上，說起他希望有朝一日能找到一種鳥翼鳳蝶屬的蝴蝶。到了秋天，他要請斯塔菲吃飯。這些就是老先生一年到頭的主要活動。

斯塔菲．皮特抬頭看了他半分鐘，苦悶無助，自怨自艾。老先生的眼睛裡則閃爍著樂善好施的快意。他臉上的皺紋一年比一年多，一年比一年密，但他的小黑領結還是那麼神氣，亞麻布襯衫還是那麼潔白、那麼漂亮，精心打理過的小鬍子還是像以前一樣兩頭向上翹起。接著，斯塔菲發出了一種沸鍋煮豌豆似的聲音。他本該說點什麼的，這種表達老先生已經聽過九次了，他理所當然地把這翻譯成了斯塔菲那套表示贊同的老話。

「謝謝你，先生。我跟你去，實在不勝感激。我餓極了，先生。」

飽腹引起的昏沉感覺沒能阻止一種信念深入斯塔菲的心靈：他覺得自己是某種制度的基石。他在感恩節這天的胃口不歸他本人所有，即使不考慮訴訟時效，依據約定俗成的全部神聖權利，它也應當屬於這位搶占了優先權的善良老先生。沒錯，美國是自由的國度。但為了建立傳統，總得有人充當不斷重複的循環小數。英雄並不一定非得擺弄鋼鐵和黃金。看啊，這裡就有一位英雄，他只是揮舞著粗糙地鍍了些銀子的鐵器和錫器。

老先生領著他一年一度的門客朝南走，去那家餐館和那張每年擺一次宴席的桌子那裡。他們被人認出來了。

6 桑托斯．杜蒙特（一八七三—一九三二），巴西航空運動的先驅，研製出帶動力裝置的氣球、風箏式飛機和單翼飛機，並曾數次在歐洲上空飛行，曾被譽為「航空之父」。

「那老傢伙來了，」一名侍者說，「每年感恩節他都要請那個窮鬼吃一頓。」

老先生坐在桌子另一邊，面對未來的古老傳統在今日的小小基石，臉上容光煥發，像一顆煙熏的珍珠。侍者在桌上擺滿了節日的美食——而斯塔菲的歎息被誤認為是飢餓的表示，他舉起刀叉，為自己雕刻了一頂不朽的桂冠。

沒有哪位勇猛的英雄曾像他這樣在敵人的千軍萬馬中殺出一條血路。火雞、肋排、湯、蔬菜、派，一端到他面前就被消滅了。走進餐館的時候，他已經被塞滿了，幾乎什麼也盛不下了，食物的味道差點讓他丟掉了紳士的榮譽，不過，他像一個真正的騎士那樣重整旗鼓，奮戰到底。他在老先生的臉上看到了行善積德所帶來的幸福——這甚至比燈籠花和鳥翼鳳蝶屬的蝴蝶所帶來的幸福還要更加幸福——他不忍心掃老人家的興。

一小時以後，斯塔菲向後一靠，宣告戰鬥勝利。

「多謝你的善舉，先生，」他像一根漏氣的蒸汽管道那樣哧哧地喘著說，「多謝你請我吃了一頓稱心的美餐。」

接著，他吃力地站起身，目光呆滯，徑直朝廚房走去。一名侍者把他像陀螺一樣轉了一圈，給他指了指門的方向。老先生仔細地數出一美元三十美分的銀幣，另外又給了侍者三枚鎳幣做小費。

他們像往年一樣，在門口分了手。老先生朝南走，斯塔菲朝北走。

在第一個轉角，斯塔菲轉過身站了一會兒。然後，他像貓頭鷹鼓起羽毛那樣鼓起一身破衣爛衫，像一匹中暑的馬那樣跌倒在人行道上。

救護車到了，年輕的醫生和司機低聲咒罵他的笨重。沒有威士忌的氣味，也就沒法把他移交給警車，於是，斯塔菲連同他的兩頓午餐就被送去了醫院。他們把他抬到病床上，開始動手檢查他是不是得了怪病，滿心希望能有機會以解剖手段找出些問題。

看啊！一小時之後，另一輛救護車把老先生也送來了。他們把他抬到另一張床上，討論著闌尾炎的可能，因為他看起來並不缺錢。

然而沒過多久，一位年輕的醫生遇見了一位年輕的護士——他喜歡她的眼睛——便停下來，跟她聊了聊這個病人的情況。

「那邊那個慈眉善目的老先生，」他說，「你怎麼也想不到他差點就餓死了。我猜，他家過去是名門望族。他告訴我，他已經三天沒吃東西了。」

成功評審員

赫斯廷斯·比徹姆·莫利信步穿過聯合廣場，憐憫地望著幾百個懶洋洋地靠在公園長椅上打盹的人。

這些人龍蛇雜處，他忖道，男的遲鈍麻木，不修邊幅，跟動物沒多大區別；女的局促不安，身子扭來扭去，腳懸在碎石步道上方四英尺高的半空，一會兒交纏起來，一會兒又分開。

假如我是卡內基先生[1]或洛克菲勒先生，我就在口袋裡帶上幾百萬美元，把所有的公園管理員都召集在一起（如果有必要的話，在轉角圍成一圈），做出安排，把全世界公園裡的長椅統統改矮一些，讓女人坐在上面，腳能夠著地。那之後我也許會在願意付錢的城鎮興建圖書館，或者給古怪的教授蓋療養院，如果我樂意，我會把這種地方稱為「大學」。

女權團體為爭取男女平等操勞了這麼多年，結果如何？她們坐在長椅上時，只能把腳踝扭在一起，極不舒服地擺動她們最高的法蘭西高跟鞋，完全失去了大地的支撐。從鞋底開始吧，各位女士。先腳踏實地，再慢慢提升到精神平等的理論上去。

赫斯廷斯·比徹姆·莫利在衣著方面一絲不苟，打扮得整潔俐落。這是他的出身和教養生成的本能。我們能看到一個男人漿挺的襯衫前襟，但沒法進一步看到他的內心；因此，我們可說的就只剩他的言行了。

莫利的口袋裡連一塊錢也沒有。但他面帶微笑，憐憫地看著那百來個骯髒的倒楣鬼，他們一無所有，等到第一縷陽光染黃廣場西邊那座大廈的剪影時，他們仍將一無所有。但莫利會有足夠的錢。日落的時候，他的口袋會空掉，日出的時候，又會裝得滿滿的。

他先去了麥迪遜大道附近一個牧師的家裡，出示了一封據稱是由印第安那州牧師團發出的介紹信。這封偽造的信，加上一段匯款遲遲未至的故事，這故事還說得煞有介事，兩者相加為他淨賺了五美元。

在距離牧師家門口僅有二十步的人行道上，一個臉色蒼白的胖子舉著紅色的拳頭攔住了他，用鐘聲浮標似的沙啞嗓音聲討他，叫他歸還舊帳。

「嗨，伯格曼，兄弟，」莫利的回應像唱歌一樣動聽，「是你嗎？我正打算到你那裡去還錢呢。我姑姑的匯款今早才到。地址寫錯了，誤了事。我們到轉角的酒館去吧，我來結帳。很高興見到你，省得我跑一趟了。」

只要四杯酒便安撫了情緒激動的伯格曼。莫利只要手裡有錢，就特別有膽識，連羅斯柴爾德[2]的貸款也能延期。身無分文的時候，他虛張聲勢起來，調門會降低一半，但是，很少有人分辨得出這種音量的差異。

1 卡內基，指安德魯・卡內基（一八三五—一九一九），美國企業家、慈善家，卡內基鋼鐵公司創始人，被譽為「鋼鐵大王」和「美國慈善事業之父」。

2 羅斯柴爾德，指猶太血統的金融世家羅斯柴爾德家族。

「你明天再到我那裡去還錢吧，莫利先生，」伯格曼說，「我真不該在大街上找你麻煩。不過，畢竟我有三個月沒看見你了。祝你健康！」

莫利蒼白光滑的臉上露出壞笑，走開了。這個盲信的貪杯德國人把他逗樂了。以後他得避開第二十九街了，他之前不知道伯格曼回家時會走這條路。

往北邊走過兩個街區之後，莫利在一座沒有燈光的房子門前停下，用一種特殊的節奏敲了一陣。門上裝了防盜鏈，只能開六英寸寬的一條縫，一名非洲守衛把趾高氣揚的黑臉湊到縫裡看了看。莫利被放了進去。

在三樓的一個煙霧繚繞的房間裡，他在輪盤賭的轉盤上方懸了十分鐘，然後就垂頭喪氣地下了樓，被那個趾高氣揚的黑人讓了出去，原先的五美元賭本只剩下叮噹作響的四十美分銀幣。

他在街角徘徊了一會兒，不知道該往哪裡去。

街對面有一家藥店，店裡燈火通明，裝蘇打水的德國銀器和水晶玻璃器皿在櫃檯上閃閃發光。這時，有個五歲大的小男孩正昂首闊步地朝藥店走來，顯然自覺負有光榮使命，可能剛剛因為年齡增長而獲得晉升，就被委以重任。他手裡緊捏著什麼，不但毫不避諱，還一臉驕傲，好像生怕別人不知道似的。

莫利笑容可掬，柔聲細語地叫住他。

「叫我嗎？」小孩說，「媽媽叫我到藥店去。她給了我一塊錢，要我買瓶藥水。」

「喲，喲，喲！」莫利說，「你是個大人了，都能幫媽媽辦事了。我得陪我的小大人一起去，免得他被車撞了。我們還可以在路上吃點巧克力，也許他更喜歡檸檬糖？」

莫利牽著孩子的手進了藥店。他把包在錢外面的藥方遞了過去，臉上露出了一個精明老練、高深莫測、既像父母也像獵手的微笑。

「一品脫蒸餾水，」他對藥劑師說，「十谷[3]氯化鈉。配成溶劑。別坑我，我對克羅頓水庫裡有多少加侖氧化氫[4]可是心知肚明，至於另一種成分，我煮馬鈴薯的時候總會用到一點。」

「一毛五，」藥劑師配好藥後擠了擠眼睛，說，「看來你懂藥劑學啊。通常的價格是一美元。」

「那是給傻瓜的價格。」莫利笑著說。

他把包裝好的瓶子小心地擺在孩子懷裡，陪他走到街角。那餘下的八十五美分也就落進了他的口袋，這是他憑化學知識賺來的。

「注意往來車輛，小傢伙。」他快活地對小受害人說。

兩輛電車突然從兩個相對的方向朝孩子開過來。莫利衝到兩車中間，揪住那小跑腿的脖子，把他按在安全的地方。接著，他把他送到他家所在的街角，就把這個被義大利人水果攤上買來的便宜糖果弄得黏黏的、受了騙還非常高興的小男孩打發回家了。

莫利去了一家餐館，點了一份沙朗牛排和一品脫不太貴的葡萄酒。他不出聲地笑著，笑得那麼真摯，以至於侍者大膽地假設他一定收到了好消息。

3 谷，曾是在英美通行的最小重量單位，一谷約合六六・六毫克。

4 氧化氫，是水的化學名稱，上文中的氯化鈉則是鹽的化學名稱。

「哦，不是，」莫利說，他很少與人攀談，「沒有什麼好消息。逗我發笑的是別的事情。你知道在各種各樣的生意中，哪三類人最容易上當嗎？」

「當然，」侍者打量著莫利精心打了結的領帶，算計著可能到手的小費數目，「八月從南方的紡織品店到這裡來的採購員，從斯塔頓島來度蜜月的年輕夫妻，還有——」

「錯，」莫利高興得咯咯直笑，「答案是——男人、女人和小孩。世界上——就只說紐約，加上在長島度假的人游泳能游到的範圍吧——到處都是冒失鬼。這塊牛排再多烤兩分鐘就夠格給一個紳士吃了，弗朗索瓦。」

「如果你覺得火候沒到，」侍者說，「那我——」

莫利舉手表示反對——有些像是自願受難者的反對。

「就這樣吧，」他寬宏大量地說，「現在給我來點綠查特酒，要冰鎮的，再來一小杯咖啡。」

莫利優閒地走出餐館，站在市內兩條交通要道的交叉路口，口袋裡裝著僅剩的一毛錢硬幣，帶著信心十足又憤世嫉俗的微笑，冷眼看著在他面前洶湧而過的人潮。他得在這條河裡下網打魚，以滿足接下來的生計所需。艾薩克·沃爾頓[5]固然了不起，但無論是自信，還是關於魚餌的學問，都及不上他的一半。

四個快活的人——兩男兩女——歡呼著朝他撲過來。剛剛有一場宴會——這兩個星期他到哪裡去了？——能碰到他實在太巧了！他們把他圍得緊緊的——他一定得加入他們——啦啦啦——等等。

一個白色帽羽垂到肩頭的女人扯了扯他的衣袖，得意揚揚地朝其他人使了個眼色，那意思是說「看我怎麼讓他就範」，然後就發出了她的邀請，還在其中加上了女王式的命令。

「你們想像不到，」莫利哀怨地說，「不能和你們一同玩樂，我有多麼傷心。但是我的朋友，紐約遊艇俱樂部的卡拉瑟斯，八點鐘會開車來這裡接我。」

白色羽毛猛地一甩，那四人組像繞著弧光燈翻飛的飛蟲一樣，嬉鬧著走遠了。

莫利站在原地，把玩著口袋裡的一角硬幣，自顧自地笑了出來。

「『門面』，」他低聲念叨，「靠的是『門面』。這可是王牌。男人、女人、小孩，都吃這一套——偽造的信，關於鹽水的謊言——他們都上當了！」

一個穿著不合身的衣服、留著凌亂的灰色鬍鬚、拿著一把寬大雨傘的老人從擠作一團的出租馬車和電車中間跳出來，站在莫利旁邊的人行道上。

「容我冒昧，」他說，「你知不知道這城裡有個叫索羅門．斯莫澤斯的人？他是我兒子，我從埃倫維爾專程來看他。我本來記下了他住的街道和門牌號碼，但真見鬼，現在找不到了。」

「我不知道，先生，」莫利半閉著眼睛，以掩飾喜悅的光芒，「你最好去問警察。」

「警察？」老人說，「我可沒做過什麼需要找警察的事情。我只是來看我的兒子班。他寫信告訴我，他住在一棟五層樓的房子裡。如果你認識叫這個名字的人，能——」

「我跟你說了我不認識，」莫利冷冷地說，「我不認識任何姓斯米澤斯的人，我建議你——」

「是斯莫澤斯，不是斯米澤斯，」老頭滿懷希望地插嘴說，「一個很壯實的男人，黃皮膚，二十九

---

5 艾薩克．沃爾頓（一五九三—一六八三），英國散文家、垂釣愛好者，著有《釣客清話》一書。

歲，缺了兩顆門牙，大約五英尺高——」

「啊，斯莫澤斯，」莫利叫道，「索爾[6]・斯莫澤斯？哎呀，他就住在我隔壁。我還以為你說的是斯米澤斯。」

莫利看了看錶。你一定得有一塊錶。花一美元就能弄到手。寧肯餓肚子也別當掉它，或者乾脆不願拿出九十八美分購置它——照鐘錶匠的說法，整個鐵路系統都是靠這東西運行的。

「長島的主教，」莫利說，「約我八點鐘在這裡碰面，一起去翠鳥俱樂部吃晚飯。但我不能把我的朋友索爾・斯莫澤斯的父親一個人晾在大街上。上天可鑒，斯莫澤斯先生，我們這些華爾街的人，一忙起來就沒完沒了！累得昏天黑地。你過來的時候，我正打算去另一邊街角喝一杯兌雪莉酒的薑汁汽水。不過，在我們上車以前，希望你能賞臉和我一起去——讓我送你去索爾家吧，斯莫澤斯先生。」

一個小時之後，莫利在麥迪遜廣場一張清靜的長椅一頭坐下來，嘴裡叼著二十五美分一支的雪茄，上衣口袋裡多出了一百四十美元皺巴巴的鈔票，心滿意足，無憂無慮，諷刺而練達地望著月亮出入於浮雲之間。長椅的另一頭坐著一個垂著腦袋、衣衫襤褸的老人。

不一會兒，老人挪了挪身子，看了一眼和他坐同一張長椅的同伴。他似乎從莫利的外表中看出了顯然比通常在長椅上過夜的人更優越的部分。

「好心的先生，」他嗚咽著說，「如果你能施捨一毛錢，或者哪怕幾分錢給一個——」

莫利扔給他一美元，打斷了他那套千篇一律的訴苦。

「上帝保佑你！」老人說，「我一直想找個工作做——」

「做工作！」莫利響亮地大笑道，「我的朋友，你真是個傻瓜。毫無疑問，對你來說，世界就是一塊石頭；但你必須像亞倫一樣，用你的杖敲打它。那樣就會有比水更好的東西對你噴湧而出[7]。世界就是這樣的。我想要什麼，它就給我什麼。」

「是上帝在保佑你，」老人說，「我就只知道做工作。但現在，我再也找不到工作做了。」

「我得回家了，」莫利站起身扣好上衣，說道，「我待在這裡只是為了抽支菸。希望你能找到工作。」

「願你的好心今晚就能得到好報。」老人說。

「哦，」莫利說，「你許的願已經實現了。我很滿足。我覺得好運就像狗一樣跟著我。我要到廣場對面那家明亮的旅館去過夜。今晚的這輪明月把城市映照得多麼輝煌！我想沒有誰會像我一樣享受月光和我所經歷的諸多微不足道的小事。好吧，祝你晚安。」

莫利在街角暫時駐足，準備過馬路到旅館去。他仰面朝天，緩緩地吐出一口雪茄煙霧。一名警察從旁經過，他朝人家親切地點點頭，警察則向他敬了一個禮。是啊，月色多麼美啊。

剛剛響過九點的鐘聲，一個才成年的女孩站在街角等電車開過來。她看起來匆匆忙忙的，好像是下班晚了，或者有什麼事被耽擱了。她穿著樸素的白色衣服，眼睛清澈純潔，一心盯著車來的方向，沒有左顧右盼。

6 索爾，即「索羅門」的暱稱。

7 典出《聖經．舊約．民數記》第二十章。亞倫是摩西的哥哥，上帝使亞倫手中的杖可行神跡，但以杖擊石，使石頭冒出泉水的人應是摩西。

莫利認識她。八年前，他和她也坐在同一張長椅上，他們是同桌同學。他們之間沒有太多交情——不過就是天真年代的友情罷了。

然而，他轉進了一條小街，找到一個安靜的角落，把突然變得滾燙的臉貼在一根冰涼的生鐵燈柱上，嘴裡含混不清地喃喃著：「上帝啊！我還不如死了呢。」

最後一片葉子

華盛頓廣場西面的一小片區域，街道到處瘋長，又自行分裂成若干名為「駐地」的小巷。這些「駐地」形成了許多奇怪的角度和曲線。有一條街還與自身交叉了一兩次。有一回，一位畫家從這條街上發掘出一種值得玩味的可能性。設想一下，一名商人去收顏料、紙張和畫布的帳款，正沿著拐來拐去的路線兜圈子，突然和一分錢也沒收到只能悻悻而歸的自己相遇了，那該多有趣啊！

因此不久後，玩藝術的人紛紛到這個古色古香的格林威治村[1]來探查，尋找朝北的窗戶、十八世紀的三角牆、荷蘭式的閣樓和便宜的房租。後來，他們又從第六大道進了幾個白鐵杯和一兩口燉鍋，就把這裡變成了「藝術家聚居區」。

蘇伊和瓊西把畫室設在一座矮胖的三層磚房的頂層。「瓊西」是瓊安娜的暱稱。兩人一個來自緬因州，一個來自加州。她們是在第八街的一家名叫「德爾蒙尼科」的餐館裡吃飯時認識的，聊過幾句之後，發覺彼此在藝術品味上十分投契，還是菊苣沙拉和燈籠袖的同好，於是就一起租下了這間畫室。

1 格林威治村，位於紐約西區的藝術家村。

那是五月發生的事。

到了十一月，一個冷酷、無形、被醫生稱之為「肺炎」的不速之客在「聚居區」裡四處打轉，用冰冷的手指這裡點點，那裡戳戳。在廣場東面，這個匪徒有恃無恐地大舉肆虐，一旦出動，就要傷害幾十個人。但在這些狹窄偏僻、苔蘚遍地，有如迷宮一般的「駐地」裡，他也得放慢腳步，謹慎行事。

肺炎先生不是你們所謂的俠義老紳士。一個瘦小的弱女子，被加州的西風刮去了七分血色，若是和這樣一個握著紅拳頭、呼呼直喘氣的老混蛋捉對單挑，恐怕沒什麼獲勝的機會。但他還是給了她重重一擊；她躺在她那張漆過的鐵床上，幾乎一動不動，透過荷蘭式的小窗，望著對面磚房的背牆。

一天早晨，那位忙忙碌碌的醫生挑了挑蓬亂的灰色濃眉，招呼蘇伊到走廊上去。

「我們直說吧，她只有一成機會痊癒，」他一邊說著，一邊甩動體溫計，想把裡面的水銀柱甩下去，「她得想要活下去，才有可能抓住這一點機會。人家要是一心只想照顧殯葬業的生意，什麼靈丹妙藥都沒用。你這位小姊妹篤定自己不會好起來。她有什麼心事嗎？」

「她——她希望有朝一日能去那不勒斯灣寫生。」蘇伊說。

「畫畫？——胡說！在她心裡有沒有什麼念念不忘的東西——比如說，一個男人？」

「一個男人？」蘇伊用吹口琴似的鼻音輕哼了一聲，說，「男人也配——算了。不，醫生，沒有那種東西。」

「嗯，那還是因為太虛弱了吧，」醫生說，「我會盡一切努力，在科學的範圍內嘗試所有的治療手段，盡量解決問題。可是，當我的病人開始盤算要幾輛馬車給她送殯的時候，我的藥物療效就得減去百分之五十。要是你能讓她關心一下冬季新款風衣的袖子式樣，那我保證她的機會能從一成提高到兩成。」

醫生走後，蘇伊進工作室哭了一場，把一張日本餐巾泡成了紙漿。然後，她拿起畫板，吹著散拍爵士的調子，昂首走進了瓊西的房間。

瓊西躺在被子底下，臉朝著窗戶，幾乎紋絲不動。蘇伊以為她睡著了，馬上不吹口哨了。

她支好畫板，開始為一篇登在雜誌上的短篇小說畫鋼筆插圖。年輕作家為了鋪平文學道路，必須在雜誌上發表短篇小說；年輕畫家為了鋪平藝術道路，必須給這些小說配插圖。

蘇伊正給小說的主人公——一個愛達荷州的牛仔——畫上一條馬術表演時才會穿的高級馬褲和一副單片眼鏡，突然聽到一個微弱的聲音反覆出現。她趕緊走到床邊。

瓊西的眼睛睜得很大。她望著窗外，數著數——是倒著數的。

「十二。」她說。等等又說「十一」，接下來是「十」、「九」，再下來是幾乎連在一起的「八」和「七」。

蘇伊關切地看向窗外。有什麼可數的呢？從這裡看出去，只能看到一個光禿禿、陰沉沉的院子，還有二十英尺以外一座磚房的牆壁。牆的半腰處，爬著一株老得不能再老的常春藤，滿是疙瘩、彎彎曲曲、枯敗不堪，多數葉子都被寒冷的秋風搖落下來，只剩下幾乎完全裸露著的藤枝，攀附在破舊斑駁的磚牆上。

「在數什麼，親愛的？」蘇伊問。

「六，」瓊西近乎耳語般的小聲說道，「它們現在掉得更快了。三天前差不多有一百片。數得我頭都痛了。這時候可就容易了。又掉了一片。現在只剩五片了。」

「五片什麼，親愛的？告訴你的蘇伊。」

「葉子。那株常春藤上的葉子。等最後一片掉落下來，我也就該走了。三天前我就知道了。醫生沒告訴你嗎？」

「喲，我可從沒聽說過這種無稽之談，」蘇伊裝出不屑一顧的模樣，埋怨道，「老藤葉和你的病有什麼關係？你以前很愛那株常春藤啊，你這個淘氣的女孩。別傻了。嘿，醫生今早告訴我，你很快就會好起來的——讓我想想他的原話——他說你近期康復的可能性有十分之九！這幾乎跟我們在紐約坐電車或者走路時經過一棟新房子的機率一樣大。現在先喝點湯吧，讓蘇伊繼續去畫畫，畫好了就賣給編輯先生，換些錢給生病的孩子買點波特酒，給貪吃的自己買點豬排。」

「你不用再買酒了，」瓊西仍舊凝視著窗外，說道，「又掉了一片。不，我不要喝湯。只剩四片了。我想在天黑前看到最後一片藤葉落下來，那樣我就可以安心地去了。」

「瓊西，親愛的，」蘇伊俯下身對她說，「你能不能答應我，在我畫完之前，把眼睛閉起來，別再看窗外？我明天得交畫。要不是需要光線的話，我就把窗簾拉下來了。」

「你就不能去別的房間畫嗎？」瓊西冷冷地問道。

「我就想在這裡陪你，」蘇伊說，「而且我不希望你老是盯著那些討厭的常春藤葉子。」

「畫完馬上告訴我，」瓊西閉上眼睛說道，她臉色蒼白，一動不動地躺著，活像一尊倒下的雕塑，「因為我想看著最後一片葉子飄落。我等得不耐煩了，也想得不耐煩了。我要放下一切，毫不費力地飄下去，飄下去，就像一片筋疲力盡的可憐葉子。」

「多少睡一會兒，」蘇伊說，「我要把貝爾曼叫上來，我畫那個隱居的老礦工，需要他給我當模特兒。我去去就回。在我回來前躺著別動。」

老貝爾曼是住在她們這座小房子底層的一位畫家，年過花甲，一把像米開朗基羅的摩西雕像那樣的大鬍子，拳曲著，從薩梯[2]般的頭顱垂落到精靈小鬼般的身體上。貝爾曼在藝術上可謂一敗塗地。四十年來，他一直揮舞著畫筆，卻連他侍奉的那位藝術女神的裙邊都沒能沾到。他總想畫一幅傑作，但至今還沒有起頭。最近幾年，他除了為商家招牌或者廣告海報塗抹幾筆以外，就沒畫過別的。他給「聚居區」那些雇不起職業模特兒的青年藝術家當模特兒，就為賺幾個小錢。他喝杜松子酒老是喝醉，一醉，就沒完沒了地絮叨他那幅八字還沒一撇的傑作。此外，他還是個凶巴巴的小老頭，對別人的溫情嗤之以鼻，卻一心要守護樓上的兩位年輕畫家，不惜做一隻看家的惡狗。

蘇伊在樓下那間昏暗的小屋裡找到了酒氣熏天的貝爾曼。畫架擺在屋子一角，上面鋪著一張空白的畫布，它躺在那裡恭候傑作的第一筆，已有整整二十五年。她把瓊西的臆想轉述給他，說自己擔心她真的像一片輕薄的樹葉，與這世界的牽絆變得越來越弱，只要再稍微放鬆一點，就會撒手飄遠。

老貝爾曼眼睛通紅，顯然在流淚，他大聲地宣洩著對這種白癡想法的輕蔑和嘲諷。

「鬼扯！」他嚷道，「世上竟然有這麼蠢的人，因為那條破藤上的葉子落了就要去死？這種事我連聽也沒聽說過。不，我才不要扮成你那個隱居的笨蛋呢。你怎麼能允許她的腦袋裡冒出這麼傻的念頭來？唉，可憐的小瓊西啊。」

2 薩梯，是西方傳說中半人半羊的森林神，象徵著野蠻的生命力。

「她病得很重，人很虛弱，」蘇伊說，「高燒把她燒糊塗了，滿腦子都是稀奇古怪的胡思亂想。好吧，貝爾曼先生，如果你不願意給我當模特兒，那就算了。但我覺得你是個可惡的老——老貧嘴。」

「你可真是小氣！」貝爾曼叫道，「誰說我不願意？走吧。我跟你去。我都說了半小時了，我隨時準備當你的模特兒。天啊！像瓊西小姐這樣的好女孩絕不該在這裡病倒的。總有一天我要畫出一幅傑作，然後我們都離開這裡。天啊！沒錯。」

他們上樓的時候，瓊西已經睡著了。蘇伊把窗簾下拉到碰到窗框，打個手勢叫貝爾曼去另一個房間。在那裡，他們滿心擔憂地凝望著窗外的常春藤，接著又默默地對視了一會兒。冷雨夾著雪片，下個不停。貝爾曼穿著他那件藍色的舊襯衫，坐在翻過來充當岩石的水壺上，扮演那位隱居的礦工。

第二天早晨，只睡了一個小時的蘇伊醒了過來，發現瓊西瞪大呆滯無神的眼睛，緊盯著合攏的綠色窗簾。

「把它拉起來，我想看。」她有氣無力地小聲吩咐道。

蘇伊太疲倦了，只能無可奈何地照辦。

可是，看啊！經受了漫漫長夜的風吹雨打，還有一片常春藤葉頑強地貼在磚牆上。這是藤上的最後一片葉子。靠近葉柄的部位還是深綠色的，但鋸齒狀的邊緣已經染上枯朽的黃色。它無所畏懼地攀在一根離地二十英尺的枝條上。

「這是最後一片了，」瓊西說，「我以為它昨晚一定會落下來。我聽到風聲了。今天它會凋落的，而同時，我也將死去。」

「親愛的，親愛的，」蘇伊把滿是倦容的臉湊到枕頭上，「你不為自己著想，也為我想想。我該怎麼辦啊？」

但瓊西沒有答話。一個靈魂一旦準備好踏上神祕遙遠的旅行，就成了世上最孤僻的事物。當她與塵世友情的紐帶逐個鬆脫，這種冥想似乎就更強有力地占領了她。

白晝的時光漸漸磨蝕殆盡。即使在暮色中，她們仍能看到那片孤零零的藤葉還貼在牆上，緊抓著藤枝不放。隨著夜幕降臨，北風又開始放肆咆哮，雨水不住地敲打窗戶，從荷蘭式的低簷上傾瀉而下。

天才剛亮，瓊西又決絕地下達了拉開窗簾的命令。

那片常春藤葉還在原處。

瓊西躺著，盯著它看了很久，然後把正在煤氣爐前為她攪雞湯的蘇伊喊了過來。

「我是個壞女孩，蘇伊，」瓊西說，「冥冥之中有什麼東西讓那片最後的葉子撐了下來，好讓我知道自己有多麼邪惡。一心求死真是罪過。現在你可以給我拿點湯來，再拿些加了波特酒的牛奶，還有——不，先拿一面小鏡子給我，再在我背後墊幾個枕頭，我要坐起來看你煮東西。」

一個小時之後，她說：「蘇伊，我希望有朝一日能去那不勒斯灣寫生。」

下午，醫生來了，他走的時候，蘇伊找了個藉口跟著他到了走廊上。

「有五成機會了，」醫生握著蘇伊顫抖的纖手說，「好好照顧她，你會勝利的。我得去樓下看另一個病人了。他叫貝爾曼——也算是個玩藝術的吧，我猜。得了肺炎。他年老體弱，病情又很嚴重，怕是沒什麼希望了。不過，今天還是要讓他去醫院，能舒服一點也好。」

第二天，醫生對蘇伊說：「她脫離危險了。你成功了。現在只要加強營養，好好調理就行了。」

當天下午，蘇伊來到床邊，瓊西正靠在床上滿足地織一條非常藍、也非常無用的披肩圍巾，蘇伊一把將她連著枕頭都抱在了懷裡。

「我有些事要告訴你，小東西，」她說，「貝爾曼先生今天因為肺炎在醫院去世了。他只病了兩天。第一天早上，看門人發現他在樓下的房間裡難受得不行，鞋子和衣服都溼透了，冰冰涼涼的。大家無法想像，在那樣一個風雨交加的黑夜，他究竟去了哪裡。後來，他們找到了一個還點著的燈籠、一把從原來的地方被拖出來的梯子、幾支散落的畫筆、一塊混了些綠色和黃色顏料的調色板，還有——看看窗外吧，親愛的，看看牆上那最後一片藤葉。你不是想知道，為什麼風吹過的時候，它不晃也不動嗎？親愛的，那就是貝爾曼的傑作啊——在最後一片葉子飄落的那一晚，他把它畫在了那裡。」

失之交臂

一個來自諾姆[1]的人站在街角，一動不動地經受著高峰人潮的沖刷，牢固得像一塊花崗岩。北極的風吹日曬把他染成了醬紫色。冰川的蔚藍光芒仍保留在他的明眸當中。

他的感覺像狐狸一樣機敏，他的性情像馴鹿肉一樣堅韌，他的心胸像極光一樣寬廣。他站著，任由喧囂像尼加拉瀑布一般撲面而來——高架列車與鐵軌的摩擦聲、電車的鈴聲、沒有橡膠的車輪彈跳時的撞擊聲、出租馬車車夫和運貨馬車車夫輪唱般的胡攪蠻纏聲。來自諾姆的人用淘來的金沙換到了十萬美元，自然喜不自勝，但一個星期以來，在高譚市[2]吃蛋糕、喝麥芽酒，把他的舌頭都變苦了，他歎了口氣，打算從這片充斥著街頭噪音和死海蘋果派的土地上撤出，重新踏進奇爾庫特山口[3]。

回家的人潮步履輕快、行色匆匆、喋喋不休、目光炯炯，裹挾著西伯爾-梅森百貨公司的女孩在第

1 諾姆，是美國阿拉斯加州蘇厄德半島南部白令海岸的港口小城，居民多為因紐特人。
2 高譚市，指紐約。「高譚」原是古代傳說中的「愚人村」，一八〇七年著名作家華盛頓・歐文在《雜燴》期刊發表諷刺文章，首次以之代指紐約。
3 奇爾庫特山口，位於美國阿拉斯加州與加拿大不列顛哥倫比亞省的邊界處。

六大道上走過。來自諾姆的人才朝那邊看了一眼，就看到了她。首先，以他的審美來說，她美得驚世駭俗；其次，她的行動沉穩優雅，像狗拉雪橇在平坦的雪地上奔馳。他的第三樣感受是，只憑一個瞬間的印象，他便對她無比渴望。正因如此，來自諾姆的人立刻便下定了決心——何況，他很快就要回北方去了，迫於形勢，必須速戰速決。

上千個女孩從西伯爾－梅森大百貨商場出來，湧上了人行道，給三年來所見異性主要局限於錫沃斯族和奇爾卡特族印第安婦女的男人造成了迷失航道的風險。然而，來自諾姆的人忠於使他雪藏已久的心融化復甦的那一個，他跳進了那條活色生香的河流，但只追隨她。

她沿著第二十三街飛快地走著，沒有左顧右盼；並不比麥迪遜廣場花園的戴安娜銅像少一分莊重。她把漂亮的棕色頭髮編成了整齊的辮子，潔白的襯衫和沒有褶皺的黑裙子充分體現了兩種美德——品味和節儉。在十碼之外，來自諾姆的人神魂顛倒地跟在後面。

來自西伯爾－梅森公司的女孩，克拉麗貝爾．科爾比小姐，屬於一個被稱為「紐澤西通勤者」的可悲群體。這些人每天乘坐渡輪往來於紐約和紐澤西之間。她走進渡口的候船室，上了樓，一陣小跑，以驚人的速度趕上了即將離岸的渡船。來自諾姆的人跳了三下，抹掉了十碼的差距，緊接著她登上了甲板。

科爾比小姐在上層客艙外選了一個十分清靜的座位。那一晚並不冷，她想遠離乘客探詢的目光和乏味的交談。此外，由於睡眠不足，她非常疲憊，直打瞌睡。昨夜，她賞光參加了西區魚類批發經銷商店員第二社交俱樂部的年度舞會，品嘗了油煎牡蠣，睡眠時間因此驟減為三小時。

而且，這一天實在亂得非同一般。顧客沒完沒了地試衣服；有些商品斷貨了，她那個部門的採購嚴厲地訓斥了她；她最好的朋友瑪米・塔希爾和那個姓多克芮的女孩共進午餐，冷落了她。

西伯爾－梅森公司的女孩正處於自食其力的女性員工常有的放鬆、溫和的狀態。這種狀態對於想追求她的男人最為有利。她嚮往歸宿，渴望在一個家庭和一個心靈之中安放自己，她想得到撫慰，想躲在強壯的臂膀後面休息一下。不過，此刻的克拉麗貝爾・科爾比小姐實在太睏了。

一個精壯男人來到了她的面前。這人皮膚黝黑，手裡握著帽子，把最高級的衣服隨隨便便地套在身上。

「女士，」從諾姆來的人必恭必敬地說，「請恕我冒昧，我……我……我在街上看到你，而且……而且……」

「哎呀！」西伯爾－梅森公司的女孩抬起眼睛，用最冷靜幹練的目光掃了一眼，說道，「難道就沒有辦法擺脫你們這些登徒子了嗎？從吃洋蔥到別帽針，我什麼辦法都試過了。到一邊去吧，弗雷迪。」

「我不是那種人，女士，」來自諾姆的人說，「這是實話，我真不是。我剛才說了，我在街上看到你，因為太想認識你，所以忍不住跟著你。我擔心在這麼大的城市裡，錯過了就再也見不到你，我只能主動搭訕；這就是事情的來龍去脈。」

科爾比小姐藉著渡船上昏暗的燈光，機靈地打量了他一眼。不，他不像是那種專愛調戲女人的狂蜂浪蝶，他沒有惺惺作態的假笑和厚顏無恥的高調。他那北方人的棕色臉上明明白白地寫著謙遜和真摯。聽聽他怎麼說，對她而言，也許並不是壞事。

「你先坐吧，」她打了個呵欠，故作禮貌地用手遮住嘴巴，說道，「還有，注意，別耍花樣，不然我就叫工作人員了。」

來自諾姆的人在她身邊坐下了。他簡直是仰慕她。他何止是仰慕她，她的模樣是他長久以來一直在女人身上尋找卻始終未能找到的。她有可能對他產生好感嗎？嗯，只能等著瞧了。無論如何，他要盡力而為。

「我叫布萊登，」他說，「亨利．布萊登。」

「你確定嗎？你真的不是姓瓊斯的嗎？」女孩湊近他，明知故問地拿他開玩笑。

「我是從諾姆來的，」他急忙嚴肅地補充道，「我在那邊搜集了很多很多沙子，然後帶到這邊來。」

「哇，」她用迷人的輕慢語調繼續揶揄道，「這麼說，你一定是清潔大軍的一員囉。我覺得我好像在什麼地方見過你。」

「今天我在街上看到你，但你沒看到我。」

「我在街上從來不看別人。」

「好吧，反正我看到了你，此前我從沒見過有你一半美麗的東西。」

「一半？讓我留個整數，別拆散了好嗎？」

「好的，我同意。我同意你留下我擁有的一切。我想我大概就是你們所說的粗人，但我對自己喜歡的人特別好。我在那邊吃盡了苦頭，但總算大獲全勝了。我搜羅了接近五千盎司的沙子。」

「我的天吶！」科爾比小姐以一副殷切同情的模樣驚呼道，「不管你說的是哪裡，那地方實在太髒了。」

然後，她的眼皮慢慢合上了。來自諾姆的人說話認真而又單調。再說，談的盡是沙子啊、打掃啊，太無聊了吧？她把頭向後一仰，靠在艙壁上。

「小姐，」來自諾姆的人用更加認真和單調的聲音說，「我從來沒有像喜歡你一樣喜歡過別的人。我知道你沒法馬上瞭解我，但能不能給我一個機會？給我一個機會認識你，讓我試一試，看看能不能讓你喜歡我。」

西伯爾－梅森公司的女孩，腦袋漸漸滑落，靠在了他的肩膀上。一場酣眠俘虜了她，她狂喜地夢見了魚類批發經銷商員工的舞會。

來自諾姆的紳士撐著手臂沒動。他並不認為她真的睡了，而且他很明智，不至於把這個動作理解為對他的順從。他感到無比幸福、無比激動，但僅僅把靠在他肩膀上的腦袋視為一個鼓舞人心的開端、一個成功的預兆，他不會因此忘形、得寸進尺。

他本來很滿足，但一點小雜質讓金子的成色打了折扣。談到自己的財富時，他是不是表達得太輕率、太露骨了？他希望人家喜歡他的人，而不是別的身外之物。

「我想說的是，小姐，」他說，「你可以信賴我。在克朗代克地區[4]，從朱諾[5]到瑟克爾城[6]，再到整個育空河[7]流域，大家都認識我。我在那裡像奴隸一樣做了整整三年，不知有多少個夜晚，我躺在雪

4 克朗代克地區，指克朗代克河沿岸一帶，是位於美國與加拿大邊境處的黃金產地。
5 朱諾，是美國阿拉斯加州的首府。
6 瑟克爾城，是位於加拿大西北部的小城。
7 育空河，是加拿大境內的大河，克朗代克河即為育空河的支流。

地上，心裡想著是否有一天，會有個人喜歡我。那些沙子，我不願一個人獨享。我想，總有一天我能遇到適合的人，今天果然遇到了。有錢固然是好事，但從自己最喜歡的人那裡獲得的愛情要可貴得多。小姐，假如你將來要跟一個男人結婚，這兩者之中，你希望他能給你哪一樣呢？」

「現金！」

這個詞語從科爾比小姐的唇間響亮刺耳地迸了出來，表明夢裡的她正站在西伯爾－梅森大百貨商場的櫃檯後面。

她的腦袋突然朝旁邊一歪，人便醒了過來。她坐直身子，揉揉眼睛。來自諾姆的人已經走了。

「咦！我猜我一定是睡著了，」科爾比小姐說，「那個清潔工呢？」

閃亮的金子

有寓意的故事就像蚊子的條狀口器。它刺進你的皮膚，注射幾滴帶有刺激性的內容，以撩撥你的良心。因此，我們不妨先挑明寓意，給故事定個調吧：閃亮的未必都是黃金，但聰明的孩子會塞好黃金測試液的瓶塞。

在百老匯大道與歸誠實喬治管轄的廣場交界處一角[1]，就是小里亞爾托[2]了。來找工作的演員都站在那裡，他們慣用的口頭表達是這樣的：「『免談，』我對弗羅曼說，『每星期一百塊，少一塊錢就別來煩我。』說完我就出來了。」

離開燈火輝煌的劇場區，西邊和南邊一兩條街的範圍內，是講西班牙語的美國人聚居的地方，為了在寒冷徹骨的北方感受熱帶的暖意，他們緊緊地擠在一起。這一帶的生活中心是「安全島」——一家為南邊來的流亡者提供服務的咖啡館兼餐廳。這群披著斗篷、戴著寬簷帽的先生來自智利、玻利維亞、哥

1「誠實喬治」指喬治．華盛頓，「歸誠實喬治管轄的廣場」即華盛頓廣場。

2 小里亞爾托，是位於百老匯附近的劇場區，名稱得自威尼斯的「里亞爾托橋」。里亞爾托橋是威尼斯最著名的橋梁之一，自中世紀起，其附近一帶便是威尼斯的貿易中心。

倫比亞、動盪的中美洲各國、憤怒的西印度群島，在本國的政治火山爆發後，像烈焰滾滾的岩漿一樣，慌不擇路地湧入別的國家。他們在這裡研討反抗策略，等候時機，籌措資金，招募亡命之徒，偷運彈藥武器，謀畫長遠布局。在「安全島」，他們找到了一種轟轟烈烈幹大事的氛圍。

「安全島」餐廳供應的混搭風味讓摩羯座和巨蟹座的人都樂不思蜀。基於利他主義的需要，此處得暫時跳出故事，講幾句閒話。諸位食客，如果你受夠了高盧廚師的烹飪花招，別等了，快去「安全島」！只有在那裡，你才能吃到正宗的西班牙烤魚——竹莢魚、鯡魚，或者從海灣運來的鯧魚。番茄賦予其色澤、性格和靈魂；智利辣椒賦予其口味、創意和激情；不知名的香草提供了辛辣的快感和神祕的誘惑，而它的至高榮譽配得上另起一句，專門介紹——在它的上下四方，左畔右旁——但絕非在它的內部——飄懸著一片優雅出塵的靈暈、一種微妙纖薄的氣味，唯有經過心理研究會的縝密研究才可能揭示其來源。可別說「安全島」的魚裡放了大蒜。只能說大蒜之靈翩然經過被歐芹的桂冠加冕的盤子，在遠逝之前，送去了一個久久盤桓的飛吻，正像生活中那些令人魂縈夢牽的吻，都是「無望的幻想從別人的嘴唇上竊取來的」。而當那個名叫康奇托的侍者給你端上一盤棕色的紅豆泥和一瓶從波多馬不停蹄地運到「安全島」來的葡萄酒的時候——啊，極樂世界也不過如此！

一天，一艘德國漢堡至美國的郵輪在五十五號碼頭放下了來自卡塔赫納的乘客佩里科．希梅內斯．比拉布蘭卡．法爾孔將軍。將軍的膚色介於土黃與棗紅之間，腰圍四十二英寸，連腳上蹬著的高跟皮靴一起算，身高有五英尺四英寸。他留著打靶遊戲老闆的那種鬍子，穿得跟德州的議員似的，派頭十足，像是一名未經授權的代表。

法爾孔將軍帽子底下裝不下太多英語，只夠他問清楚「安全島」所在的那條街道。到了附近，他在一座體面的紅磚小樓前看到了一塊招牌，上面寫著「西班牙旅館」。窗口貼了一張西班牙文寫的告示：「本店講西班牙語」。將軍放心地走了進去，像一艘小船終於覓得了合意的港灣。

老闆娘歐布萊恩太太坐在舒適的帳房裡。她有一頭金髮——哦，是一頭美不勝收的金髮。另外，她和藹可親，不太好動，幾乎只在幾英寸的範圍內挪移。法爾孔將軍用他的寬簷帽撣了撣地板，噴出一串西班牙語，音節像鞭炮沿著引線一個接著一個爆響。

「西班牙人還是義大利人？」歐布萊恩太太愉快地問。

「我是哥倫比亞人，太太，」將軍自豪地說，「我講西班牙語。你家窗口的告示上寫著這裡說西班牙語。這是怎麼回事？」

「嗯。你已經在說西班牙語了，不是嗎？」太太說，「反正我不會。」

法爾孔將軍在西班牙旅館開了房間，安頓下來。黃昏時分，他去街上閒逛，一路飽覽這座喧囂的北方城市的種種奇觀。他邊走邊想著歐布萊恩太太那頭迷人的金髮。「在這裡，」將軍對自己說，當然，用的是他的母語，「一個人可以找到世界上最美的尤物。在我們哥倫比亞，我見過許多美女，但還沒見過一個美到這種地步的。但是不行！法爾孔將軍要考慮的可不是美女。我的祖國要求我必須忠誠。」

在百老匯和小里亞爾托的交叉口，將軍被捲進了交通的漩渦。電車晃花了他的眼，他被其中一輛的擋泥板碰了一下，撞到了一輛裝滿橘子的手推車。一輛出租馬車擦著他駛過，輪轂離他的身體只差一英寸，車夫劈頭蓋臉地給了他一頓臭罵。他跌跌撞撞地跑到人行道上，烤花生的機器又向著他的耳朵呼嘯著噴出一股熱氣，嚇得他蹦了起來。「我的天哪！這是個什麼鬼城市啊？」

當將軍像一隻受傷的沙錐鳥那樣從過路的人潮中飛竄出來的時候，有兩名獵人同時盯上了他。一個是「惡霸」麥奎爾，他從事的運動項目既要正確地使用強壯的臂膀，也要錯誤地使用八英寸長的鉛管；另一個馬路獵人是「蜘蛛」凱利，作為另一種運動員，他的手段就文明得多了。

兩人心照不宣地撲向他們的獵物，凱利搶先了一步。他用手肘準確地格開了麥奎爾先生的攻擊。

「閃開！」他厲聲命令道，「是我先看到的。」懾於對方過人的機智，麥奎爾不敢造次，只得不聲不響地溜走了。

「請原諒，」凱利先生對將軍說，「你遇上麻煩了，是嗎？讓我來幫你吧。」他撿起將軍的帽子，撣去上面的塵土。

凱利先生的辦法可說是一擊便中。將軍被喧囂的街道搞得暈頭轉向、心驚肉跳，毫無心機地把他的救星當作英勇的騎士來歡迎。

「我想要回我住的歐布萊恩旅館去，」將軍說，「哎呀，先生，這個紐約市的車子來來往往，跑得又快，叫得又大聲。」

凱利先生的禮貌不允許這位哥倫比亞的貴人冒著風險獨自回去。在西班牙旅館門口，他們停下腳步。沿著這條街再往前走一點，對面就是「安全島」餐廳不事張揚的燈光招牌。對凱利先生來說，沒有哪一條街道是陌生的，單看外表，他就知道這是「外國佬碰面」的地方。凱利把外國人分成法國人和外國佬兩類。他提議，為了不枉他們相識一場，將軍該跟他一起到那兒去，喝一些能鞏固交情的液體。

一個小時之後，法爾孔將軍和凱利坐在「安全島」裡陰謀家角落的一張桌旁，面前擺了一堆酒杯和酒瓶。將軍第十次吐露了他來美國執行的祕密使命。他宣稱，他來這裡是為了給哥倫比亞的革命者購買武器——兩千支溫徹斯特步槍。他的口袋裡裝著卡塔赫納銀行總行開給駐紐約分行的兩萬五千美元匯票。別的桌上也有別的革命家向同夥大聲吼出政治祕密，但誰也沒有將軍的嗓門高。他捶桌子，叫侍者上酒，他對他的朋友咆哮著，說他的任務是最高機密，絕不能對任何活物洩露一星半點。凱利先生也同樣熱情高漲。他把手伸到桌子對面，緊握著將軍的手。

「先生，」他誠懇地說，「我不知道你的國家在哪兒，但我支持它。我猜它大概是美國的一個分支，因為那些寫詩的傢伙和女老師有時候也叫我們哥倫比亞[3]。今晚你碰見我，算是行了大運。整個紐約只有我能幫你擺平這種規模的軍火交易。美國的國防部長是我最好的朋友。目前他正好在這座城市，明天我幫你去問問他。先生，你只管看好你口袋裡的東西。我明天來找你，帶你去見他。喂，你剛剛說的不是哥倫比亞特區吧？」凱利先生突然心生疑慮，又加上一句，「那地方憑兩千支槍可打不下來——以前有更大的兵力想幹這事，沒成。」

「不，不，不，」將軍喊道，「是哥倫比亞共和國——位於南美洲頂端的一個偉大的共和國，是啊，是啊。」

「好吧，」凱利先生這才放下心來，說道，「我們現在各自回家。晚上我就給部長寫信，跟他約個時間。把槍支運出紐約可是件棘手的事。就算是麥克拉斯基[4]，靠自己也不行。」

---

3 拉美國家哥倫比亞的英文名為「Colombia」，而美國或北美大陸有「Columbia」的別稱，意為「由哥倫布發現的地方」，一般用於詩歌創作。另外，美國有一個行政區域名為哥倫比亞特區（The District of Columbia）。

4 麥克拉斯基，指喬治·麥克拉斯基（一八六一——一九一二），一位美國著名警探，曾參與多起大案的偵破，可以說是紐約的「警界明星」，被當時的民眾視為理想的臥底警探。

他們在西班牙旅館門前分了手。將軍在月光下揉了揉眼睛，歎了口氣。

「你們紐約太大了，」他說，「街上的車真能把人嚇死，烤花生的機器吵得人耳朵嗡嗡直響。但是，凱利先生——那些太太頭髮金黃得閃花人眼，身材豐滿得令人垂涎——她們太好看了！太讓人歎為觀止了！」

凱利去了最近的電話亭，給遠在百老匯大道的麥克里咖啡館撥了一個電話，找吉米．鄧恩。

「是吉米．鄧恩嗎？」凱利問。

「是的。」對方回答。

「你這撒謊精，」凱利樂呵呵地回話，「你現在是國防部長了。你別走開，等我過去。我這邊有一個最佳下手目標，保證是你從沒釣到過的大魚。是一支套了金紙箍的極品南美雪茄，還附贈大把優惠券，足夠買一盞紅色大廳裡的豪華吊燈和一座在小溪裡扭著脖子的普賽克雕像。我馬上坐車去找你。」

吉米．鄧恩是在詐騙界的天空冉冉升起的新星，是坑騙隊伍中的藝術家。他生平從未將棍棒放在眼底，也鄙視蒙汗藥的下流把戲。事實上，除了最純的酒水——如果在紐約確實能買到這類貨色的話——他不願把任何東西擺在選定的受害者面前。「蜘蛛」凱利立志把自己提升到吉米的境界。

這兩位紳士當晚在麥克里咖啡館商議此事。凱利先做了一番解說。

「這傢伙頭腦簡單得很。他是從哥倫比亞島來的，那地方似乎發生了罷工、械鬥，或者別的什麼事，他們派他來買兩千支溫徹斯特步槍，好定個輸贏。他給我看了兩張一萬美元和一張五千美元的匯票，是在這兒的一家銀行兌付的。說真的，吉米，他沒有把這些東西換成千元大鈔，放在銀盤子裡直接端給我，讓我滿火大的。現在只能等他去銀行把錢取出來給我們。」

他們商量了兩個小時，吉米最後說：「明天下午四點鐘帶他去百老匯大道××號。」

凱利適時前往西班牙旅館找到將軍。他發現這位深謀遠慮的戰士正與歐布萊恩太太相談甚歡。

「國防部長在等我們。」凱利說。

將軍依依不捨地離開了。

「唉，先生，」他歎了口氣，說，「重任在肩，不得不去。但是先生，你們美國的太太長得多美啊！就以歐布萊恩太太為例吧，真是沉魚落雁！她是一位女神——朱諾女神——你們叫她牛眼的朱諾[5]。」

凱利先生很機智；而比他更機智的人都被自己的想像力之火灼傷過，懂得了收斂。

「當然，」他咧嘴一笑，說，「你指的是一位漂白過的朱諾是嗎？[6]」

歐布萊恩太太聽到了，抬起了金燦燦的腦袋。她的大眼睛嚴肅地瞪著遠去的凱利先生看了好一會兒。除非在有軌電車裡，任何人都不該無端對女士無禮。

英勇的哥倫比亞人以及他的陪同者，到達了百老匯大道的那個地址，在接待室裡等了半小時後，才被領進一間布置豪華的辦公室，裡面有一位儀表堂堂、面容白淨的男子正在書桌前寫字。法爾孔將軍的老朋友凱利先生把他引薦給國防部長，說明了他的來意。

---

5 朱諾，羅馬神話中的天后，眾神之父朱比特之妻，對應希臘神話中的赫拉。「牛眼的朱諾」是史詩中稱呼朱諾女神的一個固定的用語。

6「漂白」的英文原文「peroxide」一詞意為「過氧化氫」，作形容詞則意為「以過氧化氫漂白過的」，「牛眼的」的英文原文為「ox-eyed」，兩個詞語的讀音相近。

「啊——哥倫比亞！」部長聽明白之後，意味深長地說，「這件事恐怕有些為難。總統和我對那裡的看法略有分歧。他更喜歡現有的政府，而我——」部長給了將軍一個神祕的笑容，含有鼓勵之意，「你當然知道，法爾孔將軍，坦慕尼戰爭之後，國會通過了一項法案，規定所有的軍火彈藥若要出口到別國去，都必須透過國防部才行。如果我能為你做點什麼的話，看在我的老朋友凱利先生的分上，我樂意幫忙。但必須絕對保密，因為我已經說過，總統對你們革命黨在哥倫比亞的所作所為印象不佳。我叫勤務兵把倉庫裡目前可調配的武器清單拿來。」

部長按了鈴，一個帽子上有「A.D.T」字樣的勤務兵立刻走進了辦公室。

「把第二類小型武器存貨清單取來。」部長說。

勤務兵很快就拿著一張打印紙回來了。部長仔細地查看了一陣。

「我發現，」他說，「在第九號政府資源倉庫裡，有一批溫徹斯特步槍，一共兩千支，是摩洛哥蘇丹訂購的，但他沒有帶足現金。我們的規矩是，交易時必須用法定貨幣一次付清。親愛的凱利，你的朋友法爾孔將軍如果真想要這批軍火，可以按出廠價買走。我不得不結束這次會面了，我想，你會原諒我的。日本大使和查爾斯·墨菲要來求見，我得等著他們。」

作為這次面談的結果之一，將軍對他可敬的朋友凱利先生感激涕零。另一個結果是，手腳俐落的國防部長在接下來的兩天忙得腳不沾地，他買了空的槍支包裝箱，塞滿磚頭，再存進專門租來派此用場的倉庫裡。還有一個結果是，將軍回到西班牙旅館時，歐布萊恩太太走到他面前，從他的西裝翻領上摘掉一根線頭，說道：

「先生，我不想多嘴，但那個尖嘴猴腮、賊眉鼠眼、鬼鬼祟祟的下流胚子找你幹嘛？」

「要死了，要死了！」將軍大叫起來，「你怎麼能這樣說我的好朋友凱利先生！」
「到夏園來，」歐布萊恩太太說，「我要跟你談談。」
我們姑且假設他倆談了一個小時。
「你是說，」將軍道，「只要一萬八千美元就能買下這家旅館的全套設施，還包括這座花園一年的租金？多麼可愛的花園啊，跟我在哥倫比亞的那個美麗的庭院多麼相像啊！」
「而且，多麼便宜啊。」歐布萊恩太太歎道。
「啊，天啊！」法爾孔將軍喘息著說，「戰爭和政治關我什麼事？這地方是個天堂。自有別的勇敢英雄會繼續為我的國家而戰。榮譽和殺戮對我有什麼意義？啊！毫無意義。我在這裡找到了一個天使。我們把西班牙旅館買下來，你就是我的人了，不能把錢浪費在槍支上。」
歐布萊恩太太把高聳的金黃色鬈髮倚在哥倫比亞愛國者的肩頭。
「哦，先生，」她幸福地撒嬌道，「你可真壞！」
兩天後，照約定該是給將軍交付武器的日子了。一箱箱假冒的槍支都堆在租來的倉庫裡，國防部長就坐在箱子上，等著他的朋友凱利把受害者接來。
凱利先生照著約好的時間趕到了西班牙旅館，發現將軍正在桌子後面算帳。
「我決定不買槍了，」將軍說，「我今天剛買下這家旅館裡的一切，佩里科・希梅內斯・比拉布蘭卡・法爾孔將軍要在這裡和歐布萊恩太太舉行婚禮。」
凱利先生差點被嗆死。
「喂，你這禿頭的老油瓶，」他氣急敗壞地說，「你是個騙子——一個卑鄙的騙子！你用你那個鬼知道在哪裡的破國家的錢買了一家旅館。」

「啊，」將軍算好一欄帳目後，站起來說，「這就是你們所謂的政治。戰爭和革命都不討人喜歡。是啊。永遠追隨密涅瓦[7]不是最好的選擇。不是。跟朱諾——牛眼的朱諾——一起開旅館才是真正的美事。啊！她那金色的頭髮多麼燦爛啊！」

凱利先生又被噎住了。

「啊，凱利先生，」將軍深情地下了結語，「你從沒嘗過歐布萊恩太太做的鹹醃牛肉馬鈴薯餅嗎？」

7 密涅瓦，是古羅馬的神祇，對應於古希臘神話中的雅典娜，既是智慧女神，也是戰爭女神。

叢林中的孩子

西部頂尖的街頭推銷員和贗品販子蒙塔古・西爾弗有一回在小石城對我說：「比利，等哪一天你腦袋不靈光了，老得沒法在成年人之中憑本事騙人了，那就去紐約吧。在西部，每分鐘都有一兩個冤大頭生出來，在紐約，冤大頭卻像魚卵一樣，一下就是一大坨——你數都數不過來！」

兩年後，我發現自己記不住俄羅斯海軍上將的名字，還注意到自己的左耳上方有了幾根白髮，於是我就知道，該採納西爾弗的建議了。

一天中午，我剛到紐約，便去百老匯大道閒逛，卻在琳琅滿目的服飾商店中間和西爾弗本人不期而遇。他靠在一家旅館門口，正用一塊絲帕磨光指甲的半月形邊緣。

「你現在是太笨了，還是太老了？」我問道。

「你好啊，比利，」西爾弗說，「很高興見到你。是啊，依我看，西部人一點一滴地累積教訓，現在已經變得過分聰明。我一直留著紐約，打算用它作餐後甜點。我知道，從這些人身上刮油水是有些下三爛了。他們整天糊裡糊塗，來來往往，東奔西走，很少會動腦筋。我可不想讓我媽媽知道，我正在扒這幫低能兒的皮，她對我期望很高。」

「這麼說，有大把人擠在候診室裡，就等著老醫生來給他們做植皮手術了是嗎？」我問。

「哦，那倒也沒有，」西爾弗說，「今天你不必幫我當剝皮的下手。我才來了一個月。不過，我隨時都能開始；威利．曼哈頓主日學校[1]的每一位學員都為他人的康復獻出了自己的一小塊皮，真該把他們的照片發給《每日晚報》去露露臉。」

「我正在研究這座城市，」西爾弗說，「每天都讀報。我瞭解紐約，就像市政廳裡的貓對站崗的愛爾蘭警察瞭解得一樣透徹。這裡的人呢，只要你從他們那裡搶錢搶得慢一點，他們就會躺在地上耍賴打滾。來我房間，我跟你細說。比利，衝著昔日的交情，我們一起把這座城市攪個天翻地覆吧。」

西爾弗帶我去了旅館。他的房間裡到處都堆著一些不相干的東西。

「從這些大都市鄉巴佬身上弄錢的辦法，」西爾弗說，「比南卡羅萊納州查爾斯頓那裡烹飪白米的手段還多。他們不管見到什麼餌，都會一口咬上去。多數人的頭腦都發生了代償現象。他們的智力水準越是發達，他們的認知能力就越是低下。就在前幾天，不是有個人把小洛克菲勒的油畫肖像當作安德烈．德爾．薩托那幅著名的聖約翰像賣給了J．P．摩根嗎[2]？

「比利，你看到牆角那捆印刷品了嗎？那是金礦股票。有一天我拿出去推銷，才兩個小時就不得不收手。為什麼呢？被逮捕了，罪名是妨礙交通。大家爭先恐後地來搶購，把道路堵得水洩不通。在去警局的路上，我賣了些股票給警察，然後就停售了。我不想別人隨隨便便給我錢。為了自尊心免受傷害，我在做生意的時候總要給人家一點回報。他們付我一分錢，我就要讓他們猜猜『芝×哥』這個地名中間掉了哪個字，或者在牌局上發一對九給他們。

「還有一個小計畫，由於太容易得手，我只好放棄。你看到桌上那瓶藍墨水了沒？我在手背上文了一個錨，然後去一家銀行，告訴他們我是杜威上將的侄子。他們同意兌付我開的一千美元匯票，可惜我不知道我叔叔姓什麼。儘管事情沒成，但也表明這是一個可以為所欲為的城市。那些做賊的，他們現在不願入室竊盜了，除非在房間裡備好熱騰騰的晚餐，再找幾個大學生去伺候他們。他們在上流社區到處行凶，而且我猜，從城市的這一頭到那一頭，都快被他們鏟平了，但最多也只是以人身攻擊罪論處。」

「蒙蒂，」等西爾弗說不下去了，我才開口說，「你的貶低之詞也許給曼哈頓下了一個準確的定義，但我還是免不了懷疑。我到這裡才兩個小時，很難相信它會輕易地落在我們手裡。這裡的鄉巴佬不夠多，不太適合我。如果市民頭髮上沾著一根或幾根稻草，多穿穿棉襖，把手錶換成七葉樹護身符，那我會安心許多。在我看來，他們可不好敷衍。」

「你講的這些，比利，」西爾弗說，「所有初來乍到的人都有同感。紐約比小石城或者歐洲的任何一座城市都要大，外來的人會被唬住。你會適應的。我跟你說，就因為這裡的人沒有把他們的錢統統裝在洗衣籃裡，灑好殺菌劑，乖乖地給我送來，我都想給他們幾個耳光。我討厭上街去賺錢。在這座城裡，戴著鑽石首飾的是些什麼人啊？告密者的太太溫妮、騙子手的新娘貝拉。對付一群紐約人要比裝點一朵藍玫瑰容易得多。唯一困擾我的是，我知道，等我身上裝滿二十美元的鈔票，背心口袋裡的雪茄就要被壓壞了。」

「我希望你是對的，蒙蒂，」我說，「但我還是寧願安安穩穩地在小石城做些小本生意。那裡永遠

---

1 威利．曼哈頓主日學校，是對紐約市的戲稱。

2 安德烈．德爾．薩托（一四八六—一五三一），義大利文藝復興時期佛羅倫斯畫派的著名畫家，主要創作祭壇畫和壁畫。洛克菲勒為美國石油大亨；J．P．摩根即約翰．皮爾龐特．摩根，美國著名銀行家。

都不缺給你貢獻收成的農場主人，你總能找到幾個，叫他們簽一份要求新建郵局的請願書，再拿到鄉下銀行去討兩百美元貸款。這裡的人聽起來好像天生就有自私自利和吝嗇的本能，我怕我們的本事不足以應付這樣的局面。」

「別擔心，」西爾弗說，「我對這座柏油村[3]旁邊的城市摸得很透，很有把握，就像我確信北河是哈德遜河而東河根本不算河一樣。有些人就在百老匯的四個街區之內活動，這輩子除了摩天大樓以外沒見過別的房子。一個優秀又勤奮的西部人到這裡以後，不出三個月就會引起足夠的注意，不是贏得傑羅姆的厚待，就是招致勞森的不快。」

「先別把話說得太滿，」我說，「除了申請救濟，或者在海倫．古爾德[4]小姐家門口哭天搶地以外，你有沒有什麼辦法能立刻騙一兩塊錢來花花？」

「這種辦法一抓一大把，」西爾弗說，「你有多少本錢，比利？」

「一千。」我回答他。

「我有一千二，」他說，「我們合夥大幹一場。能成為百萬富翁的法子太多了，我都不知道該從哪裡開始。」

第二天一早，西爾弗來我住的旅館拜會我。在開口之前，他的臉上就已經充溢著無言的喜悅。

「我們今天下午去見見J．P．摩根，」他說，「我在旅館認識的一個人想替我們引薦一下。他是摩根的朋友。他說摩根喜歡跟西部人見面。」

「聽起來不賴，」我說，「我很樂意認識摩根先生。」

「跟幾個金融大王攀攀關係，」西爾弗說，「對我們沒什麼壞處。我開始有點喜歡紐約人對異鄉人的待客之道了。」

西爾弗在旅館認識的那個人叫克萊因。三點左右，克萊因帶著他的華爾街朋友到西爾弗的房間來看我們。「摩根先生」看起來跟照片上有點像，左腳裹了一條土耳其毛巾，走路拄著拐杖。

「西爾弗先生和佩斯卡德先生，」克萊因說，「向你們介紹最偉大的金融家叫什麼名字，似乎是多此一舉——」

「可以了，克萊因，」摩根先生說，「很高興認識兩位先生。我對西部很感興趣。克萊因告訴我，你們是從小石城來的。我想我在那邊的什麼地方有一兩條鐵路。如果你們有誰想玩一兩把加勒比海撲克[5]，我——」

「喂，皮爾龐特，」克萊因趕忙插嘴說，「你怎麼忘了！」

「對不起，兩位先生，」摩根說，「自從我得了痛風以來，偶爾也會在家裡開一場社交牌局。你們在小石城的時候，都沒和獨眼彼得斯打過交道吧？他住在新墨西哥州的西雅圖[6]。」

我們還沒來得及回話，摩根先生已經用他的手杖搗著地板，來回踱步，大聲咒罵起來。

---

3 柏油村，是紐約州的別稱。
4 海倫．古爾德（一八六三—一九三八），是當時熱衷於慈善的富家千金。她的父親傑伊．古爾德是美國的鐵路和通信業大亨，但因其凶狠的逐利手段，素有「強盜」和「魔鬼」的惡名。
5 加勒比海撲克，一種和「二十一點」有些相像的撲克牌遊戲。
6 西雅圖，位於美國西北部的華盛頓州，並不在新墨西哥州。

「今天有人在華爾街賣空你的股票嗎，皮爾龐特？」克萊因陪著笑問道。

「股票？不是！」摩根先生吼道，「是我派去歐洲買畫的那個代理人。我剛剛想到這件事。他今天拍電報來，說找遍整個義大利也沒見到那幅畫。如果能找到，我願意明天就拿出五萬美元買下它——七萬五千美元也沒問題。我授意代理人全權做主，只要能買到就好。我搞不懂，有那麼多美術館，竟然讓一幅達．文西的——」

「呀，摩根先生，」克萊因說，「我還以為你把所有達．文西的畫都買下來了呢。」

「那是一幅什麼樣的畫啊，摩根先生，」西爾弗問，「該有熨斗大廈的一面側牆那麼大吧？」

「你的藝術素養恐怕都被拋到九霄雲外去了，西爾弗先生，」摩根說，「那幅畫二十七英寸高、四十二英寸寬，名叫〈愛的閒暇〉，表現的是一幫披著斗篷的模特兒在一條紫河的岸邊跳兩步舞。電報上說它可能被帶到美國來了。少了這幅畫，我的收藏就不完整。好了，兩位先生，再會吧。我們這些金融家必須早睡早起。」

摩根先生和克萊因一起乘車走了。我跟西爾弗議論著大人物的頭腦多麼簡單，多麼沒有心機；西爾弗說，打摩根先生那種人的主意實在可恥；我說，我也認為那樣太不像話了。晚飯後，克萊因提議出去散散步，於是他、我，還有西爾弗便沿著第七大街一路觀光。在一家當鋪的櫥窗裡，克萊因看到一對令他讚不絕口的袖扣，他非要買，我們也跟著進去了。

回到旅館後，等克萊因離開，西爾弗手舞足蹈地朝我跑過來。

「你看見沒？」他說，「你看見沒，比利？」

「看見什麼？」我問道。

「嘿，摩根想要的那幅畫啊。就掛在那家當鋪的桌子後面。因為克萊因在，所以我忍住沒吭聲。就是那東西，絕對錯不了。上面的女孩畫得相當逼真，如果她們有誰穿裙子的話，三圍差不多是三十六、二十五、四十二，她們伴著藍調音樂，在河岸上跳踢踏舞。摩根先生說他願意出多少錢的？不用我再跟你說一遍了吧。那間當鋪裡的人不可能知道它是什麼來頭。」

第二天一早，當鋪還沒開門營業，我和西爾弗就已經站在門口了，一副心急如焚的樣子，彷彿趕著要當掉禮服去買酒喝。等門開了，我們又故意慢吞吞地走進去，先若無其事地看了看店裡的錶鏈。

「你掛的那幅彩印畫太花了，」西爾弗假裝漫不經心地對老闆說，「但我滿中意那個披著紅旗子，露出肩胛骨的女孩。我給你兩塊兩毛五買它，你可別因為急著從釘子上把它弄下來，打碎什麼易碎品，搞得樂極生悲就不好了。」

當鋪老闆笑了笑，拿出更多錶鏈給我們選。

「那是一年前一位義大利紳士押在這裡的，」他說，「我借了五百美元給他。畫的名字叫〈愛的閒暇〉，是李奧納多．達．文西的作品。兩天前已經到了法定的質押期限，不能贖了。這條錶鏈的款式現在很流行。」

半小時過後，我和西爾弗付給當鋪老闆兩千美元，帶走了那幅畫。西爾弗夾著它上了出租馬車，直奔摩根的辦公室去了。我回旅館等他的好消息。用了不到兩小時，他就回來了。

「你見到摩根先生了嗎？」我問他，「他付了你多少錢？」

西爾弗坐了下來，擺弄著桌布底下的流蘇。

「我根本就沒見到摩根先生，」他說，「因為摩根先生這一個月以來一直都在歐洲。但是，比利，真正困擾我的是，所有的百貨公司都有同樣的畫在打折出售，配了鏡框只賣三塊四毛八，但單賣那個鏡框的價格卻是三塊五——我實在無法理解。」

女孩和騙局

有一天，我碰見了我的老朋友弗格森．波格。波格是一個超級敬業的騙子。他的大本營在西半球，他的業務範圍從轉售大木樁平原[1]的城鎮用地，到在康乃狄克州推銷木製玩具——是把肉豆蔻果的碎末放進液壓機裡壓成的——幾乎是無所不包。

每每在大賺一筆之後，波格就會來紐約稍事休息。他說，酒、麵包和荒野中的「伊」能給他帶來的放鬆和娛樂[2]，就跟塔虎脫總統[3]在康尼島坐雲霄飛車沒什麼兩樣。「我啊，」波格說，「總選在大城市度假，尤其偏愛紐約。我不怎麼喜歡紐約人，而曼哈頓大概是世界上唯一見不到紐約人的地

---

1 木樁平原，指美國西部的廣大平原地區。

2 此處化用了古代波斯詩人奧瑪珈音的《魯拜集》中的詩句：
一塊麵包，一瓶美酒，一卷詩章；
在樹蔭之下，陪伴我身旁。
還有伊，偎著我，在荒原中歌唱；
這荒原之美，可比天堂。

3 威廉．霍華德．塔虎脫（一八五七—一九三〇），美國第二十七任總統，任期為一九〇九年至一九一三年。

方。」

在這座大都市逗留期間，波格總在一兩個地點出沒。一個是位於第四大道的一家小小的舊書店，他常在那裡查閱與他愛好的伊斯蘭教和動物標本剝製技術相關的書籍。我是在另一處——第十八街的一間走道隔成的臥室——找到他的，他坐在那裡，腳上只穿了襪子，試圖用一把小齊特琴彈出〈沃巴什河岸〉的調子。這支曲子他練了四年，就像拋出了一條長到不行的釣魚線，無奈距離實在太遠，至今他也沒碰到河邊。梳妝檯上放了一把四十五口徑的柯爾特藍鋼手槍，一捲束得很緊實的十美元和二十美元面額的鈔票——粗得會被看成是春季響尾蛇的同類[4]。打算清掃房間的女房務員在走道裡徘徊，不敢進來也不敢走開，只穿襪子的腳讓她反感，柯爾特手槍使她膽顫，但她的大都會本能令她無力擺脫那個黃綠色紙捲的魔力，只能乖乖就範。

我坐在弗格森．波格的行李箱上聽他說話。沒有比他更直言不諱的人了。但與他的表達方式相比，亨利．詹姆斯[5]一個月大時要奶吃的哭叫聲都像占星術祕語那麼精巧。他自豪地對我說起他那一行的職業故事，因為他把它視為一門藝術。我越來越好奇，終於向他問起，是否有女性在從事他的這門藝術。

「女士嗎？」波格頗有些西部人的騎士風度，他說，「嗯，在很大程度上，可以說，沒有。反正我沒見過。她們在設計執行一些特殊騙局方面，沒什麼大本事，因為她們把能耐都用在一般騙局上了。你問我為什麼？她們不得不這麼做。這世上的錢都握在誰的手裡？男人。你可曾見過哪個男人別無所圖地給女人錢？一個男人倒是有可能大大方方、不求回報地把他的身外物散給別的男人。但假使他往夏娃夫人之女聯合會的自動販賣機裡投了一個幣，在拉下控制杆之後，沒有鳳梨口香糖掉出來，那你在四條街以外都聽得到他又踢又打鬧出的聲響。對女人來說，男人是最大的難題。他們是品質很低的礦石，她們必須多下功夫才能獲得回報。她們撿回來五塊，只有兩塊能提煉出礦物。她們沒法借助碎石機或其他昂貴的器械，男人盯得很緊，根本不給她們可乘之機。她們不得不利用現有的東西淘金子，結果弄傷了嬌嫩的手。她們中有些人好比天然的洗礦槽，流一噸淚水能洗出一千美元的金沙。至於那些欲哭無淚的，就只能依靠署名信、匿名信、假髮、憐憫、撒嬌、牛皮鞭子、烹飪技能、情感洞察、語言才華、絲綢襯裙、血統出身、胭脂、紫羅蘭香囊、證人、手槍、充氣娃娃、苯酚、月光、香脂和晚報來處置男人。」

「你太危言聳聽了，弗格森，」我說，「在完美和諧的婚姻關係中，絕沒有你說的那種『騙局』！」

「好吧，」波格說，「的確沒有能給你充分理由報告警察總局，叫他們派一個後備隊和一個雜耍劇團經理來緊急解決的那種騙局。但下面這種情況並不少見：假定你是住在第五大道的百萬富翁，高高在上，有財有勢。你晚上帶著一枚價值九百萬美元的鑽石胸針回家，送給和你彼此占有的那位女士。你把東西遞給她。她說：『哦，喬治！』接過來驗明真偽之後，她便上前吻你一下。你等的就是這一下。你得到了。好了。這就是個騙局。

「不過，我要跟你說說阿爾特米西亞·布萊的事。她是堪薩斯州人，人家看見她，很容易聯想到

4 響尾蛇結束冬眠後，一般會在春天開始繁殖，所以春季的響尾蛇身體會更粗大一些。

5 亨利·詹姆斯（一八四三—一九一六），美國著名小說家。

玉米的各種形象。她的長髮像玉米鬚那樣金黃；她的身姿高䠷婀娜，如同潮溼的夏季長在窪地裡的玉米稈；她的眼睛大得驚人，彷彿玉米苞，而她最愛的顏色恰恰就是綠色。

「我上一趟到你們這座與世隔絕的城市來，在一個涼爽的角落遇見了一個叫沃克洛斯的人。他值——我是說，他身價百萬。他告訴我，他做的是街道生意。『街頭商人？』我語帶諷刺地說。『完全正確，』他說，『道路工程公司的高級董事。』

「我有點喜歡這傢伙。正因如此，在一個心情不好運氣也不好、無菸可抽也無處可去的晚上，我才會在百老匯大道上碰到他。他戴著絲質禮帽，配了鑽石飾物，派頭十足。他的模樣確實氣派，以至於你跟在他後面，會覺得抬不起頭來。我看起來就像托爾斯泰伯爵[6]和六月龍蝦的混合品。我運氣不太好。我——算了，還是把目光轉回那個商人身上吧。

「沃克洛斯停下腳步，跟我聊了一會兒，然後帶我去一家高級餐館吃飯。那裡有的是音樂，有什麼貝多芬啊、波爾多紅酒醬汁啊、法語的髒話啊、素馨花香水啊，還有看不完的傲慢和抽不完的菸。我在風光的時候，對這種地方瞭解甚深。

「我坐在那裡，一副窮酸樣，我敢說，看起來就跟雜誌插畫家一般窩囊，我的頭髮亂得好像立馬就要去給一個布魯克林的波希米亞菸槍[7]朗讀一章《埃爾西[8]的校園生活》似的。但沃克洛斯對我禮遇有加，彷彿把我當成了獵熊的嚮導，一點也不怕傷到侍者的感情。

「『波格先生，』他說，『我有求於你。』

「『那請繼續，』我說，『別醒過來。』

「然後他告訴我他是哪一類人。你知道的，他是個紐約人。他想引人注目，這就是他的全部抱負。

他要惹人眼球。他要讓人家認出他來，向他鞠躬，再去告訴別人他是誰。他說，這是他一輩子夢寐以求的。可是他只有一百萬而已，沒法子靠花錢來嘩眾取寵。他說，有一次，為了引發公眾的關注，他在東區一個小廣場上種了大蒜，供窮人免費取用，但卡內基聽說了，立刻在上面建了一座蓋爾語圖書館。他還三次跳到行駛的汽車前面，結果只換來五根肋骨的骨折和報上的一則短訊——說的是，一個五英尺十英寸，有四顆牙齒用銀粉補過的不明男子被車撞了，據信，此人應是臭名昭著的『紅髮利里』集團的最後一名成員。

「『你有沒有找過新聞記者？』我問他。

「『上個月，』沃克洛斯先生說，『我請記者吃飯的花費是一百二十四美元八十美分。』

「『那你得到了什麼回報？』我問。

「『你倒提醒了我，』他說，『還得算上買胃蛋白酶的八美元五十美分。是的，我得了消化不良。』

「『我對你競逐名聲的大計究竟能發揮什麼助力作用呢？』我問他，『襯托你嗎？』

「『今晚就有個現成的機會，』沃克洛斯說，『我很痛心，但不得不那麼做，想要博人眼球，不得

---

6 列夫．托爾斯泰（一八二八—一九一〇），俄國偉大的寫實主義小說家，貴族出身，代表作有《戰爭與和平》、《復活》等。托爾斯泰是大鬍子，結合上下文，本句的意思指的應是波格當時滿臉鬍子，彎腰駝背，形象不佳。

7 波希米亞菸槍，指街頭流浪漢。

8 埃爾西，美國女作家瑪莎．芬利的系列小說中的女主角，身世十分可憐。

不使出非常手段。』說到這裡，他把餐巾扔進湯碗裡，站起來向坐在餐廳另一頭的棕櫚樹下，正蹂躪著馬鈴薯的一位先生鞠躬致意。

「『他是警察局長。』這個攀附權貴的人滿心歡喜地說。『朋友，』我說，『要有雄心壯志，但別過河拆橋。要是你把我獻給警察作為墊腳石，你就太讓我倒胃口了，我可能會名譽掃地，還會被控罪。你可想清楚了。』

「侍者端上來一鍋教友會城[9]燉雛雞，讓我靈機一動，想到了阿爾特米西亞．布萊。

「『假如我能讓你見報，』我說，『整整一個星期，所有報紙每天都拿出一兩欄通報你的消息，其中大多數還會刊登你的照片。對你來說，這值多少錢？』

「『一萬美元，』沃克洛斯立刻興奮起來，『但不能殺人，我也不願意穿粉紅色褲子參加舞會。』

「『我不會要求你做那些，』我說，『我要你做的是有面子的事、很時髦的事，絕不娘娘腔的事。給我點一杯黑咖啡，我跟你解釋一下這件「現代作品」有什麼門道。』

「一個小時之後，我們在這個花裡胡哨、吵吵鬧鬧的場合達成了交易。當晚，我給薩利納的阿爾特米西亞小姐發了一份電報。第二天一早，她拍了兩張照片，給第四長老會教堂某長老寫了一封署名信件，討到了一些交通費和八十美元現金。她在托皮卡停留了一段時間，足夠她拿一張利用閃光燈拍攝的室內照片和一份給信託公司副總裁的情人節禮物，換來一本火車里程簿和一捆包裝紙帶上寫著潦草的『二五〇美元』字樣的五元面額鈔票。

「在收到我那份電報後的第五個晚上，她穿著一襲低胸晚禮服，盛裝打扮，等著我和沃克洛斯帶她去紐約的一家女性公寓吃晚飯。那種地方一般男人是進不去的，除非他玩比齊克牌戲或者抽脫毛粉劑製成的菸。

「一看到她，沃克洛斯就說：『是個尤物，他們肯定會給她兩欄版面。』

「我們三人共同擬訂了一項計畫。純粹是為了商業目的去的。在接下來的一個月裡，沃克洛斯要風度翩翩、招搖過市、深情款款地追求布萊小姐。當然，相對於他的野心而言，單單這麼做沒什麼用處。

「在紐約，看見一個打了白領帶、穿著黑皮鞋的男人一擲千金，為身材窈窕的金髮女郎購置補品或者鮮花，就跟看見藍色海龜患上震顫性譫妄一樣平平無奇。但有趣的是，他每天都要給她寫情書——最糟糕的那種情書，等你去世你妻子才會公之於眾的那種情書——天天不漏。到了月底他就甩掉她，而她會提起訴訟，要對方賠償十萬美元的毀約金。

「阿爾特米西亞小姐將得到一萬美元。官司贏了，她不能多拿一分；官司輸了，人家也不會少給她一分。這是在協議上寫明了的。

「有時候，他們也會邀我一起出門，但並不頻繁。我跟他們的風格實在不搭。她常把他寫的情書拿出來，像查看提貨清單一樣吹毛求疵。

「『喂，』她說，『你們把這個叫什麼？一個五金商人的侄子就嬸嬸得了蕁麻疹一事寫給叔叔的問候信嗎？你們東部的笨蛋對情書的理解，就跟堪薩斯州的蚱蜢對拖船的見識一樣，基本為零。「親愛的布萊小姐」——你的婚禮蛋糕上連粉色糖霜和紅色小糖鳥都不要嗎？你指望著靠這種老土的臺詞征服法庭旁聽席的觀眾嗎？要是你想讓聚光燈對準你稀疏的白髮，你就得入戲，稱呼我「小心肝」或者「小野

9 教友會城，是費城的別稱。教友會是一個熱心慈善的基督教派，美國教友會總部即設在費城。

花」，給自己署名叫「屬於媽媽的大壞乖小孩」。長進點吧！』

「那之後，沃克洛斯的筆尖彷彿蘸飽了洗不掉的塔巴斯科辣椒油。他的遣詞造句越來越有創意。我都能看到陪審團坐直了身子，女人拉著彼此的帽子，大家都聚精會神地聽著這些情書被人讀出來。我還能看到沃克洛斯先生一天天變得人盡皆知，簡直堪比克蘭默大主教、布魯克林大橋和沙拉醬所享有的盛名。他的前景似乎十分樂觀。

「他們約好一天晚上做個了斷；我站在第五大道一家體面的餐館外看著他們。送傳票的人走進去，當面把法律文件交給了沃克洛斯。每個人都在看他們，他意氣風發的模樣足以和西塞羅[10]相提並論。我回到房間點了一根五美分的雪茄，因為我知道那一萬美元已經是我們的囊中之物了。

「大約過了兩小時，有人敲我的門。門前站的是沃克洛斯和阿爾特米西亞小姐，她緊貼著——是的，先生，緊貼著他的手臂。他們告訴我，他們已經結婚了。他們文縐縐地講了些和愛情有關的廢話，這些話朗朗上口但一文不值，並把一個包裹擺在桌上，道了聲『晚安』，就走了。」

「所以我才會說，」弗格森．波格總結道，「女人受天性和本能驅使，在保護自己和取悅自己的一般騙局上太過投入，沒法在特殊騙局方面有所建樹。」

「他們留給你的包裹裡有什麼？」我本著一貫的好奇提問道。

「唉，」弗格森說，「一張去坎薩斯城的黃牛火車票和兩條沃克洛斯先生的舊褲子。」

10 馬爾庫斯．圖利烏斯．西塞羅（前一〇六—前四三），古羅馬著名的思想家、演說家、政治家，他雄辯的演說風格被後世傳頌。

提線木偶

警察站在二十四街和一條異常幽僻的巷子的轉角，旁邊就是橫越街道的高架鐵路。時值凌晨兩點，視野中彌漫著黎明前的那片冷清料峭、煙雨濛濛、難以接近的黑暗。

一個穿著長大衣的男人，帽子壓得很低，擋住了正臉，手裡拎著什麼東西，正輕手輕腳但大步流星地從暗巷裡走出來。警察上前搭話，態度謙恭有禮，但表情胸有成竹，這是由於他很清楚自身所具有的權威。目前這個時間、巷子的陰森氛圍、行人的匆忙及其手中的重物——這些因素很容易聚變成需要警察著手調查清楚的「可疑情況」。

這「可疑的人」隨即站住了，把帽子向後一推，街燈閃爍，映照出一張不動聲色的光滑面容，鼻子很長，雙眼深邃堅定。他把戴著手套的手插進大衣的側口袋，摸出一張名片遞給了警察。警察舉著它，迎著變幻不定的燈光，看清了「醫學博士查爾斯．斯賓塞．詹姆斯」的名字。街道和門牌號碼在一個可靠體面的街區，不僅不應懷疑，甚至不該好奇。警察低頭瞥了一眼醫生手裡的物件——那是一個精緻的黑皮醫藥箱，上面鑲了些銀飾——名片的內容又多了一重保證。

「好吧，醫生，」警察退開一步，神情親切得近乎肉麻，「上頭有令，要大家格外小心，最近發生了很多竊案和搶案。今晚不適合外出。不算冷，但溼漉漉的。」

詹姆斯醫生客氣地微微頷首，以隻言片語附和了警察對天氣的評估，繼續匆忙趕路。那天晚上，一共有三名巡警接過他的名片、看過他那個醫藥箱——它的形象堪稱完美，足以證明他的為人正直、它的用途正當。第二天，這些警察當中若有哪一個覺得應當去確認一下名片上的內容，他會找到一塊寫有醫生名字的漂亮門牌，會看到他本人鎮定自若、衣冠楚楚地坐在設備精良的診室裡——只要別太早——詹姆斯醫生習慣晚睡晚起；鄰居也紛紛證實他是良好公民，忠於家庭，在與他們共處的兩年中可謂事業有成。

因此，這些熱心的治安衛士中若有哪位得到機會，往那個無可挑剔的醫藥箱裡偷瞄一眼，肯定會大吃一驚。蓋子掀開，首先映入眼簾的是一套最新款式的「箱人」（手藝高超的保險箱竊賊就這麼稱呼自己）專用的精美工具。這些東西都是專門設計、特別定製的——短小但堅固的撬棍；一串奇形怪狀的鑰匙；能像老鼠啃起司一樣輕易鑽通淬火鋼的性能極佳的鑽孔器和藍色鑽頭；能像水蛭那樣緊扒在光滑的保險箱門上，像牙醫拔牙一樣俐落地拔出號碼旋鈕的鉗夾。醫藥箱裡層的小袋子裡有一瓶四盎司裝的硝化甘油，已經用了一半。工具底下壓著一堆皺巴巴的鈔票和幾把金幣，總數是八百三十美元。

在極少數瞭解他的朋友那裡，詹姆斯醫生被稱為「了不起的希臘人」。這個神祕的稱號一半是稱頌他的冷靜和紳士風度，另一半則是用作幫會的切口，表示領袖和智多星，這類人在自己的地盤和領域享有權勢和威望，他們藉此搜羅情報，再根據情報規畫和指揮整個集團的亡命事業。

這個精英小圈子的成員還包括兩位頂級「箱人」，斯基采．摩根和古姆．德克爾，以及市中心的珠寶商利奧波德．普雷茨菲爾德。普雷茨菲爾德的任務是處理另外那三位的工作小組弄來的鑽石和其他首飾。這夥人都是有情有義的江湖好漢，像門農[1]一樣低調，像北極星一樣可靠。

幫會認為，那天晚上的工作成果相對於他們花費的力氣而言，只能算差強人意。在一家資產可觀的老字號紡織公司昏暗的辦公室裡，有一個舊式的雙層側門保險箱，單在星期六的晚上就能存進超過兩千五百美元。但那晚，他們也就找到這麼多，按照他們的習慣，三人當場就把錢平分了。他們原先的預期是一萬或一萬二，可是看來公司的其中一位老闆行事太過老派，天才剛黑，他就把手邊的大部分現金裝在一個襯衫盒裡帶回家了。

詹姆斯醫生繼續沿著二十四街前行，眼中所見已是愈發空寂。即使是把這塊區域當作居住地的戲劇工作者，此時也早就上床睡覺了。綿綿雨絲，點滴積存，在路面的磚石間形成許多小水窪，弧光燈一照，反射出無數細碎的波光。浸透了水氣的寒風，以房屋之間的空腔作為喉嚨，發出陣陣令人毛骨悚然的咳嗽聲。

醫生走近一座比周遭民居更有派頭的磚砌大宅，才剛到牆角邊，房子的前門砰的一聲被撞開了。一個痛哭流涕的黑女人踢踢踏踏地衝下臺階，來到了人行道上。她的嘴裡噴出一些含混不清的詞，很可能是在自言自語——她這個人種在遭遇災殃且孤立無援的時候就是這麼求救的。她看起來應該屬於舊時南方的家僕階層——這些人健談、可親、忠誠，但不服管教；她的外貌形象地表現了這些特質：肥胖、整潔、繫著圍裙、裹著頭巾。

這個從寂靜的房屋裡突然閃出的鬼影剛跑下最後一級臺階，恰好遇上詹姆斯醫生正迎面走來。她的

---

1 門農，是荷馬史詩中的衣索比亞王，在特洛伊遭圍城時前往馳援，後被阿奇里斯殺死。在抵達特洛伊城的當晚，他曾表態稱自己不願在宴席上說大話，只想去戰場上和敵人一較高下。

大腦把力氣從「喊」轉到了「看」上，止住了吵鬧，瞪著一雙凸出的眼睛，盯住了醫生手裡的醫藥箱。

「上帝保佑！」剛才瞧的這一眼，似乎給她遞了一根救命稻草，她嚷道，「你是醫生嗎，先生？」

「是的，我是內科醫生。」詹姆斯醫生頓了頓，說道。

「看在上帝的分上，來看一看錢德勒先生吧，醫生。也不知道是因為發脾氣還是有什麼別的緣故，他躺在那裡不動了，就跟死了一樣。艾米小姐叫我去請醫生。要不是你正好經過，先生，天知道老辛蒂要去哪裡弄一個醫生來。如果這些事情有哪怕千分之一被老主人知道了，他們肯定是要決鬥的，先生，就像那樣，各自在空地上走幾步，然後拿手槍互相射擊，兩邊都活不成。唉，艾米小姐，可憐的小羊兒啊——」

「如果你想找個醫生，」詹姆斯醫生說著，腳已經放在了臺階上，「請帶路吧。如果你想找個聽眾，我可沒空。」

黑女人搶在他前面進了屋子，飛快地躥上一段鋪了厚地毯的樓梯。他們走過兩條燈光昏暗的交叉走廊。那位氣喘吁吁的女嚮導在第二條走廊裡拐了個彎，停在一道門前面，把它打開了。

「我帶醫生來了，艾米小姐。」

詹姆斯醫生走進房間，向站在床邊的年輕女士略微欠了欠身。他把醫藥箱放在椅子上，脫下大衣，隨手一拋，蓋住箱子和椅背，然後鎮定自若地走到床頭。

床上躺著一個男人，還保持著倒下時那種癱軟的姿態——衣著華麗，且都是時髦款式，鞋子只脫掉了一隻，四肢鬆弛，確實就跟死了一樣。

詹姆斯醫生的身上散發著一種安詳的力量，以及一種對於他那些弱小無助的顧客而言有如沙漠甘露一般的慰藉潛能，這使得他彷彿籠罩在光環中，女性尤其容易被他在病房當中的風度所吸引。這不是那些服務上流社會的醫生對病人的溫柔放任，而是一種沉著踏實的氣質，一種征服命運的魄力，一種尊重、呵護和奉獻的表態。他那雙堅定明亮的褐色眼睛裡，有一種探知人心的磁性；他那副光滑的面孔，冷漠鎮定，近乎僧侶，蘊含著某種深藏不露的權威，這樣的外表使他適合扮演知己的角色，擔當撫慰的職能。有時，他以醫生的身分首次造訪某位女士，她竟然會告訴他，為了防盜，到了晚間她會把自家的鑽石藏在哪裡。

勤習不輟，自然游刃有餘，詹姆斯醫生眼珠都沒轉，就估出了房間裡的家具什麼等級、什麼品質。這趟可撈的紅利真是豐盛又昂貴。同時，他也順便品評了那位女士的外貌。她身材嬌小，年紀也就二十出頭，她的臉上有一種迷人的風韻，如今卻蒙上了一層陰雲，與其說是突發的悲痛留下的深刻印跡，不如說是一種固有的哀傷積小至巨。

在她的額頭一側，眉毛上方，有一塊青紫色的瘀傷，醫生憑專業眼光斷定，受傷時間是不到六小時之前。

詹姆斯醫生伸出手指測了測那人的脈搏，同時用幾乎能說話的眼睛向那位女士發問。

「我是錢德勒太太，」她以南方特有的口齒含混、聲調低沉的哀怨口音回答道，「他在你到達的十分鐘之前突發急病。他以前也發作過心臟病——有幾次非常嚴重。」時間實在太晚，病人的著裝又過於隆重，這些似乎逼得她不得不進一步說明，「他在外面待到半夜才回家，我想——是去赴宴了吧。」

這時，詹姆斯醫生把注意力轉移到了病人身上。無論正在從事哪一種「職業」活動，他總是習慣投入全副心神，給予「病患」或「任務」以充分的重視。

病人看樣子大約有三十歲。他的面相含有顯而易見的魯莽放蕩，但五官還算端正，線條不失優美，加之對幽默的偏好也帶來一絲補救作用，為他多少保住了一些天生的英俊。他的衣服整個都浸在一股刺鼻的酒味裡。

醫生把他的上衣扒開，用小刀把襯衫前襟從領子到腰部都劃破了。清除了障礙之後，他把耳朵貼在病人的心口，專心聽著。

「二尖瓣逆流？」他站起身，輕聲說。尾音是表示不確定的升調。他又俯下身聽了好一陣，這才用蓋棺論定的重音說道：「二尖瓣閉鎖不全。」

「夫人，」他用常能使人放下憂慮的寬慰口吻說，「有可能——」他緩緩轉頭面對那位女士，卻看到她臉色煞白，人事不省，昏倒在那個黑人老太婆的懷裡。

「可憐的小羊兒！可憐的小羊兒啊！他們要害死辛蒂大媽的心肝寶貝嗎？願上帝用怒火毀滅拐跑這個天使、又傷她的心的壞人——」

「抬起她的腳，」詹姆斯醫生扶住那具綿軟無力的身軀，說，「她的房間在哪裡？得把她抬到床上去。」

「在這裡，先生，」黑女人包著頭巾的腦袋朝一扇門點了一點，「那就是艾米小姐的房間。」

他們把她抬進去，放在床上。她的脈搏雖弱，但還規律。她沒有醒轉，而是從昏迷進入了沉睡。

「她太累了，」醫生說，「睡眠是很好的治療。等她醒來，給她一杯棕櫚酒——打個蛋摻進去，如果她能接受的話。她額頭上的瘀傷是怎麼來的？」

「她在那裡撞了一下，先生。可憐的小羊兒摔倒——不，先生，」老太婆那變化無常的種族習性使她突然發起火來，「老辛蒂不想為那個壞蛋撒謊。是他幹的，先生。但願上帝親手——算了，唉！辛蒂答應她的心肝寶貝不把這事說出去的。艾米小姐受傷了，先生，傷到了頭。」

詹姆斯醫生走到一個燈檯前——臺上擺著一盞造型精美的燈——把燈光調暗了。

「在這兒陪著你家太太，」他吩咐道，「保持安靜，讓她好好休息。等她醒了，拿棕櫚酒給她喝。如果她變得更虛弱了，立刻告訴我。這事有些奇怪。」

「這一帶的怪事可不止這一件。」黑女人才開了個頭，醫生就一反常態，以管制歇斯底里病人的專斷而正式的語調要她別出聲。他回到另一個房間，輕輕地把門關上。

床上的男人躺著沒動，但眼睛已經睜開了。他的嘴唇開開合合的，似乎正在說著什麼。詹姆斯醫生低下頭仔細聽著。聲音幾乎細不可聞：「錢！錢！」

「你能聽懂我的話嗎？」醫生問，他把嗓門壓低了，但每個字都很清晰。

病人微微點頭。

「我是你太太請來的醫生。我知道你是錢德勒先生。你病得很重，千萬不要激動，不要難過。」

病人的眼神似乎在召喚他。醫生俯下身傾聽，這幾句話的聲音也同樣微弱。

「錢——兩萬美元。」

「錢在哪裡？——在銀行嗎？」

那是一個否認的眼神。「告訴她，」——聲音越來越微弱了——「那兩萬美元——她的錢……」——他的目光在房間裡四處打轉。

「你把錢放在什麼地方了嗎？」詹姆斯醫生的嗓音像警笛一樣艱難地從這人正逐漸喪失的意識裡搜

索祕密，「在這個房間裡嗎？」

他覺得，在那雙變得黯淡的眼睛裡，閃爍著一絲贊同的表示。然而，他用手指一觸便知，此人的脈搏已細若游絲。

詹姆斯醫生的另外一項職業本能在他的腦海和心底冒了出來。他當機立斷，馬上著手行動，誓要弄清那筆錢的下落，甚至不惜以一條人命為代價。

他從口袋裡掏出一小本處方箋，根據標準範例，為患者開了藥方。他來到裡屋門口，輕聲喚來那個老太婆，把方子給她，吩咐她去藥店拿藥。

在她嘀嘀咕咕地離開以後，醫生走到那位太太身邊。她仍然睡得很沉，脈搏比之前有力了些，除了紅腫發炎的那塊地方之外，額頭已經涼了下來，摸起來稍稍有些潮溼。如果沒人打擾，她還能再睡幾個小時。他在門上找到了鑰匙，出去的時候把它鎖上了。

詹姆斯醫生看了看錶。在半小時之內，他可以隨心所欲，因為在這段時間當中，那個老太婆幾乎不可能辦完事回到家。他找來一個玻璃杯和一個盛有水的罐子，接著打開醫藥箱，取出裝有硝化甘油的瓶子——他的那些善使鑽頭的兄弟將它簡稱為「油」。

他在玻璃杯裡滴進一滴淺黃色的濃稠液體，然後拿出銀色的皮下注射器，擰上一枚針頭，依照注射器上的刻度，一點一滴、小心翼翼地把水抽進針筒裡。最後，他把那滴硝化甘油稀釋成了小半杯水溶液。

在同一天晚上，兩小時之前，詹姆斯醫生就用這同一支注射器把未經稀釋的液體注入他們在保險箱鎖上鑽出來的一個洞裡。隨著爆炸發出的一聲悶響，操控鎖栓的裝置就被摧毀了。現在，他打算用同一手段，撼動一個人身上最重要的裝置——刺激他的心臟——這兩種震盪都是為了打開通往金錢的道路。

手段一樣，但觀感不同。前者是粗野的巨人，憑的是原始的強悍力量；後者是陰險的諂臣，用絲絨和花邊掩住同樣致命的武器。因為醫生小心地從玻璃杯抽進注射器裡的液體已經成了硝化甘油溶液，醫學上已知的最猛烈的強心劑。兩盎司這種液體就能讓保險箱的實心鐵門四分五裂；而現在，他即將用五十分之一量滴讓一個人錯綜複雜的生命機體永遠止息。

但不是立刻止息。這可不符合他的心意。首先會是活力的激增，所有器官和機能都得到一股強力的驅動。心臟會勇敢地回應這次致命的鞭策，靜脈中的血液會更迅速地返回源頭。

然而，詹姆斯醫生心知肚明，對這類病患的過度刺激，就像直接用來福槍射擊心臟一樣，只會讓他必死無疑。竊賊的「油」催生出動力，往本就不暢的動脈泵入更多血流，很快就會徹底阻塞管道，等所有的路上都豎起「禁止通行」的標誌，生命之泉也就斷流了。

醫生為失去知覺的錢德勒解開胸前的衣襟，輕車熟路地將注射器裡的東西輸進心臟上方的肌肉裡。他做兩份工作，都做得十分俐落。接下來，他仔細地把針擦乾，把不用的時候穿在針頭裡的金屬絲重新插回去。

過了不到三分鐘，錢德勒睜開眼睛，說起話來，聲音微弱但能聽得清楚，他問是誰在照顧他。詹姆斯醫生又一次解釋了他之所以在此的緣由。

「我太太在哪裡？」病人問。

「睡著了——她太疲憊，太焦慮了，」醫生說，「我不想叫醒她，除非——」

「沒有……必要，」錢德勒說，由於呼吸急促，他的話一字一頓，「你為了我……去打擾她……她不會感謝你。」

詹姆斯醫生拖過來一把椅子。時間不容揮霍，不能說太多廢話。

「幾分鐘前，」他用另一種職業的那種嚴肅而坦率的口吻說，「你想跟我說一些跟錢有關的事。我不強求你的信任，但我有責任提醒你，操心和焦慮對你的康復十分不利。假如你心裡有事，最好說出來——是兩萬美元吧，我記得你提到過這個數字——說完了，人就輕鬆了。」

錢德勒轉不了腦袋，但他把眼珠轉向和他對話的人。

「我有……說過錢……在哪裡嗎？」

「沒有，」醫生回答，「你的話幾乎沒法理解，我只是推測你擔心這筆錢的安全。如果它在這個房間裡——」

詹姆斯醫生打住了話頭。他是不是從病人嘲諷的表情中看到了一瞬間的懷疑和一剎那的洞悉？他是不是顯得太急切了？他是不是說得太露骨了？錢德勒隨後的話又使他恢復了信心。

「除了……保險……箱，」他喘著大氣說，「還能……在哪裡？」

他用目光遙指房間的一個角落，醫生這才頭一回注意到那裡有一個被窗簾下襬半掩著的小保險箱，是鐵製的。

他站起身，捏住病人的手腕。脈搏跳得非常雄勁，但有不祥的間歇。

「抬起手。」詹姆斯醫生說。

「你知道——我動不了，醫生。」

醫生快步走到門前，打開門聽了聽。門外只有一片寂靜。他不再拐彎抹角，就直接走到保險箱前仔細察看。這東西的構造原始，設計簡單，只能防範手腳不乾淨的僕人。遇上他這種高手，這只能算一件玩具、一個紙糊草紮的東西。那筆錢幾乎已經歸他了。他可以用鉗夾拔出密碼旋鈕，再鑽通換向齒輪，兩分鐘之內就能把門打開。用另一種方案的話，也許一分鐘就夠了。

他跪在地板上，耳朵貼著鎖具的組合面板，慢慢轉動密碼旋鈕。如他所料，這鎖只設置過一組密碼。他用敏銳的耳力捕捉到滾軸被觸碰時發出的輕微敲擊聲，他好好地利用了這一發現——門把手可以轉動了。他把門拉開了。

保險箱裡空無一物——在方形的鐵洞裡，連張紙都沒有。

詹姆斯醫生站起身，走回床邊。

那垂死之人額上覆著一層細密的汗珠，嘴角和眼中卻露出嘲弄的獰笑。

「我之前……從沒見過，」他吃力地說，「醫藥……與竊盜結合！親愛的醫生……你是通才啊……賺了……不少吧？」

詹姆斯醫生的偉業從未遇過比此刻更為嚴峻的考驗。他的受害者以惡毒的幽默把他拖進既可笑又危險的境地，但他仍舊保持了尊嚴，也保持了清醒的頭腦。他掏出手錶，坐等那人死去。

「你對……那筆錢……太操之過急了。你絕對……不可能……得手的，親愛的醫生。它很安全。無比安全。錢全在……賭注登記人那裡。兩萬……美元……艾米的錢。我拿來賭馬……輸得一乾……二淨。我實在……是個混蛋，小偷……不好意思……醫生，但我每一回……都輸得光明磊落。我想……我從沒見過……你這種成色的……流氓。醫生……不好意思……小偷，給受害人……不好意思……給病人，端杯水喝，並不違反……你們……竊盜集團的……職業道德吧？」

詹姆斯醫生給他倒了一杯水。他幾乎咽不下去。藥物反應有規律地一波接著一波地猛烈襲來。但他死到臨頭還想再狠狠地作弄一下對方。

「賭徒……酒鬼……敗家子……都是我的角色，不過，醫生……小偷！」

對於這番刻薄的奚落，醫生只作出一個回答。他俯下身，盯住錢德勒正迅速凝滯的目光，以一個嚴厲而意味深長的手勢，指著那位熟睡中的女士的房門，使那臥倒的人用盡最後一絲力氣，硬是半抬起腦袋，想看個究竟。

他什麼也沒看見，只聽見醫生冷冰冰的話語——那是他臨死前聽到的最後聲音：「我可從來沒有打過女人。」

企圖摸透這種人，只能是白費力氣。沒有哪一門課程的研究範圍能夠涵蓋他們。世人總愛評論某些類型的人，總愛說「他會這樣做」或是「他會那樣做」，他們都屬於這些類型的下游分支。關於他們，我們所確知的只有他們的存在而已；此外，我們可以觀察他們，可以討論他們顯露出來的種種表象，就像孩子觀察和討論提線木偶戲一樣。

然而，為了對利己主義做一番娛樂性質的研究，還是可以就這兩個人稍稍做些探討——一個是凶手和強盜，就站在受害者的面前；另一個罪行較輕，但更惡劣，他滿口謊言、神憎鬼厭，賴在被他迫害、掠奪和毆打的妻子家中。一個是老虎，一個是半狗半狼——每一個都痛恨另一個的卑劣，每一個都在罪惡的泥潭中茁壯生長，卻都以本人的行為標準（如果不能說是榮譽標準的話）認定自己是出淤泥而不染的。

詹姆斯醫生的反駁肯定刺傷了對方殘存的羞恥心和男子氣，因而成了致命一擊。錢德勒的臉上泛起一片濃重的紅暈——一片玫瑰色的死亡印痕。呼吸停止了，他幾乎抖也沒抖一下，就死了。

他剛咽氣，那黑女人就拿著藥回來了。詹姆斯醫生用一隻手輕輕按著死者已經閉合的眼皮，告訴她最終的結果。並非悲傷，而是一種世代相傳的，在抽象層面與死亡締結的友善關係，使她淒淒慘慘、抽抽搭搭地哭泣，其間還夾雜著她慣有的哀歎：「看啊！一切都在上帝的掌握之中。他懲罰有罪的人，庇佑落難的人。他現在也來庇佑我們了。辛蒂為了買這瓶藥，花掉了最後一塊錢，現在，藥也用不上了。」

「我不懂了，」詹姆斯醫生問，「難道錢德勒太太沒有錢嗎？」

「錢？先生，你知道艾米小姐為什麼會暈倒、為什麼會那麼虛弱嗎？是因為挨餓啊，先生。這三天她待在家裡，除了一些碎餅乾以外，什麼也沒吃。這個天使在幾個月之前賣掉了她的戒指和手錶。這棟好房子，還有裡面的紅地毯和漂亮家具，都是租來的。房東為了租金的事大吵大鬧的。那個魔鬼——上帝啊，請寬恕我——你已經親手懲罰了他——他把一切都毀了。」

他的沉默讓她越說越起勁。從辛蒂雜亂無章的獨白中，醫生理出了一段前塵往事，其中交織著浪漫的幻想、任性的作為，以及災難、殘酷和自尊。她用淩亂含混的語言塗抹出一個模糊的背景，而少數幾個清晰的畫面正逐漸從中凸顯出來——遙遠的南方，一個理想的家庭；一場草率、繼而很快便陷入悔恨的婚姻；一段不幸的人生，充斥著屈辱和謾罵；然後是最近，得到一筆遺產，重拾對生活的希望；但那頭半狗半狼的禽獸卻搶走了錢，兩個月沒有回家，出手闊綽、揮霍一空，又在結束了一場可恥的狂歡之後回到這裡。在一團亂麻般的故事中，有一條純白的線索貫穿始終，雖不顯眼，卻清晰可見：這便是黑人老太婆的質樸、堅定和崇高的愛，無論發生什麼，她都矢志不渝地追隨女主人。

等她終於住嘴，醫生才開口說話，他問她家裡是否有威士忌或是別的什麼酒。有，老太婆告訴他，餐具櫃裡有那禽獸喝剩下的半瓶白蘭地。

「照我說的那樣，準備一杯酒，」詹姆斯醫生說，「叫醒你家太太，讓她喝了，然後再告訴她發生了什麼事情。」

大約過了十分鐘，錢德勒太太由老辛蒂攙著，走了進來。睡了覺，喝了酒，她的精神顯得好了一些。詹姆斯醫生已經用床單蓋住了床上的屍體。

那位女士半是哀傷半是驚恐地轉眼一瞥，向她那位忠實的保護人靠得更緊了一些。她的眼睛乾澀而明亮。悲傷似乎已超過她所能承受的限度。淚泉已乾涸，無法再湧流。

詹姆斯醫生站在桌邊，穿好大衣，把帽子和醫藥箱拿在手裡。他的神色平靜，不見一絲波瀾——職業經歷使他見慣了人世的苦難。只有溫柔的棕色眼睛，流露出謹慎的慰問，這是身為醫生所應有的。

他體貼而言簡意賅地說，由於時間太晚了，向人求助無疑很困難，他可以親自找個合適的人來操辦亟需料理的後事。

「還有最後一件事，」醫生指著還開著門的保險箱，說，「錢德勒太太，你丈夫到了最後，覺得自己不行了，就把設好的保險箱密碼告訴了我，囑咐我打開它。你記住，密碼是四十一，說不定以後用得上。向右轉幾下，再向左轉一下，停在四十一這個數字上。他知道自己大限將至，但不讓我叫醒你。

「他說他在保險箱裡存了一筆錢，數目不大，但足夠你用來完成他的遺願了。他只希望你回老家去生活，往後，等日子過好了，寬恕他對你犯下的種種罪過。」

他指了指桌子，桌上有一疊整整齊齊的鈔票，上面還壓著兩疊金幣。

「錢在那裡——如他所說——一共八百三十美元。請允許我留張名片給你，以後或許還有我可以效勞之處。」

他竟然為她著想——竟然如此善意——在生命的最後一刻！雖然已經太遲，但在她的生命中，在她以為已徹底化為灰燼的地方，這個謊言卻煽著了一點溫情的火花。她不禁喊出了聲：「羅伯啊！羅伯！」之後轉過身，撲倒在那位忠僕永遠為她敞開的懷抱裡，用滾滾的淚水沖淡了積壓許久的悲傷。不難想像，在往後的歲月中，凶手的誑語將化作一顆小小的星辰，在愛情的墳墓上空閃耀，撫慰著她，並終將爭得她的寬恕。無論是否有人請求寬恕，寬恕本身便彌足珍貴。

黑女人把她摟在胸口，嘴裡念念有詞，像哄小孩一樣低聲安慰；她終於平復心情，不再出聲，抬起了頭——但醫生已經走了。

譯後記

「在他的故事裡看到了自己」

徘徊在神殿的邊緣

在文學世界當中，存在著一個普遍但未必合理的現象：那些聲望最高、名頭最響的作家，在他的時代過去之後，很容易被遺忘。即使他的生平仍舊是不錯的談資，他的作品卻不再受到重視。

文學作品的歷史評價從來都與「公正」無關，而且也從來都不是恆定不變的。時間是某些作家的天使，對另外一些作家而言，則是喜新厭舊的妖魔。無論讀者或是評論家，總像是一些任性的地質隊隊員，在勘測一個時期的文學礦藏時，偏愛發掘「遺珠」，寧願不辭勞苦，向更幽深更隱祕之處鑽探，對於陳列在歷史表層的精妙與壯觀卻往往視而不見，甚至故作不屑。

作為一代短篇小說巨匠，歐．亨利也沒能成為極少數免於蒙塵的舊時珠玉。但他的情況要複雜得多，不易用三言兩語概括。

事實上，自歐．亨利離世至今，已超過一百一十年，他的作品始終有龐大的讀者基礎，但似乎從來沒有得到一個「蓋棺定論」的評價。他的不少小說被中學和大學的文科專業列為必讀材料，但當代作家中很少有誰將他奉為自己的文學偶像，更罕有人承認與他的承襲關係。

歐·亨利曾被譽為「美國短篇小說之父」，這固然是一頂華麗的高帽子，但尊敬多於讚賞，而且還隱約暗示了文學的伊底帕斯情結。

他的同齡人契訶夫至今仍被認為是短篇小說藝術的巔峰，甚至可能是寫實主義文學的巔峰。若將兩者加以對照，世人很容易產生一種荒謬的印象，似乎歐·亨利是一位古早時期的前輩，德高望重但老朽不堪，儘管他作品中的角色和背景往往現代得多、時髦得多。

「時代局限」當然是一個常見的托詞。然而，一名作家真的可以「超越時代」嗎？他有必要「超越時代」嗎？「超越時代」算是文學的核心任務嗎？

這一系列問題，我不打算在這裡回答，也無法簡單地以「是」或「否」作答。

事實上，以所謂「超前」稱許作家及其作品，在多數情況下都顯得十分輕率，它以看待日常生活的線性時空觀來看待文學，遮蔽了文學經典化邏輯的弔詭之處，遮蔽了解讀和評論的主觀性——它們常常並不是由作品驅動，而是由解讀者的目的驅動的——從而也遮蔽了直接、鮮活的閱讀經驗。

幾乎所有作家都夢想著進入經典的序列，然而，極少數得償所願的佼佼者並不能充分代表其所處時代的文學面貌。文學史的敘事容易給人造成兩種典型的錯覺：其一是文學作為一個整體，一直在沿著某種軌跡發展前行，每個時代均有各自鮮明的文學風氣；其二是文學的發展總以某種方式呼應了社會形態和生活方式的變遷。

然而事實上，文學的各種類型早已相對固化，在此基礎上，出版與閱讀的習性也已逐步形成，新理論、新潮流固然層出不窮，但對文學版圖的衝擊極小。文學史的線索也絕對談不上清晰，如若它顯得清晰，那也更多是依據事先確定的框架進行人為篩選的結果。另外，即使最樂意討好大眾的作家也很少會將「反映時代現實」作為自己的文學抱負。

在一定程度上，可以說，文學本就是對隨波逐流的抵抗，它與時代的映射關係絕不體現在淺層和表象，就精神的基底而論，人的變化其實極其緩慢，也極其有限。強納森·法蘭岑或者丹尼斯·約翰遜等當代作家筆下的美國人和歐·亨利小說的主角其實並沒有涇渭分明的差異，只是被選擇性地呈現了不同的面向。

有關歐·亨利文學成就的爭議其實從他成名開始便一直存在，而且從未有任何能夠解決的跡象。這些爭議或許會被擱置，但不可能被遺忘，因為它們關涉到一個更為重要、更為本質的問題。原本為閱讀而生的文學自發展出專門的學科、專業的機構和人才之後，便出現了這個問題：普通讀者（在經濟原則下，這個詞常常被置換為另一個詞：市場）和專業研究者，究竟誰才是文學的主體？

大多數讀者非但沒有為極少數文學家加冕的權力，也沒有這種意願。文學價值的評定一直是大學教授與專業評論家的分內事。他們自認是萬神殿裡的大祭司，而讀者則只能充當不問情由的虔誠信眾。可出人意料的是，越來越多的讀者不願再承受莊嚴的重負，比起進殿瞻仰，更樂意在殿外徘徊觀望。

歐·亨利曾經被抬到了神殿的臺階上，但終於還是被擺在殿外的廣場，而如今，那裡也許是人流最為密集之處。換句話說，如果將目光從專家學者的權威意見上跳開，我們很可能會發現，歐·亨利式的小說至今仍舊是文學的主流。

「消遣」背後的理念之爭

對於歐．亨利的常見評價，無論褒貶，總會採取一種簡單的二分法。《劍橋美國文學史》稱歐．亨利的作品「妙趣橫生」，叫人「眼花撩亂」，但只是「雕蟲小技」而已；評論界巨擘哈樂德．布魯姆則說歐．亨利「喜劇天賦突出」，「筆觸細膩」，但算不上短篇小說「這一文體的主要創新者」。

兩者其實如出一轍，只不過布魯姆還補充道：「最重要的是，他留住了一個世紀的觀眾：眾多讀者在他的故事裡看到了自己，不是更真實或更離奇，而是正像他們自己的現在和過去。」

哈樂德．布魯姆的評價大體是公允的。而所有針對歐．亨利的貶低和輕視也並非毫無來由，對於理解其人其作，具有一定的分析價值。但毫無疑問，他對世紀之交的美國所做的全景式描繪，對不同年齡、階層、職業、地域的數百個角色的精確刻畫，體現了宏大的社會視野、豐富的人際觀察和高超的寫作才能，很難和「雕蟲小技」畫上等號。

與「小技」之說有異曲同工之妙的是，許多評論家將歐．亨利的作品定義為一種「高級消遣」，顯然是有意在他和「嚴肅文學」的「正典」之間劃出一道鴻溝，但在執行這一個動作的時候，又顯然不夠堅決。

那麼，他們究竟在猶豫什麼？

首先，哪怕言必稱「純文學」的宗教激進主義者也不能完全否定文學的休閒用途，何況從亞里斯多德到叔本華，無數思想家均肯定了「閒暇」的價值，可以說，人類的精神成長有一大部分是在「消遣」

中實現的；其次，專家恐怕都得承認，哪怕是莎士比亞的悲劇，也頗有些「消遣」的成分。再者說，諸如查理斯・蘭姆的《伊利亞隨筆》之類的本來就是「消遣文章」的結集，也早就登上了英語文學的大雅之堂。

所以，「消遣」一詞本不能構成一種指控，甚至都算不上一個指責。除非，給予歐・亨利以負面評定的學者都意識到，他恰恰在「消遣」之外具有重大的價值，很可能還對他們一貫享有特權的文學領域產生了某些顯著的影響。唯有如此，這一否定才有實效可言。

的確，歐・亨利的作品很少涉及人性的複雜和倫理的困境等文學傳統的重大母題，更不會用他那些篇幅短小的故事探討終極意義。

此外，他小說中的人物形象缺乏深度，他筆下的罪犯不會像拉斯柯爾尼科夫[1]那樣進行痛苦的自省，他筆下的農家姑娘也不會像黛絲[2]或艾瑪・包法利[3]那樣具有人生的悲劇意識（僅就這一點而言，哈樂德・布魯姆已經為歐・亨利做了辯護。其實，一代又一代文學名著中的主人公從本質來說，大抵都是知識分子，因為他們一直在按照知識分子的想像和需要反映某種典型的精神處境；多數普通人的人生卻始終懵懂而平靜，雖說難免有些波瀾，但終將會過去，也終將與他們自身一起被人遺忘。歐・亨利的短篇小說〈鐘擺〉便是一個與此有關的寓言）。

這顯然是他被詬病的主因，但前提是，他無法僅僅被當作一個供人「消遣」的通俗作家來對待。單從歐・亨利的作品被眾多創意寫作課程列為必讀材料這點來看，這一前提無疑是成立的。

可問題是，這導致了一種極其荒謬的矛盾和斷裂：似乎歐・亨利必須被學習，但不值得被鑒賞。或者換句話說，如果將歐・亨利的小說比作一杯醇酒，那麼世人所做的無異於把酒倒掉，只拿走華麗的酒杯——他們關心的是歐·亨利的方法，而不是歐·亨利的作品。

這一買櫝還珠的行為固然粗暴，但也揭示了真正的核心問題：歐·亨利的方法得到了太多的關注，受到太多人效仿，而過於強調所謂「歐·亨利式的結尾」或「歐·亨利式的幽默」有讓文學創作公式化的風險，或者說，有讓文學陷入機械論的危機。

因此，將之貶低為「雕蟲小技」似乎確實有必要，以繆斯的尊嚴為名，也似乎確實是一個堂皇的理由。

我無意再為歐·亨利辯護，但事實上，在文學的發展歷程中產生了眾多範式，它們以或隱或顯的形態影響著每一代的創作者。一種範式的出現，就像是為「文學之泉」築壩導流，非但不意味著僵化的風險，而恰恰是生命力的體現，只會使文學的流向更為靈活多樣，因為，對個性與風格的追求永遠是最重要的創作動機。

此外，一名藝術家最大的優點往往也是他最大的缺點，反之亦然。歐·亨利的小說也許並未推進對於人性的認識，卻給了平凡的人生以更多的共鳴——與哲人式的深邃相比，他的幽默和機智也更易收穫普通讀者的愛戴。至於文學藝術理應給予人的昇華感，在〈聖誕禮物〉的隱喻中或〈警察與讚美詩〉的轉折中，也得到了完全的實現。

---

1 拉斯柯爾尼科夫，杜思妥也夫斯基小說《罪與罰》的主角。

2 黛絲，哈代小說《黛絲姑娘》的主角。

3 艾瑪·包法利，福婁拜小說《包法利夫人》的主角。

當然，他過多地借助了巧合，而非人物的合理選擇來推動故事情節，這使他的不少作品在貢獻了閱讀快感之餘，鮮能引發進一步解讀的欲望。可以說，他在文學的技術性與普適性上做到了極致，在超越性方面卻存在欠缺。

然而，歐．亨利一生的小說作品近三百篇，類型多樣，風格多變，其中的一部分在形式上和思想上均有突破，絕不能一概論之。例如像〈咖啡館裡的世界主義者〉這樣的諷刺作品，放在任何一位大師的小說集中都足夠犀利新穎。

他的時代遠未結束

對待歐．亨利這樣的作家，最合適的做法絕不是離棄，而是更充分地閱讀其作品。對於讀者來說，真正應當避免的是在理解層面的「文學機械論」。

事實上，任何人在細讀之下，都很難忽視歐．亨利在文體上的努力，他的修辭豐富，描寫精當，對簡潔鋪陳和繁複織構都得心應手，這使他的小說往往從頭至尾都散發出極強的感染力。

更重要的是，他幾乎用短篇小說這種積木塊般的「小體裁」搭成了像《人間喜劇》那樣宏偉的文字建築。如果說巴爾札克創作了一系列莊嚴的古典油畫，陳列在一間壯麗的畫廊裡，那麼歐．亨利則以近三百幅形形色色的浮世繪展現了美國社會的方方面面。兩者至少在廣度上不相上下。若單論這一成就，至今也沒有其他短篇小說家可與歐．亨利相比。

而他的一些天才式的發揮，也對之後許多重要的小說作家產生了顯著的影響。比如只有短短幾頁篇幅的〈附家具出租的房間〉便預示了著力表現美國夢破滅的戰後一代作家的風格和題材，很容易令人聯想到沙林傑和瑞蒙·卡佛；而他唯一的長篇小說，以拉丁美洲為背景的《卷心菜與國王》則令人吃驚地成為「拉美文學爆炸」中一系列政治小說的先聲（這部群像小說常被算作短篇小說集，其中一些獨立性較強的篇章，例如〈海軍上將〉，絕對是技藝高超的傑作）。

值得一提的是，歐·亨利的全部作品所呈現的最終圖景，有可能並非作者有意為之，至少在他的文學生涯初期，不可能萌發這樣浩大的動機。這一幕罕見的文學奇觀之所以能夠形成，必定和歐·亨利雖然短暫，但豐富得出奇的人生經歷有關。

他在人世間僅僅生活了四十八年，卻從事過藥劑師、會計、牧羊人、廚師、經紀人、出版商、歌手、戲劇演員等十幾種天差地別的職業，甚至還遭過幾年牢獄之災；在美國南部的鄉鎮、西部的平原，以及最繁華的大都市，他都曾經安過家，為了避禍，他還曾經逃往中美洲的宏都拉斯；他與形形色色的人有過來往，其中包括了社會名流、新聞記者、流浪漢、農場主人、底層雇工、各地移民、印第安人等等。

這樣的人生幾乎不可能復現，對於歐·亨利的創作而言，自然是得天獨厚的資源，加之他在幾千字的空間裡輾轉騰挪的過人本領，使得閱讀如同觀賞一場人類生活的博覽會，能夠給讀者帶來極大的智識享受。

有志於文學創作的讀者更需要多讀、細讀歐·亨利的作品，他的幾本小說集題材、風格各異，但均體現了極強的敘事技巧，是天然的文學教科書。

總而言之，已經被稱為「經典」的歐·亨利小說其實並未完成他的經典化進程，但這對於作者而言並非不幸，這意味著對他的閱讀與爭論還將繼續進行下去，也意味著，在文學的天空下，歐·亨利的時代不但遠未結束，很可能還在來臨之中。

二〇二二年六月

歐·亨利年表

一八六二年（誕生）

九月十一日出生於美國北卡羅萊納州的格林斯伯勒。本名為威廉·西德尼·波特。父親是有名望的醫生，母親會寫詩和繪畫。

一八六五年（三歲）

母親因肺結核病去世。隨父親遷至祖母家中居住。

一八六七年（五歲）

被送往姑姑開辦的私立學校讀書，並在姑姑的啟發和鼓勵下對文學萌生興趣。

一八七六年（十四歲）

進入格林斯伯勒當地的高中就讀。

一八七七年（十五歲）

因經濟原因被迫輟學，之後便開始在叔叔的藥房裡當學徒。經常以顧客為對象創作漫畫。

一八八一年（十九歲）

取得了北卡羅萊納州藥劑師執照。

一八八二年（二十歲）

在醫生的建議下前往德州拉薩爾縣的一家牧場休養，之後便在牧場中住了兩年，成為一名牛仔。其間做過廚師和幫工，學習了法語、德語和西班牙語。

一八八四年（二十二歲）

前往德州首府奧斯汀市，並在那裡的一間藥房謀得了藥劑師的工作。

一八八六年（二十四歲）

改行成為地產經紀人。

組成了一支四重奏樂隊。

一八八七年（二十五歲）

一月，就任德州土地管理局的製圖員。七月，與阿索爾．埃斯蒂斯結婚。開始為雜誌和報紙撰稿。

一八八八年（二十六歲）

妻子阿索爾產下一子，但僅過了數小時，嬰兒便夭折了。

一八八九年（二十七歲）

九月，女兒瑪格麗特出生。

一八九一年（二十九歲）

進入奧斯汀第一國民銀行任出納員。

一八九四年（三十二歲）

買下了一家月刊雜誌社，將之更名為《滾石》週刊，專門刊發幽默文章；其本人則同時身兼出版商、編輯、作者和插畫師等數職。同年，因被指控挪用銀行公款而被迫辭職。

一八九五年（三十三歲）

四月，《滾石》停刊。舉家遷往休士頓，成為《休士頓郵報》的記者和專欄作家。

一八九六年（三十四歲）

二月，以盜用公款的罪名被起訴，並遭到拘押。獲保釋後逃往紐奧良，並隨後乘船前往宏都拉斯。在宏都拉斯的一間小旅館裡躲了幾個月，在此期間開始創作《卷心菜與國王》。

一八九七年（三十五歲）

二月，因患肺結核的妻子阿索爾病危，趕回奧斯汀，並向法院自首。七月，妻子去世。

一八九八年（三十六歲）

二月，被判有罪，並處五年有期徒刑。在獄中服刑期間成為監獄裡的藥劑師，並開始全心投入短篇小說創作。

一八九九年（三十七歲）

十二月，首次以「歐．亨利」為筆名，在《麥克盧爾》雜誌的聖誕專刊上發表短篇小說〈口哨大王迪克的聖誕襪〉。

一九〇一年（三十九歲）

七月，在服刑三年零三個月後，因表現良好而提前獲釋出獄。與女兒重聚。

一九〇二年（四十歲）

遷居紐約，成為職業作家。逐漸獲得了讀者的廣泛認可，但也染上了賭博和酗酒的惡習。

一九〇三年（四十一歲）

與《紐約星期日世界報》簽訂合約，約定每週提交一篇短篇小說。

一九〇四年（四十二歲）

唯一的長篇小說《卷心菜與國王》出版問世。

一九〇六年（四十四歲）

出版短篇小說集《四百萬》。

一九〇七年（四十五歲）

與兒時戀人莎拉．琳賽結婚。出版短篇小說集《剪亮的燈盞》和《西部之心》。

一九〇八年（四十六歲）

出版短篇小說集《城市之聲》和《善良的騙子》。

一九〇九年（四十七歲）

與莎拉．琳賽離婚。出版短篇小說集《各種選擇》和《命運之路》。

改編自小說〈聖誕禮物〉的默片《犧牲》上映。

一九一〇年（四十八歲）

出版短篇小說集《陀螺》和《不可變通》。因酒精中毒導致肝硬化，於六月五日逝世，後被安葬在北卡羅萊納州阿什維爾的河濱公墓。

一九一一年

短篇小說集《亂七八糟》出版問世。

一九一二年

短篇小說集《滾石》出版問世。

一九一八年

美國藝術科學協會設立了「歐·亨利紀念獎」，獎勵範圍為每一年度在美國發表的優秀短篇小說。

一九五二年

十月，電影《錦繡人生》上映。該電影改編自歐·亨利的五篇小說。

一九六八年

歐・亨利受審的法院被德州大學收購，更名為歐・亨利禮堂。

二〇一二年

九月，美國郵政局發行歐・亨利一五〇周年誕辰紀念票。

作者簡介

歐·亨利（O. Henry, 1862-1910）

美國「現代短篇小說之父」，與法國莫泊桑、俄國契訶夫並稱「世界三大短篇小說家」。

他的人生經歷很傳奇，十五歲時從高中輟學，此後從事過藥劑師、會計、牧羊人、廚師、經紀人、出版商、歌手等十幾種天差地別的職業，甚至還遭過幾年牢獄之災；在美國南部的鄉鎮、西部的平原，以及繁華的大都市，他都曾安過家。

妻子病故後，以稿酬所得補貼女兒的生活費是他寫作的重要原因之一。他一生創作了近三百篇短篇小說和一部長篇小說，這些小說聚焦人性、幽默風趣，寫作手法自然、直接、簡潔，結尾部分總有出其不意的反轉，被譽為「歐·亨利式結尾」。

譯者簡介

黎幺

青年作家、譯者。

二〇二〇年，憑《紙上行舟》獲南方文學盛典「年度最具潛力新人」提名。

著有《紙上行舟》、《山魈考殘編》。

聖誕禮物 / 歐・亨利短篇小說精選 / 歐・亨利著；黎幺譯 . -- 初版 . -- 臺北市：時報文化出版企業股份有限公司 , 2024.08
304 面；14.8×21 公分 . -- (愛經典；81)
ISBN 978-626-396-564-5 (精裝)

874.57 113010412

本書據 Garden City Publishing Company, Inc. 1911 年版 *The Complete Works of O. Henry* 翻譯

作家榜®经典名著
读经典名著，认准作家榜

ISBN 978-626-396-564-5

Printed in Taiwan

愛經典0081

聖誕禮物：歐・亨利短篇小說精選

作者—歐・亨利｜譯者—黎幺｜編輯—邱淑鈴｜企畫—張瑋之｜美術設計—FE 設計｜校對—邱淑鈴、蕭淑芳｜總編輯—胡金倫｜董事長—趙政岷｜出版者—時報文化出版企業股份有限公司　108019 臺北市和平西路三段二四〇號四樓　發行專線—（〇二）二三〇六—六八四二　讀者服務專線—〇八〇〇—二三一—七〇五、（〇二）二三〇四—七一〇三　讀者服務傳真—（〇二）二三〇四—六八五八　郵撥—一九三四四七二四時報文化出版公司　信箱—10899 臺北華江橋郵局第 99 信箱　時報悅讀網—http://www.readingtimes.com.tw｜電子郵件信箱—new@readingtimes.com.tw｜法律顧問—理律法律事務所　陳長文律師、李念祖律師｜印刷—勁達印刷有限公司｜初版一刷—二〇二四年八月二日｜定價—新台幣四六〇元｜（缺頁或破損的書，請寄回更換）

時報文化出版公司成立於一九七五年，並於一九九九年股票上櫃公開發行，於二〇〇八年脫離中時集團非屬旺中，以「尊重智慧與創意的文化事業」為信念。